———————— 阅读之前 没有真相

午夜文库

杭州搁浅

拟南芥 著

新 星 出 版 社　NEW STAR PRESS

——如飚风般不羁

可在推理小说中添加爱情成分，侦探在成为侦探前仍是拥有正常情感的人，非理性的情绪干扰纯粹理性的推演，也是推理的一部分。我们要的不光是将凶手送上正义的法庭，还要尽可能让相爱的男女终成眷属。

——《推理小说创作守则之三》

目 录

1	狂奔向十字街头
39	《丧尸观察报告》节选一
49	死神有话说
69	如果有未来
97	《丧尸观察报告》节选二
105	那片宁静的湖
143	一路上总在告别
187	星星也不过是石头
203	《丧尸观察报告》节选三
213	在黑暗中蠕动
225	当我们谈论真相
267	风起之处当保持沉默
293	附·今天的碎片
311	后记·丧尸杭州
317	番外·《童话市的烟火》

狂奔向十字街头 ———

我这一生一直在错过。

大抵是因为我生性冷淡，很多事情都不曾走进我心里。

生在这个年代，四年一届的奥运会，五年一届的世博会，二十年一遇的大潮，六十年一遇的圆月，百年一遇的日全食……

林林总总，这些旁人呼朋唤友想参与的事，我全都错过了。

说到底，它们有什么意思呢，无非是一种现象，一帮人制造或定义的噱头，与我又有什么关系。

我不感兴趣。

但也有几个"数十年"，我无法"错过"或者说避开，那就是疫情。

所有人都畏惧死亡，畏死的势头就像潮水，裹挟着人们往前。作为一个普通人，我自然也在其中。我还记得非典侵袭时，所有人进出校门都要测体温，每天都要捏着鼻子喝药……

无论如何，我们挺过去了。我们曾产生错觉，以为人类已经击败了绝大部分疾病，自身不会灭绝。

但就像浩瀚草原的野火永远阻止不了生机磅礴的植被一般，它来了，我想没有人记得它又长又拗口的学名，大家都管它叫丧尸病，患者会迅速死亡，变成丧尸。

是的，就是那个永远不知疲倦，疯狂渴望生人血肉的丧尸。

归功于丧尸，我不会再错过什么了，因为末日来临，再没什么好错过的了。我们就像是陷入了噩梦之中，无法醒来。

* * *

无数人幻想过末日，事实证明所有宗教和神话都是一纸谎言，世上也不曾存在看到人类末日的先知。

没有被火烧着的大山落入海中，没有三分之一的海变成血，没有三分之一的生物死掉，也没有太阳变黑、月亮变红、星辰坠落大地……只有恶臭的尸体在街道上游荡。

这个世界比你想象的还要脆弱，但也出乎意料地顽强。

末日不是一个简单的终结，而是一个缓慢的过程。

它是一场全球性的瘟疫，慢慢啃食人类文明。最开始，所有人都以为这只是一场普通的瘟疫而已。直到一些医疗水平落后的发展中国家开始发生诡异的暴乱，平民走上街头毫无理由地攻击他人……

再后来，瘟疫的死亡率大大上升，全球爆出大量死者复苏的案例，不是真的复苏，而是变成丧尸在世间游荡。

当世界处于水深火热之中时，国内却保持着脆弱的平静，这很大程度上归功于火葬，在疫情爆发时，死者家属不敢停灵太久，火葬场外一直排着长队，一炉又一炉火焰升腾，潜在的丧尸化作飞灰，护住了生人的和平。

政府和媒体都尽力安抚民众，他们全天二十四小时在人们耳边喊着："正如我们以往对抗疫情、灾情一样，人类终将胜利。"各种抗疫政策不断推出，其间情况甚至有过好转。但局势还是渐渐恶化了，学校、工厂关闭，街上再也看不到川流不息的车流，只有零星的行人匆匆经过，他们就像怕被踩住尾巴的猫一样，一步不停地急着回家。

市内设立了重重关卡，配置了身穿防护服的士兵……

再后来，网络开始变得不那么畅通，电视里循环播放着应对疫情的节目，终于，在疫情爆发的三个月后，有人疯了，据说中世纪黑死病爆发时期,也出现过类似的事情,歇斯底里的人们走出家门,开始伤害他人或者自残……

现在想来,那个时候走出家门的应该不是人类,而是行尸走肉了吧。总之,瘟疫已经完全不可控了。

然后,在三月的一天,潜伏在绝大多数人体内的病毒蓦然爆发,夺走了他们的生命,在几分钟内将他们变成了丧尸,疯狂攻击周围的生者,只有少数人幸存,在崩坏的世间辗转求生。

我们与政府的救援彻底断了联系,别了,那个处处风光处处诗的杭州。

天色有些昏暗,太阳躲在云后,只零星地透出点光来。

"怎么样,要下雨了吗?"我问何莫。

所有人都急着盼一场雨。

何莫盯着云层,不耐烦地挥了挥手。"别急,让我再想想。"

何莫小时候有段时间跟着父亲在乡下务农,懂些识云辨天的知识,我们拿他当人肉气象台。

"界晓楠,你就别指望他了。"蒙和平一边擦拭着矛一边说道,"他家搞的是机械化农场,虽然务过农,可别说是他,连他爹都是要看天气预报的。"

"胡说。"何莫还嘴道,"我爷爷也是农民,那个时候可没有机械化。我家是农业世家,我多多少少还有点家学底子,至少十次里能对四次吧。"

"我要是瞎蒙也能蒙对这么多次。"蒙和平不以为意地说道。

何莫从窗口收回身子。"你倒是瞎蒙啊,这真的是技术活。"

"你们都少说两句。"唐玄鸣无奈道,"能不能不要斗嘴了?"

"好了,好了,我们不玩了。"我说道,"不过再不下雨,我们的储备可不多了，总不能再开匣子吧。"

城市是一个宝库，就算无人继续生产，一个大型的百货商店也足够一批人撑过很长一段日子。不光百货商店，还有住宅——国人有囤积物资的习惯，只要一发生什么灾祸就会有人把商店里的东西成箱成箱地往家里搬。等他们死后，这些就成了幸存者们重要的物资。

破开房门，搜刮物资，城市中的幸存者称之为"开匣子"，但匣子里是什么，没有人知道。

我们曾打开过一个匣子，里面除了几袋大米，只有十几箱料酒，也不知道这间屋子的主人到底想干什么，是喜欢料酒，还是去超市采购得迟了，只剩下料酒可以搬回家了……

不过在本地料酒就是黄酒，有些只是多加了一些调料，把口味奇怪的去掉，我们也算是网罗了不少酒。

唐玄鸣摇了摇头。

我明白他的想法。我们现在的据点就是通过开匣子得来的，为此，还失去了一个朋友。

危险也是开匣子的一个特点，在疫情爆发的时候，大部分居民都不敢出门晃悠。杭州是座大城市，浙江的省会，有九百八十多万人口，绝大部分转化成了丧尸，五百多万丧尸在外面游荡，还有近五百万藏在家里。

这些人生前都害怕外界的危险，囤积了物资，锁上了大门，准备等一切过去。他们死后就变成了守护自己"宝物"的怪物，会攻击任何闯入者。一旦被丧尸咬伤，哪怕只有硬币大小的伤口，伤者也会转化为丧尸，转化时间视个人体质而定，最短有数分钟的，最长也有数天的。

我们开这个匣子时，里面有四具丧尸，一个朋友被咬伤了胳膊，牺牲了。

有了这一茬儿，大家都不太愿意再去开匣子，但日子总要过下去。

"幸好我们是在南方，雨水多，再坚持几天吧，要是在北方，真不知道该怎么办。"唐玄鸣说道。

"各地有各地的活法，北边一些城市人口密度没南边这么大，生存压力还能小点。"我说道。

"嘘！"忽然，蒙和平示意大家噤声。

墨绿色的防盗门外又传来了扒门声。

蒙和平跑到门后，透过猫眼往外看。"是它们。"

我压低声音道："这都是第几拨了？第八拨了吧，这地方我们待不下去了。"

在一个地方待得越久越容易引起丧尸们的注意，到最后很可能被丧尸们生生困死。

我们都不是新手。

这个四人小队，每个人都有自己的经历，比如蒙和平在一个求生组织里待过，他们的目标是闯出杭州，去没有丧尸的深山老林里，重建家园。可他们遭遇了尸潮，几乎全军覆灭。

而何莫，他之前的队伍就是在一个地方待得太久，被丧尸困死了。

按照经验，这个地方已经很危险了，我们必须尽快转移。

在末世生活，绝对不能小看这些经验……不，准确来说是知识，有关末世的知识是最重要的，我们随身携带《丧尸观察报告》，不断交流经验。

何莫问蒙和平："只有一只吗？"

蒙和平回答道："嗯，就一只。"

唐玄鸣道："那你们赶紧把他解决掉，它这么闹，容易把其他丧尸也招来。"

蒙和平点了点头，提着自己的短矛溜到了门后。

蒙和平的短矛是自制的，矛头是不锈钢的，磨得锃亮。矛杆有两截，只装一截是短矛，续上另一截矛杆就变成长矛，算是不错的武器了。

国内禁枪，也对一些刀具进行管制，普通的幸存者很难找到趁手的武器。我们在对抗丧尸时，只能使用一些自制的武器。

"要帮忙吗？"我问道。

"我一个人能搞定。"蒙和平右手握着短矛，轻轻打开了铁门。

丧尸重心不稳，扑进了室内。它闻到生人的味道，激动起来，颤颤巍巍地站了起来。蒙和平紧贴着墙，屏住呼吸。

丧尸忽略了蒙和平，朝着我们所在的客厅走来。蒙和平又轻轻锁上了门。

丧尸循着味道加快了脚步往我们的方向小跑过来。

我双手紧握铁棍，如果蒙和平失败，我也能及时处理掉它，免得造成更多的损失。

不过，丧尸才走出七八步，蒙和平轻轻一钩，就将丧尸放倒在地。他几个大跨步，跳到丧尸背上，用膝盖牢牢压住它，对准它的后脑勺捅了过去。

丧尸拥有令人难以置信的生命力，只有破坏它的大脑和脊髓才能让它彻底停止活动。

丧尸徒劳地挣扎了几下，便不再动了。

蒙和平从它身上起来，缓缓抽出短矛。"圆满完成任务。"

我仔细看了看这具丧尸的模样，他是个普通的中年人，穿着一身廉价的西装，衬衫上满是污渍，有些地方已经发黑了。

丧尸不会完全腐烂，或者说它们会保持一种半腐状态。这具丧尸的五官还算完整，单眼皮，大鼻子，嘴唇厚而大，没有任何特别之处。

何莫过来拍了拍我的肩膀。"别悲天悯人了，它们是它们，我们是我们。"

"我没有。"我反驳道。

我和何莫搬走了尸体，搬到楼道的另一边，把它丢了出去。

"砰"的一声，丧尸坠地，惊起尘埃。

街上的丧尸听到动静赶过来，就像觅食的野狗一般，可它们只在尸体周围晃了几下就离开了。

这就是奇怪的地方，丧尸只吃活人和新鲜的尸体，它们对同类没有任何反应。或者说丧尸根本不需要进食，它们只是本能般地捕食人类，仿佛它们被创造出来就是为了灭绝人类的。

蒙和平擦掉矛尖上的脑浆和血污，躺倒在沙发上，说："晓楠说得没错，这地方没法儿待了。老唐你有什么想法，知道往哪儿去吗？"

"想法当然有，"唐玄鸣从包里掏出一张手绘的地图，"我们的位置在这里，附近有个商场，我觉得可以去逛逛。总之还是要等雨，有雨才能出发。就算商场被搬空了，我们还可以拐到南边去，这有个老小区，丧尸密度相对低一点。"

我们都同意唐玄鸣的计划。

问题就在于什么时候下雨。

何莫抽动着鼻翼，感受到了空气中的湿气，他跑到窗边探出了身子。

"小心点，别摔下去。"唐玄鸣提醒道。

"看到了没？那片云。"何莫指着外面，斩钉截铁地说道，

"那是雨云,这两天绝对要下雨,而且不小。"

唐玄鸣钻进厨房,开始准备晚餐。

"老唐,反正要转移了,那些不好带的东西就别藏着掖着了,忙时吃干闲时喝稀,你懂的。"蒙和平说道。

唐玄鸣说道:"我懂的,我懂的,你也眼馋很久了,晓楠进来帮忙。"

我应了声,也进了厨房。

晚餐是虾子冬菇汤,梅干菜扣肉,榨菜肉丝,香喷喷的大米饭,还有一盆用水焯过的绿豆芽。

沦为地狱的杭州已经很难再找到新鲜蔬菜了,虾子、干菜和冬菇是之前搜罗的干货,最难得的是豆芽菜,这是我用绿豆新发的。

做菜的能源还是电,燃气已经没了,但电网依旧坚挺,只是没人维护,一些区域已经断电了。

何莫和蒙和平"嘎吱嘎吱"地嚼着豆芽菜,大口扒饭。

我夹起了一块梅干菜扣肉,这是我以前最喜欢吃的一道菜,梅干菜香醇,配着五花肉正好。蒸透了的五花肉熬出了油,肥而不腻,而梅干菜吸了猪油也焕发新生,不柴不硬。

但我吃了两三块猪肉就不再动了,只夹梅干菜,用汤下饭。肉虽然是五花肉,但已经在冰箱冷冻室躺了小半年,味道差了很多。

"老唐,你的四川辣酱呢,还留着过年吗?"蒙和平又嚷了起来。

何莫嘴里塞着饭菜,含糊地说,让唐玄鸣拿出辣酱。

"好了,好了,小声点,别把它们招来了。"唐玄鸣不情不愿地去拿辣酱,"我藏起来还不是为你们好,万一没地方开伙,只能吃干粮，没了辣酱，你们怎么办？"

唐玄鸣也就是嘴上说说，这房子隔音不错，蒙和平和何莫的声音传不到外面去……至于辣酱，这确实是个问题，在外面啃着千篇一律的干粮，要是没有又咸又辣的佐料刺激胃口，确实不行。

"到那时再说。"蒙和平把辣酱倒在白饭上。

我们很久没这样放开肚子吃饭了。饱餐之后，他们都在客厅睡了，我一个人靠着窗守夜。何莫说得对，要下雨了。风中带着湿冷，夜空像被蒙上了一块布，没有月光和星光。

我拿起望远镜远眺，本该璀璨的杭州城又有一角没能亮起。我在想，如果某一天这座城的灯火不再亮起，是否证明文明最后的余晖也熄灭了，到那时，我们只能退入蛮古时代。

在我们这些小人物拼命求生之际，那些大人物在干什么呢？他们究竟有没有拯救世界的计划，还是说已经有人在拯救世界了，只是我们这些小人物没有资格登上"诺亚方舟"？我的思绪就像一片羽毛在夜风里飘啊飘，不知落往何处……只能四处转悠。

蓦然，我鼻尖一凉，夜雨落下了，雨点打在我的鼻尖上，这美丽灵动的精灵给我们带来了生的希望。

欣喜的情绪充盈着我的每个细胞，凌晨两点，雨来了。外面变成了烟雨江南的模样，也变成了一个安全区。

我立刻叫醒了睡着的三人。他们跑到窗边，纷纷将手伸到外面，感受雨水。

"老何，这雨怎么样？"蒙和平问道。

何莫装模作样地望着黑乎乎的天，说道："是场好雨，会下很长时间，慢慢变大。"

唐玄鸣火急火燎地催促着我们:"做好准备,快走,快走!"

我们都穿上了厚实的外套,在容易被攻击的地方缠上了布带以防御丧尸的抓咬,带上装备,提上防身武器。

我们的先锋蒙和平拿着自制的矛,矛头锃亮,矛杆也是特制的。

何莫的装备要简单得多,也是一支矛——但只是在拖把柄上绑了尖刀。

我拿着的是一根棒球棍长短的铁棍,前端被削尖了,必要时也能捅人,除此之外,我还背了一把自制弩——从一个军迷家里搜刮来的。因此,我时常吹嘘自己是队伍里唯一的远程输出,不过我也没输出多少,丧尸的生命力太强,除非射中要害,不然对它们造成不了什么威胁,而我的准头并不好。

最后是唐玄鸣,他重度近视,他的近视眼镜是我见过最厚的。摘了眼镜,他就是个半瞎。我们都不太指望他上前线和丧尸近身搏斗,所以他手里拿的是根木棍。

我们四个人,全是枪兵。毕竟枪矛这类武器成本最低,而且面对丧尸这种带有感染性的对手,长兵器比短兵器要安全得多。

我们相互检查了一遍,确认鞋带什么的都绑紧后,淋上花露水就出门了。

花露水能够遮盖我们的活人"体味"。

我们一行四人溜出房子,用冷兵器悄无声息地解决掉楼道里的几具丧尸。

雨水会干扰丧尸的感知能力,在雨中,它们会变得特别迟钝。

我们顺利到了车上,车是路边捡来的普通面包车,做了一些简单改造,加满了97#汽油。

蒙和平发动了汽车。

"是走这条道没错吧?"蒙和平问道。

唐玄鸣推了一下眼镜。"你应该在前面那个路口右转,不过现在绕一下也没关系,反正也没有交通规则了。"

这城市已经没多少活人了,但交通状况并没有变好。丧尸在路上游荡,大量车辆被废弃。

为了避开尸群和车祸残骸,我们绕了不少路,花了大约两小时才到达目的地。

蒙和平熄灭车灯,缓缓驶入街区,商场就出现在我们面前。

"大家小心一点,食品在四层,三层是服饰。"唐玄鸣对我们说道,"不要恋战,尽可能挑选最有用的物资。这次的采购时间控制在一个半小时,到时无论有没有下雨,我们都必须离开。"

我担心地问道:"落脚点有了吗?"

"这次的落脚点不用担心。"唐玄鸣点了点头,从口袋里拿出一串钥匙,"我在附近有一处房产,新小区,应该还没多少人,我们可以在那儿待一阵。"

蒙和平两眼发光,说:"没想到老唐你还是个富豪啊,这地段的房子可贵了。"

杭州算是准一线城市,也是所谓新一线,而房价越过基建和居民收入抢先到达了一线标准。

"别说这些了,什么都没用了。"唐玄鸣说道。

大家见唐玄鸣表情不对,便没就这个话题继续聊下去。

我们四人窝在车上,沉默着,这是很多幸存者的习惯,在拼命前保持沉默,平复心情。

有信仰的人会祷告,可我没有信仰,就算有,我也不会向虚无缥缈的神祈求自己的未来。我能做的就是回忆过去,回味活着的美妙——这让我憎恨死亡,在接下来的时间里,拼尽一切。

蒙和平打开了车门，我们像执行任务的特种兵一样一个个跳出车子。

一路上丧尸并不多，蒙和平手里的短矛就像一条致命的蛇，夺走丧尸们的"第二条生命"。我跟在他后面，基本没能和丧尸们交上手。

终于，我们进入了商场。

唐玄鸣关上大门，用绳子绑住门锁，而我们分头行动，将能找到的出入口都关上。丧尸没有智慧，一般情况下，它们不可能打开任何一扇上锁的门——哪怕没有上锁，只是由绳子绑住，丧尸也只会在门口徘徊，用身体试着撞几下，如果进不去，一段时间后它们就会离开。

一阵忙活之后，我们已经堵住了所有出入口。

"先扫干净屋子。"唐玄鸣命令道。

蒙和平戳翻了几具丧尸。我和何莫也合作处理掉了一些。

曾经有队伍在搜刮物资时没有清理干净现场，结果多人被藏在货架内的丧尸咬伤。在这个世界，只有小心翼翼才能继续活下去。

幸好里面的丧尸不多，我们分头行动，很快就将它们全部放倒了。

"记得先拿重要的东西。"唐玄鸣一头钻进货架里，去拿压缩饼干、泡面等食品。

大家随便应了一声就各自行动了。何莫这个烟鬼，火急火燎地找到香烟，开始吞云吐雾。

"晓楠，来喝一杯。"蒙和平丢给我一罐啤酒。

他已经喝上了。比起啤酒，我更喜欢果汁，所以没碰酒。

这间商城应该已经被洗劫过一次了，少了不少东西，但对我们四个人来说已经够了。

这片区域早就断了电,冷柜里的肉类和蔬菜已经腐败,散发出一股腐臭味儿,但里面也有有趣的东西,不知道是什么蔬果的幼苗从里面探出了脑袋……

"还有二十分钟。"唐玄鸣看了看外面,提醒我们。

外面雨依旧下着,没有减小的趋势。我们加快了速度。

二十分钟转瞬即逝,我们收获颇丰,有了这些物资,我们就能在这座城市多活一段时间。

集合之后,唐玄鸣照例对我们收集的东西不满意。

"我让你们挑重要的先拿,你看看你们拿的都是什么?有烟有酒,还有薯条可乐,你们以为自己是准备郊游的小学生吗?"

"老唐,你还揣了两本杂志呢。大家都要带点私货,没有乐子,怎么活下去?"蒙和平说。

"你们这些人啊。"唐玄鸣叹道。

"别挑挑拣拣了,我们可能走不了了。"负责探查的何莫回来了,他的面色凝重得就像外面的天气一样。

"怎么了?"我问道。

何莫没有回答,只是指着外面。

忽然间,雷声炸响,宛如银蛇一般的闪电爬满天空,我们站在四层窗边,借着电光,看到一条街外密密麻麻的都是正在挪动的丧尸。

蒙和平张大了嘴,泡椒味的香肠和他手里的啤酒都掉到了地上。

唐玄鸣眉头紧锁。"我们的运气太差了,居然遇到了尸潮。"

尸潮是一种怪异的现象。漫无目的游荡着的丧尸们会渐渐聚集起来,向某个方向移动。它就像蝗灾,席卷路上的一切。

"我买彩票可从来都没有中过,怎么出来就遇到这种事情。"蒙和平抱怨道。

"你能活下来不变成它们那种样子,已经花掉你这辈子全部的运气了。"何莫说道。

"老何别耍嘴皮子了,看看其他方向,我们该不会被包围了吧。"唐玄鸣道。

短时间内不可能形成大规模的尸潮,所以也许还有缺口。

"不行,东北方向也有一群。"我举着望远镜往窗外望去。

蒙和平视力最好。"我看西南那边没动静,我们从那儿走。"

"快快快,大家动起来。"唐玄鸣催着我们。

"来不及把东西都运走了。"唐玄鸣说道,"挑几包就走,和平,你还能开车吗?"

蒙和平打了个酒嗝儿。"放心,交给我吧,要不要我给你走一条直线。"

"算了,老何你来开车,我们走!"唐玄鸣下令道。

我们背起包,慌忙地往外跑。

除了雨声,四周没有任何动静,附近的丧尸都被尸潮所吸引,纷纷赶过去加入其中。

这对我们来说倒是一件好事,让这里形成了一个"真空带",我们能趁机逃出去,不必担心遭受袭击。

老何发动了汽车。

听着引擎声,我们终于松了一口气。

但是,人们常说回眸惹事,本来井水不犯河水,一个回眸却能牵扯出无数事情来,白蛇回眸借了伞,搭进去千年的修行。

当时,我坐在后座喘着粗气,拧开了一瓶冰红茶,一口气灌了半瓶下去,一边喝一边左右张望,提防着可能出现的危险。

然后，我看到在尸潮危险下逃生的另一批人——他们就像被潮头追逐的孤舟。

丧尸混沌无知，只是凭借原始的本能行动，如同不可遏制的自然灾害，求生者卑微如蚁。

"有人。"我提醒唐玄鸣。

唐玄鸣确认了一下，远处确实是求生者，不是丧尸。他皱起眉头，陷入了两难的境地。

我知道我给他出了一道难题，见死不救有违伦理道德。就算是末世，某些观念也不会磨灭——仿佛已经扎根到了基因里。

可我们的时间不多，可能救不了别人，还会把自己搭进去。

蒙和平道："别管他们了，我们不是雷锋。再说了，就算是雷锋，也不会白白送死。"蒙和平自愿出头做这个恶人。

何莫转过头看着唐玄鸣，唐玄鸣默认了蒙和平的话。于是，何莫踩下了油门。

我又回过头，看了看那些我们救不了的人。

"等等。"我看到了一个熟悉的身影，我突然想起自己面对着夜色发呆时想到的那片羽毛，它找到了自己的归宿，"让我下去。"

"让你下去，你不要命了？"蒙和平死死地拉住我。

我腾出手想去开车门。

"那里面有你认识的人？"唐玄鸣问道。

我点了点头。

"重要到你可以连命都不要的程度？"唐玄鸣问道。

我没有正面回答唐玄鸣的问题，只是道："我就去试试，万一能把她救出来呢？"

错过了这次，我想我会抱憾终身。

"和平，放开他。"唐玄鸣对蒙和平说道，"放开他吧，人活着总要有点念想。"

蒙和平骂了我一声："我真是欠了你的。"他拿出手机查电子地图，虽然现在没了网络，但离线的电子地图还是比纸质的好用多了。

他按住我的头，说："记住这个路线，你跑过去，带他们到这里，我们会接应你。记住要快，我们没有时间。"说完，他打开车门把我推了出去。

现代人的身体是羸弱的，很多人体能的巅峰是在中学，因为天天早起跑步，还要应对体育考试，作息又相对规律。从大学开始，大部分人的体力就开始走下坡路。我也一样，工作之后，上八楼都要喘个不停。在求生的这段时间里，我的体力才慢慢恢复过来。

我的心脏怦怦直跳，将血液运送到身体的每个角落，让我能一路狂奔。

那些求生者当中没有我的亲朋好友，或者说，她还没变成我的什么人。

大学毕业后，我在这座城市已经工作了两年，杭州的交通和国内大部分大城市一样糟糕，道路总在整修，施工不停，地铁一直在建，一直都不够。至少我公寓附近就没有地铁口，所以我只能坐公交车或者骑自行车上下班。

一般来说，自行车比公交车方便一点，但到了夏天和冬天就很难挨了。大部分情况下，我还是选择公交车，从三塘坐到中北桥，再走一段路，到我上班的公司。这条路线不算太繁忙，平时不会堵车。

庄晓蝶是在我上车之后过了两站才上来的。

我手机里存着几首歌,循环播放,一轮结束,车刚好到站。她上来的时候,耳机里正是一首情歌,《人鬼情未了》里的 Unchained Melody。

> Lonely rivers flow to the sea 孤独的河流流入大海
> To the sea 流入大海
> To the open arms of the sea 奔向大海的怀抱
> Lonely rivers sigh 孤独的河流叹息着
> Wait for me, wait for me! 等等我,等等我
> I'll be coming home wait for me 等候我,我即将回家

她的出现简直就像电影中的场景,我不知道她的名字,但一个女孩随着一首情歌走到你面前,很难不让你心动。

我心动了。

虽然有趣,但也糟糕。

有趣不必多说,只说糟的,我根本不知道怎么和那个女孩搭讪,我知道她叫庄晓蝶还是因为雨伞。

那天下雨,她拿的伞上写着这个名字。

现代人是害羞、低头的一代人,我们在虚拟世界中挥斥方遒,在现实世界中唯唯诺诺,我也不例外,我们在自己周围建起了墙,觉得一个人就能过得很好,只有在欲望足够强大的时候才会推翻这堵墙,走出自己的世界,或把别人拉进自己的世界。这都需要勇气,但对不起,我没有什么勇气,我就像一个干瘪的气球,要做很多准备,才能充满气。

我只能从点点滴滴中知道她的事情，她还没有男朋友。我有时会和她目光相触，我觉得她也注意到了我，却找不到其他办法再靠近一点。

因为我害怕这只是自己的错觉。

一天又一天，我们虽然在同一时间段上班，但不是每次都能坐上同一辆车。

我觉得我又变成了少年，开始相信一些玄之又玄的事情，这就像是占卜，铜钱正的一面表示好，反的一面表示坏。能见到算是好，见不到就是坏。

如果我在闹钟响之前就醒了，而且那天我见到了她，我就会想这两件事是否有什么联系，是不是我提前醒就有可能遇到她？我突然明白了少女数着花瓣占卜心仪男生喜不喜欢自己的心情了。

他喜欢我，他不喜欢我，他喜欢我，他不喜欢我……

能见到她，不能见到她，能见到她，不能见到她……

我最喜欢的一站变成了焦家村，那里刚好有个地铁站，公交车到了焦家村站，大部分人都会下车，换乘地铁。

有几次，只有我和她还留在车上。

我一直想和她搭讪，却一直没找到机会。

我以为和她的关系会这样持续下去，直到我心里的爱慕压倒害羞，最后向她搭讪——只是现在时候还未到。

但很快，有一件事打碎了我不成计划的计划。

建筑设计公司男女失衡，工会变着法儿与附近的公司联谊，我还年轻，照理说不会被拉去联谊，可办公室有位黄金单身汉临时有事，他就把餐券和电影票给了我。

"反正也只是看个电影，吃个饭而已，你就替我去吧，免得浪费了。"

那天我没有其他安排，就同意了。可真到了联谊时，我又觉得尴尬极了，同行的男士都比我大上好几岁，我和他们没有什么共同话题。

我们在餐厅等了一会儿，对方才到。

人群中有她。

从她出现的那一刻开始，我才开始庆幸自己来了这里。这简直就是上天安排的邂逅——与暗恋者在联谊会上相遇，上天的暗示还不明显吗？

"这么巧。"我傻乎乎地说道。

"你也在这里啊。"她这样说着，坐到了我对面。

"你认识我？"我问道。

她歪着头，恶作剧似的说道："我们不是经常在公交车上见面吗？你还偷看过我。"

我觉得自己脸上一热，极力抑制住落荒而逃的冲动。"是、是吗，也许只是巧合？"

"可你刚刚还对我说'这么巧'，你明明注意到我了。"庄晓蝶说道。

原来我从一开始就露出了马脚。

不过庄晓蝶不是咄咄逼人的人，她暂时饶了我一把。

联谊在一家自助餐厅内，聊了一会儿后，两帮人算是认识了，开始相互试探，无非是相亲时最基础的那些内容——平时有什么爱好，家在哪里。

大家也分散开来，互有好感的人已经坐在一起慢条斯理地吃东西了。

我注意到庄晓蝶落单了，我尽力装出很自然的样子，坐到了她面前。

"为什么一个人躲在角落吃菜?"

我看她一个人支着一个小汤锅,在烫娃娃菜、金针菇吃。

"因为我喜欢吃蔬菜。有些自助餐的肉有些不新鲜,蔬菜就没什么关系。"

"是吗?但是蘑菇真的可以算是蔬菜吗?蔬菜都是植物吧,蘑菇应该是真菌类。"

"不是动物的都可以算作蔬菜吧,之前不是出现过人造蛋白吗?"

"那不就是豆腐吗?"

"不是豆腐做的,是用微生物,用细菌和真菌的尸体堆积出蛋白,这个还是素的。"

"好了,这个话题就此打住吧。"我说道,"吃饭的时候别说尸体了。"

我看到庄晓蝶往锅里下了海带。

"其实海带不是植物。"

"什么?"

"一般人都会觉得海带是藻类。其实海带是真菌。"

我夹起翡翠一般的海带。"这家伙浓眉大眼的,看不出来它是这样的真菌。"

"是这样吗,我还是第一次听说。"庄晓蝶说道,"我记得以前教科书上说它是藻类吧。"

我又和她聊了些奇奇怪怪的东西,我们之间还是有不少共同话题的。

在接下来的闲谈中,我知道她和我一样都是来凑数的。

得知这一点后,我松了一口气。按照之前的计划,我也约她去看了电影。

电影并不好看。我们走出电影院时已经很晚了,外面下着小雨。

由于经常要出差,我包里倒是常备一把雨伞。

我送她到了车站,她上车后,我才发觉自己像个傻子,我应该撑着伞送她回家,甚至在公交车车门关闭前,我还有那么几秒的时间可以跳上车,可我全都错过了。

幸好,手机的消息提醒及时拯救了我——她通过了我的好友请求。

我怕打扰她,所以总是慎重地给她发条内容随意的信息,看她会如何回应。

我想就这样,从朋友开始,慢慢追她。

我和她最后一次见面是在三月十日。

没错,就是被称作"世界末日"的"三一〇",那一天死亡天使吹响了号角,死神的镰刀挥舞了数十亿下。

那一天,热带、亚热带上的城市都毁灭了。

杭州市地理坐标为东经118°21′-120°30′,北纬29°11′-30°33′,处于亚热带季风区,也在毁灭之列。

几分钟前还正常的人突然发狂,开始攻击周围的人,然后倒下的人越来越多,变成了名为丧尸的怪物,场面越来越混乱,只有少部分人还能保持清醒,清醒的人就成了怪物攻击的目标。

不光是外面,我听到隔壁人家也传出了奇怪的声音,这是一场怪异的杀戮。我赶紧锁上大门,拿出手机,给我认识的人挨个儿打电话。

没有一个人接我的电话。

我的世界就像阳光下的肥皂泡,"啵"的一声破碎了。原来以为永远不会改变的日常,在真正的劫难面前,不堪一击。

我扶着墙,灌了一肚子冰水才冷静下来。然后,我鬼使神差地给她发了条信息。

"你没事吧,我这里发生了可怕的事情,我不知道是自己疯了,还是世界变得太快?"

结果我很快就收到了回复,终于有一个活人回答我了,我不是唯一的幸存者。

"你没有疯,是世界疯了。"庄晓蝶发了条语音,"而且疯得厉害。"

"你知道发生什么了吗?"我问道。

"不知道,网上说什么的都有。"

"网上?"

"虽然不少人疯了,但还有些正常人,正常的人正在网上分享经验。"

"你有点喘,你还好吗?"

"我刚把发了疯想攻击我的室友推了出去。"庄晓蝶说道,"你呢?"

"我一个人住……"

"等等,我这里又有点事情了,待会儿再聊,你先去网上看看吧。"

这是我最后一次听到她的声音。大约一天后,手机就没有信号了,现代最便捷高效的联系方式中断了。

我听了她的话开始上网。政府网站已经停止了更新,但几个社交平台还有人发言,我就是在这时得到了《丧尸观察报告》。

浏览完一条又一条真假莫辨的留言后,我开始规划将来该怎么办。

据说鸵鸟在面临危险时会把头埋进沙子里,它看不到危险就会觉得心安——人和鸵鸟没什么区别。

我躲了起来,我和普通人一样在疫情来时囤积了水和食物。用上锁的门和拉上的窗帘隔绝了整个世界,有一次,我打开窗,看到远空一架直升机从天上坠落,灰蒙蒙的天空下直升机像燃烧的巨鸟,一个军人被困在机舱里,我不知道他是否已经死去,只知道那架直升机发出最后一声尖叫,死在了火与风的怀抱里。

但这样的生活只持续了两周,我的食物不多了,如果我省着吃,还可以再多撑两周。但我想起一档求生栏目的主持人说过,如果求生者一开始只想苟活而摄入最低限度的能量,那么当食物告罄时,他就没有力量求生了。因此,我在饱餐一顿后出门了。

两周的犹豫,让我下定了决心——不管世界变成什么样子,我都要活下去。

我知道庄晓蝶住在哪儿,我想去找找她。

那个时候,我没找到她,现在她出现在我面前了。

一生当中,你总会遇到那样的人,只要见过一面就再也忘不了。倘若相处之后,你没有讨厌她,那就更惨了。余生发呆时,你多半会想起她,心里就像吃了薄荷一样,有点凉,但又很舒服。

过去,你可以想象她穿着什么衣服,从哪条街走过,风吹过她的裙摆,又可以想象她看了什么电影,你们是否对于某个情节或人物有类似的看法。

可现在一切都不同了,也许她受伤了,病了,变成了丧尸,它穿着曾经让你心动的裙子,在街道游荡,一点点变得破碎,不会再拥有别人,也不会被人拥有。

你们再会时,它露出獠牙,飞奔过来,像最忠诚的爱人,然后将你开膛破肚,或许这也是一种浪漫。如果你是个傻子,也许会张开双手试着拥抱她。

但正常情况下,你不该坐视她变成不会爱的怪物。

　　我终于快到了。

雨下得更大了,云层转黑,遮蔽阳光,远处的云层中仿佛有雷光涌动。

我一边往他们的方向跑,一边挥舞着双手,那些丧尸都是节能主义者,从来不做多余的动作。

他们认出我是活人,往我这边赶来。

这是末日,人类相互帮助,回归到最淳朴的状态,没有人会无缘无故地害人,尤其是在这种状态下。

丧尸潮没有特别在意这些人,它们只是向前移动而已。

我终于和他们接头了。"往这边走,我们有车!"

"晓楠,是你!"她对我喊道,"真好,你还活着真好。"

"你们怎么招惹到丧尸潮的?"

"这种就像自然灾难的玩意儿,我们怎么会招惹——和你们一样,我们趁着下雨来搜刮些物资,结果就被尸潮围住了。"她说道。

突然,一阵闷雷滚过,吓得我们一个踉跄。

我说道:"雨又要下大了。这是好事。快来,是这个方向。"我带领着他们穿过大街。

"还活着吗?"对讲机响了。何莫在叫我。

在手机信号消失的现在,我们只能使用古老的对讲设备。实际上,我们也没有渠道得到专业的对讲机,这是我们在玩具区找到的。幸好从古至今，小孩都喜欢战争游戏，从古代的木刀木马到现在的各种塑料枪，甚至还有对讲器，有效距离有两公里。

"暂时死不了。"我说道。

"我在另一边等你。"何莫道。

"你就不能把车开过来吗？"我问道。

他开车过来会为我们节省不少时间，现在时间就是生命。

"有路障啊，你还得过来。"何莫吼道，"路上小心，记住别死了。我们也会想办法接应你。"

我在雨里睁开眼睛，顾不上擦掉脸上的水，继续狂奔。

我们身后跟着无数的丧尸……它们想要撕碎我们，这可以说是所有丧尸片中的经典场面了。当然，如果我们跑得慢一点，被它们啃噬，这也是一种经典场面，所有观众都会捂着眼睛从指缝里偷看残酷的场面。

庄晓蝶队伍中有个戴眼镜的男子，他体力不行，一直在大口喘气。我在他身边时，他的喘气声都盖过了雨声。

他脚下一个踉跄，摔倒在地。在那种情况下，我们没有时间等他，也没有余力去扶他。他立马就被丧尸淹没了。我无法用语言形容丧尸的吃相，它们比野兽还残忍，疯狂地争夺食物，用牙齿和指甲将尽可能多的食物装进自己体内。

如同往群鲨中抛了一块带血的鲜肉，又如同往水里丢了一块金属钠，丧尸被惨叫和血腥味吸引，扑向那个可怜的家伙。后面的丧尸也想分一杯羹，纷纷往前挤，在后面挤成一团，这大大降低了它们前进的速度，可以说，是一个人的生命为我们赚得了宝贵的时间。

"是那边吗？"有人指着公路另一边。

我们看到在不远处有车给我们打信号，它停在高架上，不断闪着车灯,在雨中冒出模糊的光。

"是你们的车吗?"庄晓蝶问我道。

"应该不是。"我回答道。

高架不是我和唐玄鸣约好的地方,他们应该在附近的路上等我们。

"是不是他的人不重要,我们能逃就好了。"有人说道。

但庄晓蝶否决了。"不行,那里太远了,我们跑不到高架上,而且你们看那辆车上的标志。"

我看到那辆车上画着一个巨大的、奇怪的符号——圆形、正方形、三角形套在一起。

图一 符号示意图

"你朋友还有多远?"他们问我。

我连忙说道:"不远了。"

路虽然不远,但随时有可能发生意外。我们遇到了另一队丧尸,它们受到尸潮的召唤,就像一条蜿蜒的小溪要汇入大江,从远处绕过来,刚好与我们遭遇。

我戳倒几个丧尸后,连忙用对讲机呼叫唐玄鸣他们,但对讲机里没有传来回应。我们之间的距离应该已经超过两公里了。

这说明他们那边可能也遇到了什么事,不得不避难。

"往这边走!"庄晓蝶拉住了我的手。

雷声更大了，每一道雷下来，世界仿佛都要抖一抖。

终于，街边有停车位了，有停车位就意味着有不少无主的汽车。我们一辆车接着一辆车尝试，看看是否能打开，趴在车窗上看车钥匙是否还留在车内。

丧尸席卷杭州，很多人避难都很仓促，找到有车钥匙的汽车，还是有可能的——而且可能性不小。我以前看电影，觉得他们偷车太简单了，只要扯出两根线，对接一下就可以。现实中偷车可不容易，我们必须找到车钥匙。

搜寻过后，我们总算找到了一辆合适的车，平时砸车窗的响声会引来丧尸，但现在已经无所谓了，雷声和雨声是最好的掩护。

一个大汉拿过的我矛，用力砸开车窗，然后将手伸了进去。他打开车门，发出一声惨叫——一个黑影蹿了出来，扑倒了距离他最近的一个人。

我手上没有武器，下意识地往后退。那是一个被困在车内的小丧尸，它打不开车门，于是一直待在车内。

它的父母不见了，也许当初它的父母就是为了保护它才把它留在了车上，结果没能顺利回来，而它也在神秘病毒的影响下变成了怪物。

它扑倒了那人后，支着身体，朝着我们嘶吼。庄晓蝶趁机一棍子撂倒了那个小丧尸。

被丧尸扑倒的人脖子上一大块肉都被撕扯了下来，血不断涌出，混着雨水流进下水道。他已经死了，身体的抽搐不过是机械反应。

开门的大汉靠在车边大口喘息，他只有手臂被咬伤了，可也逃不过死神的镰刀。

好的，现在只剩下三个人了——我，庄晓蝶，还有庄晓蝶队伍中的一个年轻人，看样子，他应该还是个大学生。

"我还不想死。"大汉苦笑道，"这个时候，我很希望有把枪，据说被枪杀的痛苦会少一点。"

庄晓蝶犹豫道："也许我们可以把你留在这里。"

"让我自生自灭，多活几分钟，算了吧。"他说道，"那些丧尸会过来，把我生吞活剥，就让我赶在被他们活生生吃掉前死掉吧，把你那把匕首拿过来，我现在只希望刺穿自己的心脏不会太痛。"

庄晓蝶从包里掏出一把又细又长的匕首，丢给那个大汉。

大汉先到死者跟前，将匕首插入他的眼睛，捣毁了里面的脑组织，这样他的朋友就不会在死后转化成丧尸。

"好了，你们先走吧，等着我干啥，看着我死吗？"

他挪了个位置，坐好。

我们上车走了，透过后视镜，我们看到他用对待尸体的方法结束了自己的生命。

这就是末日，有时候不得不强迫自己做些你原先不愿意做的事情。

车速不快，也不可能快。小路上横七竖八地躺着不少当时逃难者抛弃的汽车，也有零星的丧尸和我们遭遇。

雨幕里的信号灯发出眨眼似的闪光，不远处喇叭声响了起来，那一辆有着奇怪符号的车子也在用自己的方式支援我们——它不断按喇叭，希望将一部分丧尸引过去。

它处在高架的位置，丧尸很难靠近，就算丧尸靠近，它也可以及时撤退。

车窗上的雨刷奋力工作，我想找出一条路来，副驾驶座上的庄晓蝶一直在替我呼叫蒙和平他们。

说实话,在这种情况下,即使他们先逃跑了,我也一点都不会怪他们。这不会伤害我对他们的感情,毕竟比起大家一起惨死,我更希望他们能活下去,在将来的日子里不时提起我,缅怀一下我这个傻子。

那句话怎么说来着?人有两次死亡,一次是生理意义上的死亡,另一次是被人遗忘。如果前一种死亡无法避免,那么让后一种来得迟一些吧。所以世上有那么多创作故事的人,他们试图通过作品让自己的一部分活下去。

前面路口又冒出了四五只丧尸,我打方向盘想往另一个方向走。

庄晓蝶却说道:"不要管,加速!"

我狠狠踩下了油门,汽车撞倒丧尸,我清晰地感觉到车子从丧尸身上碾过。车子没有减速,发出轰鸣声,就像一个莽撞的少年。

"加速!"庄晓蝶再次说道。

我第一次把车开得这么野。

"不行,不能再开下去了。"后座上的男人提醒我。

就在这时,一批丧尸冒了出来。我浑身颤抖,却还是踩着油门不敢松脚,双手紧紧握住方向盘,生怕自己会停下来。

我不能停,停下来就是死亡。但随着越来越多的丧尸撞到车上,我能感受到车子的吃力,它就像驮着稻草的骆驼,背上的稻草越来越多,压得它即将倒下。

终于,车子不动了,轮胎空转,发出令人心悸的尖叫声,引擎也在悲鸣,丧尸拍着车窗玻璃,就像正在开罐头的主妇——而我们就是美味的午餐肉。

"放松，别怕。"庄晓蝶对我说，"先松开油门，重新发动车子。"

我抹了一把汗，重新发动车子，开始倒车，它后退十几米后甩掉了附在边上的丧尸，接着发出一声呼啸，笔直向前。这不是我干的，车子失去了控制，速度瞬间飙升，像箭一样蹿了出去，我们三人都发出了尖叫。

这辆发狂的汽车越过丧尸群，在大街上再度失控，翻滚着碾倒行道树和护栏，侧躺在马路中间。

好在这么多年来我一直有系安全带的习惯。

"你们还好吗？"我满嘴是血——刚才的翻滚中，我不小心咬到了舌头。我吐出口水和血水，吐出一句话，由于舌头受伤，说得有些含糊。

然后，我又睁开了眼睛，眼球刺痛，所见的一切都是红色的，大概是额头磕破了，血流到了眼睛里。

我动了动，确定自己没受什么致命伤，但浑身难受，每个关节里都像塞满了玻璃碴。在肾上腺素的作用下，疼痛减轻了一点，同时，在它的作用下，我保持着清醒。我吃力地转过头查看车上的另外两人，庄晓蝶也满脸是血，倒在椅子上，我探了探她的鼻息，呼吸有力，应该只是晕过去了。

后座的小伙子已经醒了，嘴里像是在骂什么，身上也有血。流血可不是什么好事，丧尸会闻着血腥味过来，失去了大部分视觉的它们对气味和声音尤其敏锐，就像野外嗜血的猛兽一样。

据说一些组织会让经期的女性留守基地，不出去搜寻物资。我打开车窗，豆大的雨水和冷风打到我的脸上，洗去了我脸上的血水，我探出脑袋，查看我们所处的地方。

我们正处在一个糟糕的位置，汽车把我们带到了领头的那一批丧尸跟前,它们就在我们身后几十米,我已经可以用肉眼看到它们了。

"你还能动吗？"我问后座的人。

"有点悬,我好像骨折了。"他说道,"不过我们算是活下来了。"

"你想多了,我们没脱离危险。"我长叹一口气,"你应该系好安全带啊,看来现在这里就我一个能打的了。"

面对绝境,只有两种选择：老实等死,安静接受自己的命运；垂死挣扎,难看地退场。后者虽然累,但在精神上更加体面,一只虫子在被碾死前还会挣扎两下,更何况是人。而且人面对丧尸不像虫子面对人类那么无力,如果我此刻多干掉一个丧尸,那将来就会有人少遇到一个,说不定会因此逃出生天。

抱着这样的想法,我拿出了座位下面的弩箭,手制的弩箭很皮实,经历了车祸依然完好无损。我试着射了一支箭,只是我的手都在颤抖,箭在大雨中飞得歪歪斜斜,我心里一寒,试着深呼吸平复自己的心情,又拿出一支箭上了弓弦。

这次我考虑了风向和大雨的影响,但箭还是歪了,插中了一具丧尸的肩头,这对它来说不算什么伤,就像被蚊子叮了一口。只有攻击丧尸的要害,它们才会停止前进。

它们是我所知道的最顽强的生物,好吧,其实我搞不清它们算不算生物了。在大多数幸存者眼中,它们就像是从恐怖故事里走出来的怪物。

但我很快就不需要担心准头的问题了,因为丧尸们足够靠近,近到我能看到它们行走带起的水珠。

下一箭,就正中了一具丧尸的脑门。利箭将它的脑袋洞穿,它倒了下去,立在脑袋上的箭矢就像一颗耸立在荒原上的树。

我的箭筒内只有九支箭,用掉了三支,还有六支,运气好的话,我还能杀掉六具丧尸。

前提是我还有足够的力气,我觉得自己就像一个漏水的大缸,力量和热量像水一样从我身上流走。

"我们不能跑吗?"后座的人苦着脸说道,"或者说你带着庄晓蝶先跑,别管我。"

"我们被包围了。"我说道,"你看看四周,都是丧尸。"

"你叫什么?"

"界晓楠。你呢?"

"许大禹。"

"大禹兄,很高兴临死前还能和你并肩作战。"我说道。

许大禹的眉头皱了又松,松了皱。"不对,我们还有机会。丧尸都靠过来,近处的可以解释为它们被我们的声音和血腥味吸引过来了,那么远处的呢,它们为什么还往这里赶?我们这里是中心,尸潮的'头羊'就在我们附近。"

对于尸潮,《丧尸观察报告》中有简单的推测,这种丧尸潮虽说是偶然的产物,但也存在一定规律,丧尸潮当中存在一个核心。某一只丧尸突然成了"头羊",它没有比其他丧尸更加有力或者更加聪明,但其他丧尸却会跟着它行动,四周的丧尸也会聚集到它的身后。

请注意是身后,而不是四周,从四面八方赶过来的丧尸会乖乖跟在"头羊"的后面,丧尸的这种行为同羊群和鲸群很相似,如果把头羊赶下海,那群羊都会跳下海;如果头鲸游错了方向,搁浅了,那么其后所有的鲸鱼都会搁浅。

所以《丧尸观察报告》提出了解决尸潮的两种方法:一是捕

获尸潮中的"头羊",然后用"头羊"吸引其他的丧尸让它们踏入死亡陷阱。二是找出并杀死"头羊",擒贼先擒王,这对丧尸也有效,失去了"头羊",尸潮就会瓦解,丧尸们又会回到它们原本的行动模式,不再聚集。

但"头羊"并不好找,尽管它一般就在尸潮最前面,但集体行动的丧尸太多的话,就会造成在前面的不是一只,而是一群。从中找出"头羊",并靠近尸群杀死它,是一件几乎不可能的任务。

据我所知到现在为止还没有一个团队靠杀死"头羊"来解决尸潮的。

可凡事都会有第一次,无论如何总有第一个吃螃蟹的人。

"等等,那还有一个问题啊。"我说道,"就算我干掉了'头羊',我们还是在丧尸的包围之中,外围的丧尸会因为没了'头羊'散去,但里面的丧尸还是会把我们撕成碎片。"

对讲机又响了。

"妈的,我来救你了,晓楠。"

是蒙和平的声音。他们终于来了。

"你要干什么?"我问道。

蒙和平喝了酒,什么事情都做得出来。

"你不过来,我们就只能过来找你了,好的,我看到你了,你缩回车里,我怕误伤你。"

"不是说有路障吗?"

"找了辆大车撞开了,我来了!"

随着他一声大喊,我看到了他的车子,那是一辆大公交车,蒙和平一路上撞开了好几个丧尸,然后一个夸张的甩尾,画了一个圆弧,剩下的一些丧尸也被它弹开了。

公交车在湿滑的道路上失去了控制，接连撞上车子，摇摇摆摆，最后也倒下了，但它造成的影响比我们的小车要大得多。

路面上到处都是玻璃碴和车体残骸，还有丧尸的碎片。蒙和平几乎把从后面逼近我们的一队丧尸都清理干净了。

"和平，你没事吧？"我通过对讲机问蒙和平。

"我没事，好着呢。"蒙和平回答我。

"其他人呢？"

"他们开其他车在我后面，就快到了。"

我松了一口气，那么我现在只需要关注"头羊"这一件事了。

短短几分钟内尸潮就到我跟前了，我射出三箭，又有三具丧尸倒下。可尸潮没有任何改变。

前面有几十具丧尸，我实在不知道哪个会是"头羊"。

蒙和平从公交车里爬了出来，对我喊道："你还等什么，走啊。"

"走不了，我这里还有两个伤员。"我把大致情况告诉了他。

蒙和平跑到我边上，想把里面两个伤员都拖出来，但门怎么也打不开，他狠狠踹了几脚门。蒙和平抹了一把脸上的雨水，又想直接把他们从车窗拉出来，却不知道什么东西卡住了车窗。

看着尸潮，我知道我必须要抓紧了，留给我的时间不多了。我又瞄准一个猎物，扣动了扳机，它应声而倒，我还剩下两支箭。

尸潮顿了一下，我以为自己成功了，但十几秒后，群尸再次向中心聚集。

"和平，你先走，别管了。"我见蒙和平还在和车门较劲。

许大禹听我这样说心里一急，突然发现了玄机："界晓楠，你看看前面的尸潮不动了，其他方向的还在动，你刚才做了什么？'头羊'应该已经不移动了，你是不是只把它打残了，还没打死？"

这个时候，我才发现我刚才射倒的丧尸身上好像是孕妇装，它的腹部也微微隆起。

我究竟做了多么可怕的事情啊。我立马想到了一个词——"一尸两命"。

我望向它的腹部，脑海中出现了两个声音。

——这是要遭天谴的。

——天都塌了，哪来的天谴？

——快射啊，它不是人。

这我当然知道，但心里好像有一堵墙，我翻不过去。

——闭上眼睛，射出去。

这仿佛是一件简单的事情，就像把大象放进冰箱一样，只需三步，只要我拉弦，放箭，扣下扳机。

——这个操蛋的世界。

我闭上了眼睛，凭借闭眼前短暂的一瞄和所谓的手感射出了弩箭。

"晓楠，你做到了，干得好。"蒙和平道。

我睁开眼偷偷看了一眼，孕妇丧尸腹部正插着我的箭，而远处的丧尸已经不往这里来了。

如果存在天堂的话，现在的我应该已经进不去了。

然后，两三辆公交车冲开丧尸，停到了我们面前。公交车上跑下一群人，唐玄鸣和何莫也在里面，他们开始小心翼翼地清理附近的丧尸。

得益于当时的雨声和雷声，只有附近的丧尸可能过来，而在"头羊"更远处的丧尸则已散去，至少幸存者不用再面对成千上万的丧尸，从几十具丧尸手中逃走，还是可以的。

随着尸潮散去，我的意识就像跌落水中的盐粒，慢慢消散。伤口的痛楚、大战后的疲劳、雨滴的冰冷，还有得救后的庆幸，大量情感冲击着我的大脑。

我晕了过去，那时我还不知道自己将来会落入怎样的泥潭、什么样的罪恶。

《丧尸观察报告》节选一

我从未看过荒原——
我从未看过海洋——
可我知道石楠
和狂涛巨浪的模样。

我从未与上帝交谈
也不曾拜访过天堂——
可我好像已通过检验
注定会去往那儿。

——艾米莉·狄金森《我从未看过荒原》

如果想从熊口逃生，必须了解熊的习性，比如熊对人没有好感，一般来说不会把人类当作食物。

熊会袭击人，很多时候是因为它们受到了惊吓，想要自保。所以在有熊出没的地方，你最好弄出点声音，告诉它们你来了，它们就会避开。就算你真的和饥肠辘辘的熊遭遇了，也不能转身就跑，人类的体能比不上野外绝大部分猎食者，而你背朝着它奔跑的行为，会让它将你视作猎物，所以正确做法是正对着熊，然后慢慢后退，离开熊的视野。虽然这只是两条简单的建议，但它们挽救了不少人的生命。同理，如果想在末世生存，你也必须了解丧尸。而我在本章内讲述的正是这些知识，让我们从一些最基础的方面来了解丧尸。我们最关注的自然是丧尸如何发现、猎食人类，根据这些知识制订策略，使自己远离危险。

视觉：当近距离观察丧尸或丧尸残骸时，可以发现丧尸的眼球是浑浊的。这种浑浊和某些美瞳不一样——它就像是搅浑了的泥水，让人作呕。尽管丧尸可以行动，但某种程度上，它还是尸体，因此眼球会出现腐化的现象，但到一定程度，腐化又会停止，丧尸会保留一些视觉能力。你可以看到游荡中的丧尸过街串巷，只要不是太复杂的地形，丧尸都可以安全通过，当然一些碰撞是不可避免的，丧尸就像"碰碰车"，它们总是摇摇摆摆、跌跌撞撞的。

夜视能力：我把丧尸放入实验场所，亮度充足时，丧尸能从容绕过阻碍，但当亮度逐渐降低，在正常人适应黑暗后能看清环境的情况下，丧尸只能在原地打转，找不到路了。我们有理由相信丧尸"患上"了夜盲症。辨色能力：首先我要说明，我找到的实验体生前不是色盲，我在它的钱包里找到了驾驶证，拥有驾驶证的不可能是色盲。如果它无法分辨颜色，那就是死亡的影响。丧尸虽然只捕猎活人，但对所有会动的东西都有反应。有些人也许认为丧尸通过动作来分辨活人和死人，因为活人的动作比丧尸灵活，但丧尸糟糕的视力，根本无法完成那么精细的操作，我通过模仿丧尸动作，例如，采用步履蹒跚、笨拙跛行等行动，欺骗丧尸的尝试都失败了。

那么颜色是不是丧尸发现活人的关键呢？比如血的颜色特别吸引丧尸。我在中央位置的笼子里放了四具丧尸，分别是中年男性、中年女性、青少年男性和老年女性，然后在五个不同方向放了塑料模特——塑料模特是商场中最常见的人形模特，分别被涂成了白色、黑色、红色、黄色、蓝色。模特还与电机相连，我可以调节模特晃动的频率。然后进行大量的实验，每次只修改一种变量。从实验结果来看，当模特摆动频率一致时，丧尸们会往最先看到动静的方向前进，由于四具丧尸的面部朝向不一致，所以它们选择的方向各不相同，但大量重复实验的结果表明，丧尸选择五个方向的概率几乎一致。而当模特摆动频率不一致时，丧尸会优先选择摆动幅度最大的模特。我移远模特后，丧尸们又只扑向最先看到的模特，我想这与距离有关，距离太远，它们的视力无法辨识哪一个方向的模特摆动最剧烈。由此可知，丧尸很有可能无法分辨颜色或者对颜色兴趣不大。但这就又出现了一个新问题，活动的丧尸们是如何区分同类和活人的？这就需要其他感觉介入了。

听觉：同样，我选择的实验对象都是听力正常的丧尸。与视力相比，丧尸的听力极其出色，同样将丧尸放到中央，播放声音,丧尸就会被吸引,我尝试着用各种频率的声音,发现丧尸能听到的声波频率在20赫兹至20000赫兹,它们并不能听到超高频和超低频的声波,但它们能听到极其轻微的响声,比普通人类敏锐得多。双耳效应:人类靠双耳间的音量差、时间差和音色差判别声音方位,根据声音强弱不同,感受出声源与听音者之间的距离。五个方向只有一个方向播放声音,这个实验重复了几十次,丧尸们没有选错过方向,由此可知,丧尸可以通过双耳效应来判断音源的方位。

声音辨别:实验证实丧尸能被任何声响吸引,不仅仅是活物发出的声音。

换句话说,它们能听见声音,却无法理解声音隐藏的信息,同样用四具丧尸进行实验,分别在五个方向播放不同的声音,一号位播放自然界中的风雨声,二号位播放一些动物的叫声,三号位播放车辆行驶声,四号位播放小孩笑声,五号位播放白噪声(也就是电视无信号时发出的"雪花声"),重复实验,依次序改变播放内容,如一号位播放动物叫声,二号位播放车辆行驶声,三号位播放小孩笑容声,四号位播放白噪声,五号位播放风雨声,不断轮换……当五个方向的音量相近时,它们会随机选择一个去处,而当音量大小不一时,丧尸会选择音量最大的方向。如果它们能理解声音的信息就该知道小孩的笑声代表那里有食物,但没有丧尸特意赶去有小孩笑声的方向。就像活人一样,正常人失去视力后听力会变得更加敏感,在以上实验中,我们发现这一情况也适用于丧尸。因此在遭遇丧尸时,比起藏好,更应该屏住呼吸,别发出声响。

嗅觉:丧尸最灵敏的感觉就是嗅觉。

我们有理由相信丧尸们捕猎活人最依仗的就是嗅觉。

在自然界中，地表的猎食者往往有强大的嗅觉，比如科莫多巨蜥的舌头能够像蛇一样起到收集气味颗粒的作用，可以察觉一千米范围内食物的气息，狗的嗅觉灵敏度要超过人的一千二百倍。狗的鼻道长而大，能辨别空气中多种微细气味，有的狗甚至能嗅出精密仪器也不能测出的细微气味。北极熊的视力和听力与人类相当，但它们的嗅觉极为灵敏，是犬类的七倍，能嗅到数公里外海豹脂肪发出的气味，并凭嗅觉准确判断出猎物位置。丧尸对活人的气味极其敏感，不论在什么情况下，它们都能优先分辨出活人的味道。在一些情况下，特别是理想化的风力条件下，丧尸甚至能察觉一里内的活人的味道。但它们只对活人或者新鲜尸体的味道有反应。一具刚死亡一小时的尸体能吸引丧尸，但一具死亡才半小时、已经转化成丧尸的尸体却不会吸引丧尸。丧尸们不会彼此攻击，至少，我在实验中没有看到同类相食的情况发生。那么丧尸是如何分辨食物的呢？有些人认为是通过血腥味，但丧尸在进食时也会沾染到活人的血液。根据实验结果来看，血液确实会吸引丧尸，但不起主要作用。因此，我倾向于"信息素说"，不知名的病毒改造了所有感染者的身体，活人会散发出信息素A吸引丧尸。信息素A不稳定，只能保存数个小时，所以不新鲜的尸体不会吸引丧尸，而当活人变成丧尸后，身体会转而制造另一种信息素——B。通过信息素B，丧尸就能分辨出同类。我想这也是模仿丧尸行为会失败的原因之一。人类的嗅觉无法感知到信息素A和信息素B，但我们也可以凭借香水、除臭剂或者其他"重口味"的物质来"掩盖"活人独有的味道，从而躲避丧尸的追捕。也许以后我们能合成类似信息素B的物质，再也不需要害怕丧尸。可现在，如果你不得不外出，我还是建议你涂抹一些"香水"，来隐藏自己。而且，千万要注意，同丧尸保持距离。

因为在一定距离内，丧尸还是能准确嗅出人身上的信息素A。

味觉：某种程度上，味觉和嗅觉是同一样东西，因此我不再分一章来特别介绍丧尸的味觉。

我很怀疑丧尸是否保留了味觉，丧尸确实有能力分辨出活人、死人和动物的血肉，但绝不是靠味觉。

丧尸挑食，它们的食谱只有一行，那就是活人的血肉。

我发现丧尸只对活人，或者说足够新鲜的血肉有兴趣，我将活人的血液淋到鲜猪肉上，丧尸们也会啃食猪肉。

但当鲜血部分被分食后，它们仿佛察觉到自己"被骗"了，会停止进食。

但这种判断更可能是基于嗅觉。舌头是人类的味觉器官，如果丧尸有味觉，那也与舌头这个器官有关。

可在我切除丧尸的舌头后，实验结果并无变化。

归根结底，味觉也是进化的结果，它有助于人类生存，所以一直存留下来。

通过味觉，人类可以鉴别一些有毒物质。另外，味觉有指导生存的作用，饥饿时味觉会告诉你口中的食物有多美味，让你加快进食速度，饱腹时味觉会告诉你口中的食物有多乏味，让你不想进食。同时不同的味道还表达不同信息，之前提到味觉可以帮助人类鉴别有毒物质，那是因为众多有毒物质都是苦的，也就是说，苦味往往表示有毒，甜味则表示高热量，酸味是水果未成熟和食物变质的信号，咸味可以帮助保持体液平衡。对丧尸而言，这一切都没有意义。因为食物对丧尸没有意义，丧尸已经死去，它的消化系统已经完全失效。丧尸只能凭借嗜血的本能进食，它们无法消化食物，那些血肉只是填塞在肠胃里，随着丧尸吞吃更多的食物，原先的食物就会被挤出肛门，或者直接将肠胃撑坏。丧尸放屁也是常见的事，血肉在丧尸的肠胃里腐坏，产生气体，达到一定量后就会以屁的形式释放出来。据说也有人用火烧灼丧尸，最后引燃了丧尸体内的沼气——丧尸就像一个烂番茄一样被炸开来。想来那场面一定很壮观。触觉：丧尸没有字面意义上的身体感知能力。在丧尸化后，丧尸身体表面的神经感受器依旧是死亡的，所以丧尸可能会失去大部分的触觉。触觉是接触、滑动、压觉等机械刺激的总称。人的皮肤内就布满了触觉感受器，依靠表皮的游离神经末梢，人类能产生痛觉、触觉等多种感觉。这是生物进化的重要转折点，拥有触觉，意味着生物能适应复杂的环境，面对不同的刺激做出不同的反应。人类通过痛觉来判断自己是否受到了伤害，哪里受伤了，从而避免伤害扩大，这是生物趋利避害的本能体现。但丧尸不需要这个，它们不在意受伤，感觉不到疼痛。这反而成了一个优点。我们需要费更多的工夫才能击倒一具丧尸，因为它们不知疼痛，不会退却。即使丧尸的身体受到了严重的损害，只要核心健在，它仍然会继续攻击。丧尸没有触觉，就此可以解释其不少独特的行为。比如丧尸迟缓的动作，丧尸只能靠糟糕的视力来绕开障碍物。如果速度过快，它们的行动反而会遇到不少阻碍，即便如此，我们也常看到丧尸撞到柱子或玻璃上，不会马上绕开，失败多次后才会调整方向。当用火来对付丧尸时，就算全身着火，丧尸的行为也不会有什么不同。另外，由于迟钝的触觉，丧尸在追捕活人时常常会有"过度用力"的情况发生。为抓住活人，它们往往会用很大劲儿，这会导致受害者骨折。力量：丧尸的力量和活人一样强，或略强于普通人。人类生前肌肉拥有的力量在其死后依然会保持。但它们永远不知疲倦，仿佛体力根本不会耗尽。痛苦和精疲力竭感会削弱你的极限力量。而这些都不会影响到亡者。它们会用同样的力量持续行动，直到耗尽肌肉为止。但根据实验结果，它们的肌肉也更加高效。我的实验是这样的，将丧尸固定在椅子上，让它只能挥动左手，渐渐剥离它左臂的肌肉，并测量力度。我发现只有当肌肉减少到原来的 10% 以上，力度才会有明显的减弱。敏捷：丧尸的灵敏度低于活人。它们的大脑只保留了最基础的功能，无法指导手脚做出快速、复杂的动作。加上丧尸糟糕的视力，它们很难完全跟上正常人的速度。面对丧尸时，找对方法，你有很大的机会能活下来。

　　首先，丧尸不擅长跳跃和避开障碍，你可以往窄巷内跑，甩开丧尸——当然，前提是巷子另一头没有另一具丧尸。

　　基于同样的原因，丧尸也不会游泳。一旦落水，它很有可能就会一直在水底徘徊。

死神有话说

我睁开了眼睛。眼前是一片白光，白光渐渐散开，我才能看清楚东西。

我的身体就像散了架，然后又被胡乱拼凑起来一样，浑身酸疼，处处别扭。

"水……"我嘟哝道。

喉咙干得就像里面有一片沙漠，但没人给我递水。

我挣扎着想要起床喝水，可是手脚根本不听使唤，疲惫感像一座大山牢牢压着我，连呼吸都是一种负担。

我费尽了力气才喝到水，过一会儿，又累得睡着了。

第二次睁开眼睛，凭借透进房间的阳光，我猜测自己又昏迷了半天。杯子又续上了水，大概是有人定期来照顾我吧，我喝了点水，然后放心地睡去了。

接下来的几天，我都是在这样的状态下度过的。等我完全清醒过来，才开始思考自己在哪儿，会遭遇什么。首先最让我感到不安的是发现自己被铁索捆在床上，没有自由。而且浑身酸疼，这种症状一直没有好转。

我保持清醒，终于等到了照顾我的人。

对方穿着防化服，全身白白的就像一条年糕，他走进屋子，看到我醒了，就把东西先放下同我打了一声招呼。

"状态怎么样？"他说道，"你睡得够久了，如果你再睡，我也要把你叫醒了，你身上有没有异常？"

"还行，就是头晕，使不上力气，伤口痛。"我说道，"你们是谁，这是什么意思？"我指了指身上拴着的链子。

"安全措施而已，我们没有恶意。"他说道。

"这我相信，不然你们也不会特意把我救回来了。"我老实地让他替我检查身体。

"你状态还不错，伤口恢复得也还行。"白年糕说道，"至于铁链，你们在外面尸潮里滚了一圈，还受了这么多伤，我们觉得把你关起来隔离观察一段时间比较好。至于你的头晕乏力，应该是饿的——你昏迷的这段时间，我们只能给你灌点流质食物。你吃点实在的东西就会好转。"

他把检查工具收了起来，又打开一个盒子，里面是一碗糖水年糕，年糕就像云朵窝在碗底，而白的、黄的蛋丝漂浮在糖水里，就像流苏，美极了。

这是一碗最普通的糖水年糕，但当它的香气和热气扑到我脸上时，我的心顿时沦陷了，我的胃紧随其后，咕咕叫着，催促我赶紧享用美食。

但我没有急着享用那碗糖水年糕。"你们什么时候能把我放出去？我应该没有被抓伤或咬伤。"

"我都检查过了，确实没有，但制度就是制度，小心驶得万年船。十五天，你还需要再待七天。"说完，他又从背后摸出一本书来，是伊藤计划的《尸者的帝国》，"给你解解闷吧。"

我看了看简介和书名，这书还挺适合现在看的。

"有拟南芥的小说吗？"我说道，"他有一篇《童话市的烟火》，很适合现在看。"

"没有，就这个了。"

"好吧。"

"对了，你隔壁也有人，她也才醒没多久。"他又说道，"反正就隔了一个帘子和一层玻璃，这里隔音效果一般，你们没事也能聊聊天解解闷。"

"她是？"我问道。

"庄晓蝶啊，就那个和你一起被救回来的女的。等等，你别用这种眼神看我，当然不是我给她做检查。"

"那其他人呢？"我继续问道，"许大禹呢？"

"他伤得比你轻多了，到其他地方养着了。"

"他不是骨折吗？"我问道。

"什么骨折，他就是扭伤，脚卡在车座底下了，问题不大。"他说道。

"那你知道蒙和平、何莫和唐玄鸣那几个人怎么样了吗？"

"和你一起来的几个新人吗？他们都没事啊，差不多已经融入这里的生活了。"

"能让他们来看看我吗？"我请求道。

白年糕挠了挠头，有些困扰地说道："恐怕不行，隔离就是隔离，不过再过几天，你也可以出去了。"

"好吧，那还有最后一件事。"我说道，"你怎么称呼？"

"我姓刘，叫刘志达。"他犹豫了一下又补充道，"你直接叫我小志就可以了。"

"好的，小志。"

他收拾好自己的东西准备走了，出门前又叮嘱道："伤口还在愈合，会很痒，不要用力抓。"

这是我这周第一次和其他人说话。感觉还不错，至少我知道其他人还活着。每一次冒险都意味着危险——大家都还活着，这就是最棒的事。

我吃完了糖水年糕就开始看书，没过多久，我就可以下床了，但由于铁链的限制，我的行动范围很小。这让我觉得自己有点像一只被拴住的狗。

尸潮的时候,我仿佛透支了全部力气,现在总是累。我很想知道隔壁的情况,却又不知道该如何开口。隔壁也没有什么动静,也许庄晓蝶还在休息吧。

于是,我又躺下了,只是有了心事,睡得并不安稳,很长一段时间都只是闭眼躺着。小志又来过几趟,替我换药,送食物。

他说得没错,这里的隔音确实不行。有时候听着那边零零碎碎的声音,怎么说呢,让我有种踏实感。

大概是在第十三天的时候,帘子的一角被掀开了,住在我隔壁的人果然是庄晓蝶,她露出半张脸,有点像被云彩遮了一半的月亮。

她敲响了玻璃,让我靠过去。

她特意压低了声音,问我:"你没事吧?"

"我没事,他们说我再休养几天就好了,其他人也没事。"

突然,她用手在玻璃上画了一个奇怪的图案。

我记得之前有辆车上有这个图案(见图一),庄晓蝶还拒绝了他们的帮助。

看我疑惑的样子,庄晓蝶解释说,这个符号在十七世纪的西方表意文字中代表"炼金术",也被用作征四个基本要素:中间的小圈代表水,方形代表土,三角形象征火,最外层圆圈象征风。

她这样说,我就更不明白了,这里是杭州,为什么突然冒出一个中世纪炼金术的符号,这就像走进一家西餐厅却上了油条豆浆一样让人觉得奇怪。

——等等,我突然发现这个地方一些角落也有这个符号,比如我病房门口贴着一张"小心,内有病人"的纸条,最后就附有这个符号。

"你觉得这个地方怎么样?"庄晓蝶又问道。

透过玻璃,我凝望着她的眼睛,她眼里藏着一丝不安和愤怒,我思考片刻后说道:"还不错吧。从现在的情况来看,我们住的地方干净整洁,吃的也还不错,这说明这群人吃住都不愁,而且他们有余力来照顾我们这些伤者。"

"继续说。"

"从他们还要观察我们这件事来看,这里的管理者应该很小心,至少这里井井有条,有规章制度。而且听照顾我的人说,我的几个朋友已经留下了。我觉得这里会是个不错的归宿。"

庄晓蝶问我:"你来这里前,待过几个团体,都是什么样子的?"

我又挠了挠头,说道:"都不怎么样,占据一个小地方然后四处搜刮,待不下去了就换个地方,这里给我的感觉是个分工明确的基地。"

没错,能够传承人类文明的那种基地。我原以为只有在深山老林中靠残存的国家力量才能建立起这样的基地。

"看来这里真的很不错,可是……"

听到这个"可是",我的心一紧。"可是什么?"

"可是这里的领导有些问题,你说这里是基地,可以说对,也可以说错。其实我早就知道有这样一个地方存在,它热情地吸纳周边所有的幸存者,但还是有不少人不愿意加入他们。"

"为什么?"

在末世,每个人都想背靠大树,进入一个势力强大的组织——这无异于多了一条命。

"因为这里好像还是教团。"庄晓蝶回答道。

"什么教团？"我觉得我现在一定是"一脸懵"的表情。从小志的言行来看，这里似乎没有什么奇怪的地方。

"就是宗教的教团，不是现存的某个宗教，而是一个新生的邪教。你应该明白，我们绝大多数人都是无神论者，对一些宗教的感觉也不好。一些宗教以神的名义压迫剥削他人，发动战争排除异己，制造屠杀，所以不少人对此很反感。在国内，搞邪教是没有前途的。"

我说道："但你也不得不承认，有些宗教是导人向善的。我在想，每一样东西的出现都有意义，在最初它们一定符合了许多人的诉求，不然也不会得到广泛传播。反正大家都快死了，有个信仰总是好事，至少给个盼头，人没盼头就活得特别苦。"

毕竟社会已经崩溃了，用所谓的信仰来指引幸存者也许是一件好事。

可是，神体现神性，负责将其贯彻的却是人，而人是不可靠的——即使宣扬超脱的宗教也可能做强取豪夺的事情，宣扬慈爱和平等的宗教也可能肆无忌惮地屠杀其他民族。

果不其然，庄晓蝶也提到了这一点。

"这里所谓的教团就是由人主导的，而不是神。而且这个人，我恰好认识。在末日前，他就是一个神棍。"庄晓蝶说道，"有句老话说得好，平生不做亏心事，半夜不怕鬼敲门。有些做了亏心事的人害怕怪力乱神的事情，所以就有一些奇奇怪怪的神棍专门为他们服务。"

"所以他现在算是教主一样的人物？你怎么知道这些？"我好奇道。

"是的。从前我不知道，但求生时，大家接纳新人不都会追根究底吗？"庄晓蝶说道。

"你是说他是你原来的队友?"我问道。

"没错,就是因为了解他,我才会对这里充满戒备。这里的教主名叫郑宏颖,五十多岁,一副仙风道骨的模样,其实就是个骗子,而且他还是一桩命案的嫌疑人。"

"那你们是怎么分开的,为什么他突然成了你口中的教主,案子又是怎么回事?"我有太多的疑问了。

一个神棍怎么可能在短短几个月里建立起这样的组织,庄晓蝶说的命案是什么?就算是末日,杀人也是不被允许的,别看那么多灾难片中,幸存者没过几日就开始相互残杀,现实生活中这是根本不可能的,人类花费数千年建立起的道德体系不会那么脆弱。

如果这里的领导是谋杀犯,那这里的性质就完全不同了。我认为做人和写字一样,是有格子的,一旦出了格,打零分也不为过,而且如果出格一次,就极有可能出格第二次。法律不可能绑着人,越过一次底线而没有受到惩罚,那就会失去对底线的敬畏感,让一个没有底线的人当首领是件可怕的事情。

"我慢慢和你说吧。"庄晓蝶道,"我和郑宏颖在同一支队伍里,算上我,那支队伍大概有十五人。"

"那已经是支不小的队伍了。"我说道。

毕竟,我和唐玄鸣他们才四个人。

"这个队伍能成立,全亏了我们的领队。"庄晓蝶说道,"有些人天生就是领袖,能自然而然地聚集起一波人。就像雨一样,如果只有水汽,那很难凝结成雨滴,只有有了一颗尘埃作核,雨滴才会成形——王子诺就是这样的人。而他被谋杀了。"

我问道:"如果他真是你说的那种人,那为什么会有人杀他?他活着才对大家有利。"

"动机也是疑点之一。"庄晓蝶突然压低了声音说道,"而且他死在了密室当中。"

"密室?"

我还是第一次在现实生活中听到这个词。凶手做些什么事,一定是有原因的。而制造密室,大概可以归纳出以下几个原因。

一、由于意外,现场变成了密室,不是凶手的本意。

二、让人以为死者是自杀,或者是死于意外。

三、用密室来掩盖杀人时留下的什么线索,比如里面放了什么装置,需要撞门来毁掉这个装置。

四、嫁祸给有可能出入密室的人,或是和死者一起身处密室的人。

五、凶手为了脱罪。与第四条类似,但不是靠嫁祸他人,而是让凶手看起来没有作案条件,让警方转移注意力。

六、延迟尸体被发现的时间,给凶手更多时间逃离或做准备。

"所以一个没有理由被害的人死在密室当中。这……这究竟是怎么回事?"我问。

"案子发生那天是这样的。"庄晓蝶陷入了回忆之中。

案子发生在午后,王子诺正在自己房间内办公,大概是计算物资存量和思考明天的部署吧。他的房间在三层,外面是一条小巷。王子诺有远眺的习惯,工作一段时间就要远望一会儿,休息一下。

这里要说明一下,王子诺的队伍此时正驻扎在西湖景区的别墅内。这间别墅一共四层,由于位于景区,过于喧闹,别墅的主人只是偶尔使用这间别墅,所以他们找到这里时,里面没有人和丧尸，而且别墅内设施完善，地下室甚至有发电机。安保没有问题，门窗也完好，一层、二层都加装有防盗窗，门窗都从里面上了锁，外人和丧尸闯不进来，是个完美的据点。

王子诺泡了咖啡，由于条件有限，酷爱咖啡的王子诺也只能靠速溶咖啡解馋。就在此时，一位熟人敲响了王子诺的房门，王子诺迎他进来，随手也为他泡了一杯咖啡。

后来调查时发现，王子诺桌上有两杯咖啡，一杯喝了三分之一，另一杯好像只喝了一小口，应该是来者接下了这杯咖啡，然后喝了一点。

咖啡杯上没有留下什么特别的痕迹。也许杯壁上留有指纹，如果他们掌握鉴定技术，就能知道谁喝过那杯咖啡了。只可惜人类社会已成了灰烬，现代刑侦技术与之陪葬，至少在案件侦破技术方面，人们又回到了原始社会。

回归正题，这两人应该聊了一些事情，王子诺将自己的后背毫无防备地露给对方，结果，对方用利器刺杀了王子诺。

从伤口上来看，那应该是一把匕首，从后心刺入，仅仅一下就杀死了王子诺，凶手还用绑带裹住了王子诺。

然后，凶手就离开了房间，将门反锁。

庄晓蝶他们来到这个房间，发现房门关着，撞开门发现王子诺死了，而且由于王子诺是背后中刀，所以绝不可能是自杀。

王子诺死后，他们彼此猜忌，毕竟谁也不想和杀人凶手待在一起。

他敢在基地杀人，就敢在外面杀人——在外面杀人还要容易一些，他只需要故意把人往丧尸群里一推就好了。

没过多久，他们平分了物资离开了那里。就算再相遇，他们也形同陌路。

庄晓蝶觉得郑宏颖可疑，因为在他们散伙后，郑宏颖过得最好。

从来没有无缘无故的杀戮，一桩杀人案背后，获利最多者总是嫌疑最大。

虽然郑宏颖的成功与王子诺的死之间没有直接关系，但凭借女人的第六感，庄晓蝶认定郑宏颖这个人有问题。当然，现在最大的问题是庄晓蝶没有证据。

我皱着眉头，诚恳地说道："怎么说呢，我脑子不算太好，上学的时候，数学成绩就不好，看刑侦剧和推理小说，除非特别俗套的剧情，一般情况下我是猜不中手法和诡计的。当然，我很愿意听你说。"

"一人计短，两人计长。"庄晓蝶说道，"当初那么多人也没能查明真相，过了这么久，就更难查了。我刚刚只说了个大概，你有什么想法都可以问我。"

"那我问几个问题，你们最后看到王子诺是什么时候？"我问道。

庄晓蝶回答道："上午九点，许大禹找过王子诺。"

"中午呢，他不和你们一起吃饭吗？"我问道。

"我们午餐一般不在一起吃。"庄晓蝶说道，"晚餐是一起吃的，午餐是前一天剩下的干粮。"

我点了点头，这是很正常的情况，白天大家都在忙活，把大家聚集起来烧火做饭是一件麻烦的事情。

"你们中午吃了什么？"我问。

"前一天做的饭团，里面塞了话梅什么的。如果在屋里，可以烧热水做成汤泡饭。"

看来他们比我们吃得好一点。

"平时找王子诺的人多吗？"我问道，"下午的时候会有人找他吗？"

"不多，几乎没有。"庄晓蝶说道，"王子诺是那种很强调计划性的人，每天晚上，他会查看大家的收获，计划的进展情况，大家讨论下一步该怎么办，定下方向后，他给出大概的方案。除非有突发事件，大家平时不会找王子诺。"

"听起来，他的工作很清闲。"

庄晓蝶的脸立刻板了起来。我觉得我踩到地雷了。

"不，他参加劳作。"庄晓蝶说道，"他会和搜寻队一起出去，有时也会留在基地帮忙做饭什么的，哪里缺人，他就会去哪里。上午，他基本和其他人一起忙活。中午，他会午休一会儿——我们都会午休，这不是他的特权。为了方便大家找他，下午他基本就待在房间里了。"

"但你刚才说最后看到王子诺是在上午，还是许大禹去找他的。"

"那天刚好在休整，除了四五个人在外面，剩下的人都没出去，活儿也都放下了，不过午饭还是各自吃。许大禹找王子诺是因为一批物资的事情。"

"这么说来，凶手可能是特意选这天下手的。他有足够的作案时间和作案条件，还有足够多的嫌疑人来隐藏自己。"我说道，"那你们赶到时，咖啡是什么样的，容量多少，温度如何？"

我想要通过咖啡的状态来判断案发时间。

热水的温度会逐渐降低，最终会和周围的空气温度保持一致，因为热量是会扩散的，周围的冷空气和热水的热量交融，最终平衡。

牛顿冷却模型是指：在常温环境下，如果最初的温度是 θ1，环境温度是 θ0，则经过时间 t（单位：min）后物体的温度 θ（单位：℃）将满足：$θ = f(t) = θ0 + (θ1 - θ0)e^{-kt}$，其中 k 为正常数。现在室温是二十五摄氏度，我们可以拿一杯同样体积、杯型一样的沸腾咖啡来做实验，将它放到室温，求出 k 的数值，就能用来计算 t 了。

"撞门时，我们就看过了时间，下午三点二十六分。但我们查看咖啡已经是二十分钟之后了。咖啡虽然是温的，但已经接近室温了……你问这个有什么用吗？"

"我想知道案件发生的具体时间，对了，你们能估计死亡时间吗？"

庄晓蝶面露难色，说："我们都是普通人，缺乏相关的知识，准确的时间，我们估计不出来，王子诺尸体上还没有尸斑，从这点来看，死亡时间应该是下午一点二十六分到三点二十六分之间。"

由于人死后血液停止循环，心血管内的血液缺乏动力而沿着血管网坠积于尸体低下部位，尸体高位血管空虚、尸体低下位血管充血，尸体低下部位的毛细血管及小静脉内充满血液，透过皮肤呈现出暗红色或暗紫红色斑痕，这些斑痕开始呈云雾状、条块状，最后逐渐形成片状，即为尸斑。一般在人死后二至四小时出现。

庄晓蝶又说道："但我们普遍认为王子诺是下午两点左右被害的。"

我问道："为什么？"

"因为王子诺尸变了……"

我不知道该说些什么来安慰庄晓蝶。

"对不起。"

先前的友人变成了丧尸,他们还要再"杀"他一次,心里一定不好过,怪不得他们过了二十分钟才查看咖啡。

"没关系,有错的是凶手。"庄晓蝶说道。

"这样吧,你还是从头说起。"我说道,"那天下午,你在干什么?听到什么动静才知道王子诺出事了?"

"那天我在一层处理食物。其实就是腌制鸡蛋,前几天,我们搜到一批鸡蛋,准备吃掉一部分,另一部分仿照咸鸭蛋的方法做成咸鸡蛋。"

"三点左右,我听见一声巨响,是从王子诺房间的方向传出来的。"庄晓蝶说道,"丧尸有听觉,我们平时都不敢发出太大的响声。虽然丧尸攻不进房子,但如果它们堵住出入口,也会让我们很头疼。所以有警惕性比较高的人想去查看一下。我也因为关心王子诺,想去看看。"

"到王子诺房间,你们花了二十分钟?"我发现了一个问题。

"没错,走廊、过道上的门都被锁上了。"

"那些门平时也是锁上的吗?"

"平时只是关上,不会上锁。"庄晓蝶说道,"这都是为了防丧尸。"

在丧尸年代,大家的生活习惯已经不一样了。学不会随手关门的人早就死了。丧尸没有智慧,它们不能开关门。如果有丧尸跑到屋内,它也会被困在一定区域内,不会威胁到其他人。

"这个凶手很谨慎啊。"我说道,"你们平时都关着门,不去开门的话,大家不会发现门已经上锁了。我想凶手一定把门都锁上了,再优哉游哉地去杀了王子诺,就算出现意外状况,他也有时间逃离。"

"是的。"庄晓蝶点了点头,"我们也是这样想的。"

"然后呢?"我急着想知道接下来发生了什么。

"我们最开始是想绕路的。"庄晓蝶说道,"我原来在一层,跑到了二层。王子诺的房间在三层。二层门也锁着,于是大家又跑到三层,遇到有人下来说三层的门锁了,他想下来拿钥匙。"

"这人是谁,他还活着吗,你能联系到他吗?"

"他还活着,就是许大禹。"庄晓蝶说道,"出去后,你就可以找到他。"

我点了点头,又问道:"然后呢?"

"我们觉得再下去拿钥匙太花时间了。"庄晓蝶做了一个撞门的姿势,"我们决定撞门,几个身强力壮的男人撞开了门。一路上的门都关着。这栋建筑很奇怪,设了不少门,关于这点,以后我细说。我们撞开了很多门,大家跑向王子诺的房间。王子诺的房门也上了锁,我们听到里面有动静,于是我们先敲了门,喊王子诺的名字,问他发生了什么。"庄晓蝶闭上了眼睛,眉头渐渐锁了起来,像是在忍受来自回忆的痛苦,"他没有回答。我们不敢轻易撞门,所以我还是去拿了钥匙。"

"多少人有钥匙?"我问道。

"每个房间都有两把钥匙,房间主人手里有一把,杂物室还有一把备用钥匙。"

"凶手可能用钥匙吗?"

"备用钥匙还在原地,负责管理杂物的朋友确认没有人拿走过备用钥匙,而门的钥匙,还在王子诺身上。"

"那真的是密室。"我叹道,"你继续说吧。"

"我拿来钥匙打开了房门。"庄晓蝶心有余悸地说道,"我们看到王子诺身上缠满绷带，直直扑向我们。他已经被转化成丧尸了，我们费了不少功夫才制服它。"

"我能问下绷带是怎么回事吗？"

"我也不知道。"庄晓蝶说道，"这也是一个疑点，凶手杀了王子诺，还为他包扎。"

"伤口被包上了吗？"

"嗯。"庄晓蝶回答道。

"四肢呢？"我问道，"是不是为了控制丧尸的行动？为了掩盖这一点，凶手干脆就把王子诺包成木乃伊。"

庄晓蝶想了想，说："有可能，王子诺的手好像被绷带缠住了，但缠得不紧。"

"那会不会是因为丧尸乱动导致自己被缠上了？"

"不排除这个可能。"庄晓蝶说道。

"王子诺的房间还有什么出口吗？"

"他房间的门窗全部都是上锁的，里外两侧都能上锁，但必须用钥匙。"庄晓蝶说道，"但我之前和你说过了，钥匙就在王子诺身上，而备用钥匙一直被看管着。对了，王子诺的房间还连着一间休息室。"

庄晓蝶问我："我是不是该画一个示意图给你？"

"有个图能帮助我理解。"我说道。

庄晓蝶呵气在玻璃上面，想画出示意图，但她只画了几笔就放弃了。

"算了！"她叹了一口气，"等我出去后，带你过去看吧。"

庄晓蝶刚说完，我就听见了脚步声。

"嘘。"我做出噤声的手势。

庄晓蝶马上就领会了我的意思，她离开玻璃，拉上了帘子。

我也回到床上，假装在看书。

小志打开门，走了进来："今天你精神不错啊，聊得开心吗？"

我装作平静地问道："你听到什么了？"

"没，我猜你肯定找她聊天了。"小志说道，"毕竟对小青年来说，爱情才是灵丹妙药啊。"

"才没有。"

"算了，我就不掺和了。"小志对我说道，"你后天就能出去了，你的朋友还托我给你带了礼物。"

小志从包里拿出了两袋黄瓜味的薯片。

这确实是他们的风格。

"我出去后要干什么？"我问道。

"做个简单的体检，然后做个职业评审，看看你擅长什么，给你分配工作。"小志说道，"如果你体能不错或者有特长，就能有不错的待遇。"

"待遇？"

"分个大房间，打饭的时候多给点肉之类的。"小志说道。

小志向我介绍了一些这里的情况才离开，如果庄晓蝶没有告诉我那些事情，我一定会安心地留下来，而现在，我有些犹豫……

小志走后，我又敲了敲玻璃，对庄晓蝶说出了我的顾虑。

她陷入了沉默。

"我们是朋友吧？"庄晓蝶问我。

"是啊。"我点了点头。

"为了你的安全，如果郑宏颖真的这么可疑，等你出去，你应该马上找到你的朋友，和他们离开这里。但我其实想要你留下来。"

"我留下来干什么？"

"帮我调查这件事，帮我这个忙吧。"庄晓蝶踌躇着说道，"如果郑宏颖没有问题，你们也不会错过这个基地。你不用现在就给我答复，你可以留在这里，观察几天……"

"我答应你。"我直截了当地说道。

"你不再想想？"

"不用了，其实，我也很好奇一个神棍是怎么做到这一切的。"我胡诌了一些原因，"万一这里没有问题，我和我朋友也不会错过这个地方，在这个时候，错过任何东西都是罪过。"

我不知道庄晓蝶在想什么，只见她郑重地点了点头。

终于，观察期满了。

小志带来了正常的衣服，格子衫、牛仔裤、运动鞋。

他的品味有点糟，不过这些衣服总比病号服好一点。

我换上了衣服，走出房间，遇到同样结束观察的庄晓蝶。她穿着白衬衣，墨绿裙子，脚上踩着一双平底鞋，素面朝天，看到我后，径直向我走来。

她贴近我，轻声说了一句"谢谢"。

小志没有在意我们之间的小动作，在前面带路。

我们一起穿过了长长的走廊，从走廊浮夸的装潢来看，我确信这里是一家星级酒店。

小志回过头，故作高深地对我们说道："你们出去了，千万不要被吓到。"

他打开了大门。

我看到外面的世界一片猩红，挤满了形形色色的人，他们踩着左摇右晃的丧尸步，喉咙里发出沉闷的、猛兽般的叫声，身穿破旧、染得血红的衣服。

——丧尸,这些都是丧尸!

我第一反应就是转身逃跑,可是小志拉住了我。他用另一只手摘下了口罩、头罩,他脸上有一个大大的创口,就像被丧尸啃了一口,脸色苍白得像在冰箱里放了三年的冷猪肉。

"欢迎你们正式来到我们的世界。"他咧嘴一笑,像极了电影《黑暗骑士》中希斯·莱杰饰演的小丑。

如果有未来

对人类而言太晚，
可对于上帝还早。
创世——虚弱无力的帮助
可剩下的，我们还能够祈祷
当地上不能存在，
天堂是何等美妙。
那时，我们老邻居上帝的表情
会多么好客，殷勤，周到。

——艾米莉·狄金森《对人类而言太晚》

庄晓蝶脸上闪过一丝惊慌，旋即又恢复了正常，对我说："别担心，都是活人。"

我被她一提醒，也反应了过来，这不是丧尸，而是假扮成丧尸的活人。

"你们这是在干什么？"庄晓蝶问小志。

"这是我们的祭祀。"

和庄晓蝶说的一样，郑宏颖搞了一个邪教，还有奇怪的仪式。

上天要毁灭人类，所以创造了丧尸，用人类来收割人类。人类没有反抗的力量，只能哀求上天，多给他们一点时间，将最后审判的日子推迟。

他们为自己的罪孽忏悔，祈求原谅。

还假扮成丧尸的模样，以求上天垂怜，在我看来，这种行为和虫子在危险情况下装死别无二致。

既然是祭祀，肯定也有祭品。

我问道："你们用什么祭祀你们的神？"

如果他们用活人，那我一定拉上庄晓蝶、唐玄鸣他们立刻离开这里。

"用人啊。除了人，我们还有什么珍贵的东西。"小志见我脸色难看，解释道，"不血腥，看他们快出来了。"

人们聚到一个房间前，打开了房门。

两个全副武装的人进入房间，其他人都在门外等，压低了声音。几分钟后，那两个人一左一右搀扶着一个虚弱的男人出来，剩下的人看到这个男人出来，开始欢呼，他们不嫌弃这个男人满身脏污,举起了他。

"中间的那个就是我们的祭品。每隔一段时间,我们会挑一个居民作为祭品,送入密室中,如果神接受这个祭品,那他就会变成丧尸,如果神不接受,他就会活下来,绝大部分人都会活下来,神只会收走最羸弱的人。"

"为什么?"我问道,"单纯被送入密室应该不会致死。"

"祭品被限制自由后,送进密室,待满四天,其间不提供饮食。"小志说道。

"原来如此。"庄晓蝶说道,"怪不得会有人死亡,这是谁制定的,是郑宏颖吗?"

"是的。"小志点了点头,"快过去吧,我们还来得及加入狂欢。"

小志丝毫没有觉得这其中有什么不妥的地方。我很奇怪,他们怎么能如此轻视生命!

小志说的狂欢,其实很克制。

人们聚在一起,每人分到了一罐啤酒,还有一些食物,开始举办宴会。

餐桌上都是普通的菜肴,但在末世,也称得上是顿大餐了。

比起物质的满足,他们大概更为了满足神的欲望而安心吧。

在众多信徒中,我看到了几个熟悉的身影,他们趴在桌子上只顾着吃……

看到这几个损友没有陷入宗教的迷雾。我还挺开心的,甚至有些得意。

我悄悄地走过去,想给他们一个惊喜。

我从唐玄鸣背后绕过去,用手蒙住他的眼睛,压低嗓音问道:"猜猜,我是谁?"

唐玄鸣叹了一口气,说:"晓楠,别闹了。"

他仿佛对我的智商产生了疑问。

"你怎么知道是我?"我不甘心地问道。

"我认识的人当中只有你会这么无聊,其他两个人正在埋头大吃,手上油腻腻的。所以不可能是他们,加上你今天'出狱',所以只有你了。"唐玄鸣说道。

好吧,他说得有道理。但我不打算放弃捉弄剩下的人。

我又溜到了何莫身后。"猜我是谁?"

何莫吐出嘴里的鸡骨头说:"哟哟哟,你是谁啊?"

"是我。"我抓着何莫的肩膀,把他转过来。

"晓楠!"何莫惊喜地说道,"你总算出来了。"他打量着我,"你瘦了!"

我扭过头,对唐玄鸣说道:"这才是正常反应,我再去抓个老蒙。"

唐玄鸣耸了耸肩。"我劝你不要这么做。"

我没听从他的建议。

我刚把双手放到蒙和平眼前,还没来得及让他猜我是谁,就看到砂锅大的拳头朝我打来。

我捂着脸蹲在地上。

蒙和平站在我边上,说:"你说你没事好好的蒙我眼睛干什么,被打了吧。"

"我都告诉你别找和平搞这种恶作剧了。"唐玄鸣憋着笑对我说道。

"你直接告诉我我会被打,我不就不玩了嘛!"我说道,"算了,不闹了,我们找个安静的地方聊聊吧。"

我带着庄晓蝶,同唐玄鸣他们到了楼梯间,关上防火门,隔绝了外界的噪声。

我们坐在楼梯上,唐玄鸣不知从哪翻出了几罐啤酒,蒙和平从口袋里掏出个保鲜袋,里面装了些肉,是他刚才在会场"打包"的。

我把庄晓蝶介绍给了他们,同时也把庄晓蝶说过的情况复述了一遍。

然后,我们干瞪着眼。最后是唐玄鸣打破了沉默。

唐玄鸣一口气喝下半罐啤酒,开口道:"这是个邪教,我早就知道了。你们知道什么是邪教吗?"

"这还有什么说法吗?"我问道。

"平时要多读书,我告诉你邪教基本有五个特点,首先是控制——控制人的衣食住行,定下一些奇奇怪怪的仪式和教条,把人们和正常生活隔离开来。"唐玄鸣说道,"这里的规章制度还算正常,除了奇怪的仪式。第二是信息控制——只能知道他们告诉的信息。第三是改变人的思维方式,将教义定为'真理',用善对恶的思维来看待这个世界,使用特殊语言代替正常的思想表达。第四是引发教徒的情感,如恐惧,夸大外界的险恶——在这里,就是我们对丧尸的恐惧。第五是政治,这个就不用说了,反正现在也没有什么社会制度可言了。综上所述,我觉得这里就是邪教。"

"你怎么知道这么多?"我好奇道。

"以前遇到过类似的事件,所以我查了些资料。"唐玄鸣说道。

"那我们要离开这里吗?"我问。

如果他们执意要走,我也只能和他们分别。毕竟我不能因为私心让他们陷入危险。

何莫反问我:"为什么要走?这地方不错啊。"

"但这里不是危险的邪教吗?"我说道。

蒙和平拍了拍我的肩膀,说道:"无所谓啊。世界上本来就没有什么神,以前神棍骗人说神住在云上,飞机飞上去后没有看到神,又说神在外太空,结果航天器上去了,也没看到神。要是真有神,这些典籍不应该有错。所以这个世界上是没有神的。没有神还怕什么邪教,我们只要低调地在这里混日子就好了。"

何莫也说道:"对,有什么危险的事情让他们信徒去做就好了,我们混吃等死。"

唐玄鸣道:"我们这样挺好,你很想走吗?"

"没有,我也想多留一段日子。"说这句话的时候,我偷偷瞄了身边的庄晓蝶一眼。

"那你工作选好了吗?"蒙和平问我。

"工作?"我说道,"有人和我提过,但没细说。"

唐玄鸣解释道:"这地方和其他地方一样,有个最基础的原则,不劳者不得食。他们会进行一个简单的面试,简单来说就是摸摸你的底,看你都会干什么,给你做个技能表,然后安排个合适你的活儿。"

"那你们都干什么?"我问他们。

蒙和平吐掉嘴里的鸡骨头,说:"我是农业组的。"

"别说了,他是靠坑蒙拐骗进去的。"何莫说道,"他们就是看中他力气大。但你能猜到和平之前是干什么的吗?"

"什么?"我问道。

"就是个程序员。"

"那我也不是五谷不分四体不勤的程序员,我还是可以干农活的。你就是嫉妒我。晓楠,我告诉你,何莫说自己有农学世家的底子,想进农业组,但人家都没理他。"

表一 蒙和平测评结果表

姓名	年龄	身高	体重	婚姻情况	学历（专业）
蒙和平	30 岁	180 厘米	165 斤	丧偶	本科（生物技术）
工作	体力	耐力	爆发力	特长	喜欢的书籍
程序员	S	S	A	力量	《天龙八部》

我问道："那何莫最后得到了什么工作？"

"我被分到了搜寻组，轮到我出去的时候，我就负责开车。"

"听起来很危险。"我说道。

"要维持这么多人的日常生活，不能像我们那样龟缩着。"何莫说道，"每天都有几组人在外面，收集资源。搜寻组只是走得更远离开得更久，出行都靠车，还有伴攻组吸引丧尸的注意。不过由于劳动力不足，青壮年都会被派出去，去一些不那么危险的地方搜索。只有少数职业会被好好保护，比如医生。"

表二 何莫测评结果表

姓名	年龄	身高	体重	婚姻情况	学历（专业）
何莫	29 岁	172 厘米	138 斤	丧偶	本科（车辆工程）
工作	体力	耐力	爆发力	特长	喜欢的书籍
物流	A	A	B	天气预报	《追忆似水年华》

"明明是和平的车技最好，没想到你会当司机。"我说道。

何莫也叹了口气，说："可能就是因为我学了车辆工程，又是干物流的吧，所以他们就误会我是个老司机了。"

"那老唐干什么？"我好奇地问道。

"我？就是打杂的。"唐玄鸣说道。

表三 唐悬鸣测评结果表

姓名	年龄	身高	体重	婚姻情况	学历（专业）
唐玄鸣	31岁	169厘米	125斤	单身	本科（舞台设计）
工作	体力	耐力	爆发力	特长	喜欢的书籍
无业	A	B	B	厨艺、杂学	*goodbye*

"按照你们的话说，我就是点满了家政技能的居家好男人，什么地方都能派上用处，但学得不精，结果不堪大用。"唐玄鸣说道，"我估计我们不会在一个组。"

我想了想我的专业和工作，在末世之中也没有什么用处，八成会和唐玄鸣差不多。

"我能不能谎报自己的经历？"我说道，"反正他们也没有手段查我的履历了。"

唐玄鸣摇了摇头说道："我劝你不要，万一被发现了，吃不了兜着走。"

何莫道："你就老老实实地向他们交代就行了。反正你的能力也不差。"

"对了，面试是谁负责的，郑宏颖会出现吗？"庄晓蝶问道。

"人力会负责这件事，郑宏颖一般不会出现。"唐玄鸣回答道，"对了，我们私下直接喊名字没有关系，但在外面最好还是喊教主。"

"我一直忘了问，这个邪教叫什么？"我道。

"四灵教。"蒙和平回答。

"四灵，青龙、白虎、朱雀那些？"我问。

唐玄鸣又摇了摇头："是西方的四大元素。"

"那这个邪教还挺洋气的。"我想到了庄晓蝶给我看过的诡异符号。

"无论如何,面试是不会有什么问题的。"何莫说道。

"嗯,我也会去面试的。"庄晓蝶说道。

这是我人生中第四次参加面试,第一次是学生会面试,我被刷下去了;第二次是考研,我也没有通过;第三次是求职,那次我的运气不错,一路顺风顺水进了之前的公司。

为了面对第四次面试,我托小志在四灵教的仓库里找了一身西服。西服大了一号,穿在我身上有些滑稽。

庄晓蝶看到我这副样子也笑了。

她对我说:"你这个人有时候固执得很有趣。"

和我们一起参加面试的还有三个人,他们脸上充满紧张和欣喜。

他们应该是真的相信四灵教会给他们带来安全。

"像你这样知道郑宏颖底细的人不会有事吗?"我悄悄地问庄晓蝶。

庄晓蝶回答:"大禹没事,我也会没事的。"

我们没有再说话。

我排在最后一个,为平复自己的心情,我从包里拿出小志给我的书看了起来。

参加完面试的人一脸平静,满足地离开了,想必没有遭到什么刁难。

庄晓蝶出来后,向我比了一个加油的手势。于是,我怀着激动的心情推开了面试房间的大门。

面试官有四位,两男两女,其中一位还是我的熟人——小志。

"是界晓楠先生吗？"

"是我。"

"麻烦做个简单的介绍。"

我和唐玄鸣他们已经沟通过了，知道面试会问哪些问题。

"嗯，我是界晓楠，杭州人，今年二十七，单身，在重庆读的大学，学的是电气自动化，现在……咳咳，之前是弱电工程师。"我又补充了一句，"属于建筑行业。"

"弱电是什么？"

"就是建筑智能化，简单来说，就是门禁、监控、会议、网络这类。"

其中一位面试官推了下眼镜，说："我坦白说吧，你学的东西现在已经没用了，我们更想知道你的特长，最好是农耕方面的。城市是待不久的，为了发展，等收集够物资后，我们必须到农村去。但如果不是种子包装袋上标了名字，我们都认不出来这些是什么植物。"

"我是农村人，但也没干过什么农活，最多能分得清五谷。"

"摸索着来也可以，除此之外呢？"

"各种杂活都可以，种点葱姜蒜，发点豆芽菜……"

"你有一个人求生的经验吗？"又一个面试官问道。

我如实回答："有过一小段，但基本上都和朋友在一起。"

"你有什么能力可以自保，还是说你在团队里一直是被保护的那个？"

"我至少也杀过二十多具丧尸了。"我回答，"平时喜欢用长点的武器，也会射箭。"

"弩还是弓箭？"

"是弩箭，自制的。"

"是自学的,还是之前有类似经验?"

"之前在一家射箭馆玩过一段时间。"我说道,"不过在外面射箭和在射箭馆玩完全不一样,所以我最后用了操作更加方便的弩。"

"好的,到时候我们还要测试你的体能,希望你能有不错的表现。"

小志道:"我记得你和唐玄鸣认识,把你们分到一起,你觉得可以吗?"

小志这是在照顾我。以我的各项指标,能和唐玄鸣分到一组也不错。

我刚想答应,面试房间的门又开了,我面前的四位面试官神色肃穆地一齐站了起来。

我转过头,看到一个老人。

这是一位清瘦的老人,头发往后梳拢,一丝不苟,黑白参半。他有一双古井般的眼眸,蓄着全白的胡子,中山装胸口别着四灵教的标识,一副仙风道骨的模样。

来人应该就是四灵教的教主郑宏颖。

"教主……"四人一起弯腰向郑宏颖行礼。

我慢了半拍,愣在原地,不知道该干什么。

郑宏颖一挥手,让他们都直起身子。他看似随意地扫了我一眼,光这一眼,我就觉得像被 X 光从头到尾照了个干净。

小志让出自己的位置,让郑宏颖坐下。

"你相信人有灵魂吗?"郑宏颖问道。

这是什么情况,郑宏颖准备亲自面试我吗?我什么也没准备,是我和庄晓蝶的计划被发现了吗?但如果他发现了,为什么找上我而不是庄晓蝶?我有些惊慌失措。

"大概是没……不，现在我相信了。"

其实我不信，但考虑到这里存在宗教，我也只能说谎。

"那么你觉得灵魂存在什么地方？"

我呆住了，就像一个在课上神游的学生突然间被教师叫起来回答问题，茫然无措。

"灵魂当然在身体里。"

"丧尸和我们一样，那么它们有灵魂吗？"郑宏颖又问道。

"它们没有灵魂。"

"为什么？"

"因为它们死了？"我不知道这个神棍究竟想和我说些什么，只能顺着他的话头，尽我所能地把这胡言乱语继续下去。

"那么死亡是什么？"郑宏颖问我。

我不知道该怎么回答他了，如果不涉及灵魂，那死亡就是肉体的死亡，但丧尸是会行动的，我们很难将其认定为肉体已经死亡。

"死亡应该是个渐变、复杂的过程。"郑宏颖说道，"丧尸真的死了吗，出于情感上的考虑，我们倾向于它们已经死亡。它们就像是植物人一样的存在——会动的植物人。构成人类心灵的部分已经脱体而出，只留下活动的机能。你知道脑死亡吗？"

"我知道。"

"一个人死亡的标志，不是过去那种呼吸和心搏永远停止的传统概念，而是脑功能彻底的丧失。这是医学和法医学发展的结果，是对死亡概念的新认识。同理，我们认为丧尸是尸体，是死者。那他们的灵魂到什么地方了？"

"类似地狱、天堂的地方？"我迟疑着说道。

郑宏颖点了点头。"他们去了神的应许之地，接受最后的审判，过后不必再入轮回，享受永恒的欢愉，只留下躯体还在这个世界徘徊。那么你害怕吗，去另一个世界，只留下身体？有时候，我会想这个世界上就不该存在什么智慧生物，我们是另一个时空的精灵，被神投入这个世界，充当'人类'的灵魂，现在我们该回家了。你觉得怎么样？"

"我有些害怕。"我说道，"就算有灵魂的存在，但我不知道彼岸是什么样子，我还不想离开这个世界。"

郑宏颖又点了点头。"理应如此，这也是我们聚集在这里的原因。说到底，我们是最后的叛逆者，不愿回归，想在这个世界多待一会儿。"

"是的。"

"那么欢迎回来。我们都是迷途的旅人，绕着远路去最终的目的地，我们不会害怕牺牲，因为它只会让我们回归，我们在乎的是作为个体能为集体做些什么，这是我们立身之本，对吗？"

"对的。"我回答道。

"我不知道你之前在什么地方待过。"郑宏颖看着我的双眼，他仿佛想通过目光传递自己的情感和理念。"人不该是猛兽，我们已经从兽的族群中走出来了。也许在蛮荒时期，人是独行的，他们同狮虎一样野蛮，但外界的压力，将人聚集在了一起。人们分享食物，照顾彼此的幼崽，伤者也能得到周全的照料，人的生存能力大大提高，这时无私不是一种高贵的品质，而是一种求生的手段。如果群体给予你好处，而你由于自私未能回报群体，那你就可能被赶出群体。拥有利他意识的个体才能活下来，利他其实就是利己。纯粹的利己者才是非人的怪物。因此，强者该勇于为弱者出手，在艰难时期，强者的底线应该是弱者的生存，在其他时期，强者的底线应该是弱者的尊严。当然，这不是让强者无限制地付出、牺牲，而是在自己过得好的情况下，有责任改善其他人的生活。"

"你说得有道理。"

"认同这个理念，你就是我们当中的一员了。"他站了起来，向我伸出右手。

我也连忙站起来，急急忙忙地在外套上擦干手心的汗水，握住了他的手。

以一个老人来说，他的手很暖和。

郑宏颖走了，我装出一副很激动的样子，又和他们去了地下车库。

四灵教有三层地下室，最下面一层隔出了一个场所，用作体能测试。我按他们的要求完成了所有项目，最后得到了测评结果。

表四 界晓楠测评结果表

姓名	年龄	身高	体重	婚姻情况	学历（专业）
界晓楠	27岁	176厘米	131斤	单身	本科（电气自动化）
工作	体力	耐力	爆发力	特长	喜欢的书籍
建筑：弱电工程师	A	A	A	射击（S）、厨艺、种植	《牧羊少年奇幻之旅》

小志说的话也起了作用，我和唐玄鸣成了同事。

我了解到四灵教共有两百二十多人，他们暂时住在一家星级酒店中，酒店共有三十四层，每个人都能分到单独的房间，还有不少房间空着。这片区域还有电力，基础设施可以使用。我们组负责两百二十多个人的日常伙食，这不是件轻松的活儿，要先供应临近保质期的食物，对不宜保存、又不能迅速消耗掉的食物进行一定的加工，比如腌制。

现在，新鲜果蔬、肉类告罄，要供给这么多人全面的膳食已经是不可能的了。四灵教中已经有一些人出现了营养不良的状况。

我也问过他们有没有种些什么东西，然后，唐玄鸣把我带到天台，天台上搭了几个大棚。

"我们能过去看看吗？"我问唐玄鸣。

"不能。"唐玄鸣说道，"你没有权限，我也没有。看到大棚外面的人了吗，那是种植组的，没什么好看的，都是萝卜、青菜、大白菜，但都像宝贝一样被看着。他们做实验呢，试种作物，再看看能不能留种。"

"唉，每天吃大白米饭和各种豆类，加点速食食品，我可受不了。"我说道。

唐玄鸣闻言紧紧抓住我的肩膀，对我说道："所以就轮到你出场了。你会发豆芽菜吧。"

"对啊，我们还有豆子。"我恍然大悟。

听说郑和下西洋无法从陆地补充蔬果时，就会培育豆芽充当蔬菜，因此中国航海史上很少有人出现败血症。

"但这个很容易做，难道四灵教当中没人会做这个？"我问道。

"没有。"唐玄鸣说道，"这点很奇怪，我也知道豆芽菜的做法，但尝试了几次都没有成功，别人也一样。我认识的人当中只有你能做到，真是奇了怪了。"

"也许我就在这方面有天赋吧。"我笑着说道。

"别惦记人家的蔬菜了。"唐玄鸣推着我往电梯间走，"前不久，搜寻组找到一个杂粮铺子，收获了一堆豆子，足够你发的了。"

于是，我就被安排去发豆芽了。

其实，这真的很简单，黑豆、黄豆、绿豆都可以，先把豆子泡上一天，找个可以透气和漏水的菜筐，在下面垫层纱布或者报纸，把泡好的豆子均匀地铺上去，然后再盖上纱布或者毛巾，上面洒点水，让豆子处于湿润、不见光的环境中，每天定期加湿，四五天后豆芽就好了。

由于这是我第一次在四灵教做豆芽，他们只给我了几斤黄豆，结果大获成功。

负责做菜的几位厨师当即就用菜籽油炒了锅豆芽菜，只用盐来调味，入口生脆可口。没过多久，厨房内每个人都捧着一碗豆芽大嚼特嚼，咔嚓咔嚓的声音充满了房间。

我们组长——一个近两米的汉子，双眼含泪，对我说道："以后，整座杭州城的豆子，只要我们能找到，都归你！"

其他人啃完豆芽菜，又用冒着绿光的眼睛盯着我。

"你说你怎么不早来呢！"

"界哥，我们全靠你了！"

他们把我高高举起，仿佛在庆祝一场伟大的胜利。我想到了一个典故，希腊军队攻克特洛伊后，他们看到美丽的海伦，就觉得自己的辛苦得到了回报，因为他们得到了美。如果换作中国人，恐怕他们要在特洛伊城内发现一种难得的美食，鲜美多汁，这群人才会满意……

剩下的豆芽菜被做成了瘦肉豆芽汤，每个人只能分到几根菜，但他们都像在吃山珍海味，细细品尝，有些人甚至想用碗里的肉换别人碗里的菜。

似乎四灵教所有的人都被这新鲜蔬菜迷住了。

连郑宏颖都走到我面前，夸赞了我几句。

——这世界真的疯了。

之后,我忙了好几天,一直在发豆芽菜,没空去找庄晓蝶。等有空,我再去找她时,她已经随组搜寻物资去了,不知道什么时候能回来。

我之前就知道所有青壮年都会被派出去搜寻物资,可没想到才几天,就轮到庄晓蝶了。

不过,我也不是没有收获。住在她边上的一个姑娘给了我一个蓝鲸玩偶,普通抱枕大小,蓝鲸咧着嘴没心没肺地笑着。

我揉了揉玩偶,里面好像没有塞什么纸条或U盘,我玩了一会儿,就把它丢到床上去了。

庄晓蝶不在,我只好去找许大禹。他说的和庄晓蝶告诉我的差不多,除此之外,他还讲了他们团队的一些趣事,但一谈到郑宏颖,他就三缄其口。看来王子诺的死是他们心中共同的痛,想到这点,我居然有些嫉妒。我缺少和庄晓蝶的共同经历,无论甜美还是痛苦,也许现在的我在她心里只是一个"肯帮忙的好人"。

不过许大禹同意有机会带我去一趟王子诺的被害现场。

在等庄晓蝶的日子里,我也了解了下四灵教的教义。

四灵教之所以叫四灵教,而不是什么拜上苍会,是因为他们崇拜四灵——也就是希腊人所说的四大元素,风、火、水、土。

四大元素作为构建这个世界的基石而受到四灵教的崇拜,他们相信当四大元素一个个从这个世界抽离时,世界就将不复存在。

我不懂宗教,只是尽力适应这里的生活。

当我靠着豆芽菜在四灵教混得风生水起时,何莫那边也传来了好消息。

搜寻组担任着最危险、最辛苦的工作,他们要在这座城市中搜寻所有可用的资源,来往于丧尸出没的角落。找到物资后,他们也不得休息，只是在地图上做好标记，接着去下一处冒险。

但这次，何莫他们找到了一个取之不尽用之不竭的宝库——钱塘江。

搜寻组到了钱塘江，看着大潮过后波光粼粼的水面，啃着干粮。据说何莫就是被干粮硌伤了牙龈，忽然想起钱塘江也是产江鲜的，一些水产甚至价值不菲，是老饕心中的圣物。

何莫说了这个想法，搜寻组其他人立即找到渔船和渔具，开始打鱼。

他们都是第一次下网，最后只捕上来一条三斤多的三角鲂。

图二 三角鲂

何莫当时就很高兴，说这鱼好啊，红烧和清蒸都很好吃。

搜寻组的人再接再厉，终于琢磨出了一些方法，每一网能捕到的鱼也越来越多。

我以前在报纸上读过新闻，好像从一九八三年起，杭州市每年都要往钱塘江里放养鱼苗。除了四大家鱼，还有很多是钱塘江里的土著鱼，每年投放三百万尾以上，有鲫鱼、松江鲈、刀鲚、河鳗、河豚、河蟹、三角鲂、花鲈、凤鲚、鳜鱼、鲻鱼……多达二百余种。

经过生态恢复和休渔养渔，加之丧尸暴发后，再无捕捞，江里应该有不少存货。

何莫开着车把捕到的鱼拉回了四灵教。

教内立即开会，确定了捕鱼的计划。何莫也因为此事受到嘉奖。

我也因此忙碌了一阵子，鲜鱼不易保存，需要及时处理。

我看着挂起来的咸鱼，十分安心。

咸鱼虽然有些腥臭味，但对我们来说，这味道堪比香水。看着这条悬挂的咸鱼——这才是真正的肉林，我们不需要酒池，这样的肉林足矣。

我看过这样一则新闻，华裔移民去了意大利，在自家院子里晒制火腿和咸肉，结果邻居报了警，说不但有异味，场景还可怕，会吓坏孩子。

农耕文化可能根植在了华人的基因中，看不得空落落的土地，觉得就该种上点什么，秋日如果阳光好的话，晒谷子，剥苞谷，心就会被盛满。

我们离开农耕时代太久太远，走上追求华服香车的歧途。直到丧尸来临，将这些全部打碎。我们回过头来，发现了早已失落的美好。

在我忙着挖掘自己内心世界的时候，许大禹来了。

许大禹送来了个小伙子，这是新的祭品，说是让他吃顿好的。

祭品小伙子看我脸色不好，还安慰我说："有什么好担心的，我几个朋友还挺羡慕我的，虽然要饿四天，但能当一回主角，多有面子。而且还有机会吃好点儿。"

我问许大禹："我有个问题，祭祀应该是大后天吧？"

祭品小伙子抢先给我解释道："是这样的，当祭品其实是个苦差事，所以都会给些照顾——主要在吃喝方面，但祭品要在密室待四天，要是前一天吃得太饱，那四天之后密室就会臭不可闻。"他给了我一个"你懂的"眼神，"所以前一天只能喝点白粥，能大吃大喝的也就今天。"

许大禹拍了拍我的肩膀。"事情就是这样，这小伙子交给你了。"

"对了,祭品小伙,你叫什么来着?"我猛然想起我还不知道他的姓名。

"就叫我祭品呗。"看起来小伙子还挺喜欢这个新外号的。

"那你想吃什么,只要库里有,我们都争取给你做。"我大方地说道。

其实存货来回也就那么几样……

祭品小伙说道:"我也不知道有什么特别好吃的,不如就吃火锅吧。"

"哦!"我觉得自己的双眼顿时亮了起来,"有眼光,小伙子,吃什么汤底的,库里存了各种底料。"

"当然是红汤,鸳鸯没有灵魂。"

我郑重地点了点头,从灵魂深处认定祭品小伙是个可造之才。

祭品小伙又对许大禹说道:"你就别走了,火锅要人多才热闹。有什么熟人一起叫过来吧。"

于是,许大禹把蒙和平、何莫他们都叫了过来。

没有毛肚、百叶、鸭肠、鸭血,我只找到了猪肉羊肉卷,泡发的木耳海带,还有我亲手发的豆芽菜,再加点五香豆干。蘸料有油碟、老干妈、牛肉酱。红汤在大锅里不断翻滚,看起来,这是一桌像模像样的火锅大餐。

我夹起了一个牛肉卷,在翻滚的汤汁里涮了几涮,蘸上香油,送进嘴里。

这可真是美味啊。

祭品小伙高兴地喊了出来:"还是要吃火锅啊!"

"小志,你怎么也在?"我问。

许大禹说道:"他和何莫在一块,我一起叫来了。"

"怎么，不欢迎我？"小志假装生气地说道。

"怎么会，之前多亏你照顾了。"我冲小志拱了下手，以示感谢，"你怎么会和何莫在一起？"

"我现在是何莫的搭档。"小志坦然地回答道。

"你也去打鱼了？"我问道，"我以为你是医生。"

"不是，我就是个打杂的。"小志解释道，"这不，我又被分配到搜寻组了。"

"搜寻组的伤亡多吗？"我有些担心庄晓蝶。

"还行，偶有事故，大概在百分之十。"小志说道，"不过我出去过这么多次，都没遇到事情。"

庄晓蝶还没回来，按小志的说法，她应该没有多大的危险。

"其实捕鱼也挺好玩的，越熟悉越觉得以前的渔民厉害。"何莫开始炫耀起了自己捕鱼的经历，"驾条摇橹船，说起摇橹船，划船也需要技术，光用蛮力只能在江面转圈。我们刚开始捕鱼，船上都要系根绳子，撒好网，捕了鱼，让岸上的人拉着绳子把船拉到岸边。不这样做，船可能顺着流水漂远了。"

"好了，好了，我们知道你辛苦。"蒙和平说道。

何莫不知从哪儿找来一瓶红酒，兑上雪碧，喝了一大口。"以前我觉得环保什么的真是吃力不讨好，现在想来环保真是个好东西，钱塘江的水质好了，江鱼也多。"

蒙和平插嘴道："天天在江边能看到大潮吗？"

"当然了，不过钱塘江大潮天天看也没什么意思，无非浪头高一点，不过大潮前后抓点小鱼小虾倒是不错，在清水里养净，炒了或者加笋干煲汤都很好。"

唐玄鸣对何莫说道："别光顾着吃，看着点时间，别让大潮把你卷走了。"

何莫喝了酒，红着脸说："不可能，我注意着时间呢。"

我见祭品小伙一直低头吃东西，没有说话。他和其他人不熟，我们聊得这么火热，倒是有些喧宾夺主了，明明他才是主角。

"四天还挺难熬的。"我向祭品小伙搭话。

"嗯。"祭品小伙抬起了头，"但不会有事的，这么多人都挨过来了，我当然也可以。"他对我说道，"只要多睡几觉，四天很快就过去了。"

他说得很坚定。

我没再深入这个话题，问他明天的安排。

"明天你想吃什么？"

"就白粥吧，如果有萝卜干就配点萝卜干。"

我问道："萧山萝卜干？"

"那最好。"

我问："你也是萧山人。"

"是啊。"

祭品小伙为了更好的发展从萧山到了杭州市区。

"想回去啊，早知道就不出来。"祭品小伙叹了一口气，"可惜已经回不去了。就算回去也没有意义了。"

我也叹了口气说："都是一样啊。"

我想他还是害怕的吧，作为一个末日的幸存者，被送进密室献给邪神，一定会感到害怕吧。之前他表现得那么开朗，落座之后却只顾着吃。有时候，无论有多少人陪在你身边，内心的痛苦也不会丝毫减轻。

第二天，祭品小伙喝完白粥就被送进了密室。

这是我第一次从头到尾见证一场四灵教的祭祀。

祭品会被关到箱子里，四肢都系上绳子，绳子另一端固定在箱子内。放置祭品的箱子有点像古埃及法老王的棺椁。

这样一来，就算祭品死亡，转化成丧尸，也不会到处乱跑，造成不必要的伤亡。

之后，他们会锁上门窗，离开房间，只留下两个人在门口护卫。锁不是酒店的门禁锁，听小志说，四灵教有个成员是锁匠，所以郑宏颖让他把所有门锁都换成了老式的机械锁，只有用钥匙才能打开。

祭祀的场所是一个密室。

四天很快就过去了，仪式结束那天，我就站在门口，许大禹和另一个教徒进入房间，我听到箱子打开的声音。

"小心！"这是许大禹的声音。

我挤进房间，看到了最坏的情况。

是祭品小伙，它张牙舞爪，正尝试攻击许大禹他们。

许大禹边上那人拿出了匕首，小心翼翼地接近祭品小伙，后者被绑着，就算转化成丧尸，力量大增，也不可能挣脱。

我知道他要干什么，相同的事情，我已经看过无数遍了，不过是杀丧尸而已。

我问许大禹，他们会怎么处理祭品小伙的尸体。

许大禹告诉我，明天有人开车出去，会顺便带上尸体，找个僻静的地方丢了。

祭品小伙会被丢掉，如同任何一种无用的垃圾。

我该怎么祭奠他，在庭院内立块木牌吗？可又该写什么名字？

其他教徒像是已经忘记了祭品的死亡，继续着仪式，开始吃喝。

祭品小伙的死让我清醒过来。这个看似安全的四灵教并不安全，它像蛰伏着的野兽，不时择人而噬。不久前还和我们一起吃火锅喝酒的人，一转眼却成了一具没人要的尸体。

祭品小伙死的当晚，我做了一个梦。

在梦中，我是一头硕大无朋的鲸鱼，游弋在广阔的海洋，却保留着自蛮荒时代起的所有记忆。

在记忆的源头，我还是个小小的细胞，为了生存，我不断进化，与同胞分道扬镳，越长越大，身体的构造也越来越复杂，从海洋走向陆地，可我贪恋海洋的舒适，再度回到安全、食物充足的大海，前肢渐渐变成薄而扁的鳍状，后肢退化，长出尾鳍。

等我回过神来，我已然是这里的王者。

我张开巨口正在吞食暖流中的鱼虾。一头暗红色的海蛇从下方跃起，它丑陋野蛮，用瘦长的身体箍住了我。

它的肌肉和骨架宛如滚烫的钢条，把我勒得越来越紧，我就快不能呼吸。

我一次又一次地从海面跃起，想要摆脱这个怪物……

我的头越来越疼，脑髓像是在燃烧，咽喉剧痛，身子麻木，我开始往海底沉去，幽蓝色的海水越来越厚重，光距离我越来越远……救救我！

我猛地从床上直起身子，内衣已经被汗水濡湿，我做了一个噩梦，手里还抓着玩偶，看来我把它当作梦里的大蛇好好蹂躏了一顿。

这个鲸鱼玩偶还是庄晓蝶送给我的，它背后竟然被我撕开了一条缝，露出一块白布，上面还有字迹。

字迹娟秀，看起来是女性写的，这难道是庄晓蝶留给我的信息？

他知道我来了，我觉得他知道我来这里的目的。

我很想和你聊一聊，但没找到时间。我只能把一些我没来得及说的、新了解到的情况，通过这样的方式告诉你。

玩偶被我拆开过，缝上后，没有系结，用力多搓几次，玩偶就会散开，我希望你能早点儿发现这封信。

我之前已经告诉过你了，郑宏颖是个神棍。他出生在一个神棍世家，他母亲就是本地一个"话仙婆"，号称观音转世，而他父亲是母亲身边的一个童子。

当时，他母亲就名声在外，据说每月只为三个人看相算命。有权有势的人都只能乖乖排队。

郑宏颖从小跟在母亲身边，耳濡目染，学到不少东西，但他一开始没有继承家业，而是进入了商界，他有读懂人心的天赋，但没有商业头脑。这表示他能骗到投资，但最后总是失败。无奈之下，郑宏颖只能回家，一开始他借母亲的名义，对外宣传自己是观音转世身的儿子，是观音菩萨的干儿子，能趋利避害，预知福祸。

有他母亲多年积累的人脉和名气，郑宏颖很快就闯出了名堂，无论是占卜看相还是做法事，他都干得得心应手，敛了不少钱。

随着信徒越来越多，郑宏颖手里的权力也越来越大——很多时候并不是靠他的神力，而是靠他的人脉。

那时，他与黑道白道都有交情。他利用卜卦告诉黑帮该选什么时间交易。当然，这不过是个噱头，实质上是售卖信息，上演了无间道。慢慢地，郑宏颖的名声越来越大，越来越多的人找他做法事，甚至有些公司聘请他担任风水顾问。

但他也有失手的时候，有一次，受到郑宏颖庇护的一个黑帮成员被抓。这让其他人怀疑郑宏颖的能力，认为不菲的顾问费打了水漂。

郑宏颖为了证明自己，试着做法。结果，下令逮捕黑帮成员的官员因为受贿被捕，他手下的案件也不了了之——黑帮成员得以免去牢狱之灾。

这让一大批人将郑宏颖视作活神仙，借着这层关系，郑宏颖甚至拥有了一定实权。

直到丧尸暴发，他从云端跌落——丧尸不会被他蛊惑，他就成了一个糟老头。

但度过迷茫期后，郑宏颖东山再起，他可能是得到了黑帮留下的资源，比如武器、药物……

他虽然是个神棍，但也是黑帮分子，做事可能没有底线，千万要小心。

不要轻举妄动，等我回来。

《丧尸观察报告》节选二

多远至天堂？
其遥如死亡；
越过山与河，
不知路何方。

多远至地狱？
其遥如死亡；
坟墓在身侧，
但是难测量。

——艾米莉·狄金森《多远至天堂》

我相信这不是天灾，而是人祸。

在自然进化的过程中，绝对不可能出现这样的疾病，以如此猛烈、匪夷所思的方式毁灭人类文明。丧尸极有可能起源于基因武器。基因武器这一概念早在"二战"时就已出现，简单来说，就是采用基因技术制造病原体或者毒素，攻击敌方。使用者只需要在战前利用飞机、导弹等将带有致病基因的微生物投入他国城市，让病毒自然扩散、繁殖，就能使敌方在短时间内感染一种无法治疗的疾病，从而丧失战斗能力。

基因武器不易被察觉。而且经过改造的病毒和细菌基因，只有制造者才知道它的遗传"密码"，其他人很难破译和控制。此外，基因武器还有成本低、持续时间长、使用方法简单、施放手段多样、不破坏敌方基础设施和武器装备等特点，具有较强的心理威慑作用。由于它具有这些优点，我认为各国私下都有研究基因武器的计划。除了传统的基因武器，还存在另一种更加泯灭人性的做法，利用人种生化特征上的差异，使某种致病菌只对特定种族的人群产生致病作用。因此，也称为"种族生物武器"。

但是，这种做法存在一个问题，随着社会发展，大多数国家都变得更加包容和多元。我举个例子，如果美国想研究这种武器，那么它该将哪一类人设为目标？而且，一些基因标记只是在不同种族中出现的概率不同，在某种族中出现的概率高，并不代表不会出现在别的种族。因此，就算造出来这种武器，也是伤敌一千，自损八百，不具备实际意义。除非是新纳粹或者极端环保主义者，前者认为除了他们这一民族，其余人都是可有可无的下等民族,后者认为人类就是地球之癌,为了保护这颗蔚蓝色的行星,人类还是毁灭得好。

现在这种局面是不是这些人想要的?已经不得而知了。总之,必定有一个邪恶的组织研究或者窃取了这项技术,然后无视伦理道德,以一些传染性、耐药性强的细菌或病毒为基础,接入能使人异化成丧尸的可怕基因,并且利用人类特有基因,使这种病菌只对人类起作用,从而灭绝人类。

这项计划,他们应该筹备已久,打了我们一个措手不及。我这里有一份记录,早在2012年,第一具丧尸已经出现。2012年5月26日下午2点多(美国当地时间),一名裸体男子在美国迈阿密麦克阿瑟公路堤道上攻击另一名男子,将他脸部的3/4啃掉,直到前者被赶来的警方连开数枪击毙。

经调查,裸体男子名叫鲁迪·尤金。

据悉,尤金的父母是海地移民,他本人在迈阿密海滩长大。他曾是一名足球队员,2005年结婚,不过两年后就离婚了,他没有收入。资料显示,尤金曾因斗殴、擅闯民宅、吸食大麻等被捕。2004年,他还因威胁要杀了自己的母亲而被捕。尤金曾在16岁时因严重暴力行为被警方逮捕。在案发前的五年时间里,他又被警察以吸食毒品等不同罪名先后逮捕过七次,最近一次逮捕是在2009年9月,次年1月起诉撤销。警方披露,尤金在行凶"吃人"前还服用了LSD新型迷幻药。事发地点附近的《迈阿密先驱报》所在大楼监控摄像机拍下了当时的影像。视频中,下午1点55分左右,尤金赤身裸体沿着比斯坎路出口匝道的人行道行走。他在立交桥下的阴凉地方停顿了一下,一辆自行车从他身边经过时,他转过身。接下来的两分钟内,他与另一个人接触,但恰好被旁边的棕榈树挡住了。过了一会儿,他把一个躺在地上的人翻滚到阳光下，开始扒他的衣服，并弯腰啃食人脸。从这些记录来看，故事已经完整了——一名有前科的瘾君子服用毒品后精神恍惚，上街袭击他人，后被赶来的警方击毙，受害者罗纳德被送往杰克逊纪念医院就医。但经过我的调查，我发现杰克逊纪念医院急诊室在这一天确实接诊过一名叫罗纳德的伤者，但他病历记录上是被犬只咬伤，而且出院后再无其他记录。罗纳德这个人像是从这个世界上消失了。这不得不让人怀疑，他是不是死了？但迈阿密当地的记录库中没有他的死亡记录，仿佛有人将罗纳德藏了起来。再回到尤金身上，他的经历有一段空白期。我们不知道一个没有收入的人如何获得毒品，或许他加入了黑帮，或许像他这种消失也没有人理会的人是最佳的试验品。他在被实验时溜出了实验室，所以才会浑身赤裸？警察击毙尤金，也是为了掩盖他身上的秘密？据我调查，尤金最后被火葬——而没有采用西方最流行的土葬。

也许尤金就是出现在世人面前的第一具丧尸，而不是一个精神错乱的瘾君子。

从他身上，我们已经可以看到丧尸的诸多特征，至于罗纳德为何消失，就要涉及丧尸的另一个特性了——传染性。

一直以来，我困惑于丧尸的转化，由于体质不同，一具尸体变成丧尸的时间也不同，长则数小时，短则几分钟。这么短的时间，根本不足以让病毒改造人体。因此，我认为死亡的种子早就根植于我们体内，成为丧尸只是表达出相关特性而已。早在丧尸暴发前，病毒就开始传播了，它只会引发轻微的症状，比如发热、打喷嚏、流鼻涕……这些症状一方面是为了让病毒得到更广泛的传播，另一方面是病毒使感染者的身体发生了变化。

换言之，丧尸病毒早已经席卷全球，几乎所有人都被感染了。

在远海核潜艇、北极的爱斯基摩部落内，或许还存在健康的人类，他们是人类文明的一颗种子。

但其他人，包括你我，就没有那么幸运，我们还没有变成丧尸，是因为我们体内的丧尸"开关"还未打开。

假设丧尸症状是一把锁，那外来刺激就是钥匙。

我们都记得丧尸暴发前，有一场可怕的瘟疫。

我将其暂称为Y，Y本身的致死率并不高，但它却造成了绝大部分人类死亡，被转化成丧尸。

因为Y会产生一种X物质，X物质导致患者开始表达丧尸症状。

同时，X物质也能通过丧尸的啃咬、抓挠进入人体内，促使转化。

当然，还有第三种情况，自然死亡后，尸体自然而然就会成为丧尸。

我们没被转化，可以与我们能对抗Y有关，因此我们只能通过后两种方式成为丧尸。对此，我也进行了一系列实验以验证上述猜测。（我不认为进行人体试验是对的，如非必要，绝大部分人体试验都是违背伦理的）我找到了两位志愿者，他们都对现在的情况绝望，同时两人是癌症晚期患者。在没有现代医疗的情况下，他们将只能在病痛中离世，于是他们同意参与这项实验。第一位志愿者甲，我为他注射了过量的胰岛素，由于血糖过低，他陷入了休克。然后我将他放入了注满水的浴缸，十分钟后，我确认他的心跳、呼吸都已经停止。又过了两小时三十二分十三秒，甲再度开始活动，经过测试，甲已经成了丧尸。为了模拟被丧尸咬伤的情况，我先在第二位志愿者乙手臂上割开了一小道伤口，倒入一些丧尸唾液。三十分钟后，志愿者乙身上就出现面色苍白、眩晕、意识模糊等症状，又过了二十分钟，他的心率和呼吸都出现了过快的情况，他告诉我，他感到很不舒服。但为完成实验，在他的允许下，我未对他进行任何治疗措施，又三十分钟后，他停止了呼吸、心疼，仅仅五分钟后，他就转化成丧尸。同样，经过一系列测试，我确认了这一结果。由此可知，世界上真的只有两类"人"了——已经成为丧尸的人和即将成为丧尸的人。至于丧尸为什么要攻击活人，明明它们的消化系统已经失效，人类的血肉对它们毫无价值——这恐怕也和丧尸病毒编辑出的特性有关。幕后主使已经考虑到有部分人抵抗 Y，于是通过丧尸来处理掉这部分人。

　　他们的计划细致全面，到了令人胆寒的程度，但人类并非没有机会。

　　除开那些没被感染的"人类文明种子"外，我们面前还有一条生路，这将在下一节论述。

那片宁静的湖 ———

几天后,庄晓蝶安全回来了。

她一脸疲惫地敲开我的房门。"我不在的时候,你查到了什么?"

"还没来得及调查。"我回答道,"我才刚融入这里没多久。"

庄晓蝶为自己倒了杯水,坐到了沙发上,说:"有什么别的事发生吗?"

"有个小伙子死了。"我说道,"我看到他走进密室,然后变成了一具尸体。"

"这个郑宏颖一天到晚弄密室,是不是有病?"庄晓蝶埋怨了一句。

"也许是因为密室杀人更像神迹。"我揉搓着自己发胀的太阳穴,"但我还是想不通,一般来说,人力就是资源,在这个时候,谁会愿意减少自己手上的资源?"

庄晓蝶说道:"他可能就是想杀几个人,用死亡的威慑力稳固自己的地位,或者排除异己吧。"

"死者只是个什么也不懂的小伙子。"我说道。

"那郑宏颖单纯就是个魔鬼。"庄晓蝶说道。

"光说我这边了,你那边怎么样?"我问道。

"我也没查到什么,我来是有件事情想和你商量。"

"什么事情?"我问道。

"我想去西湖,你能和我一起吗?"她说道。

去西湖,这很像是约会的邀请。

但我很快就明白了去西湖的真正含义,受到何莫捕鱼的连带影响，很多人想起了江南水网内的渔业资源，而杭州最有名的水资源有三处，钱塘江、西湖、大运河。

西湖应该是产鱼的，不然西湖醋鱼和宋嫂鱼羹是怎么来的？

但西湖作为景区，人流量一直很大，徘徊的丧尸应该也很多。需要有人先去探路，刚从外面回来的庄晓蝶得知了这个消息，便毛遂自荐。她还需要一个搭档。这时她就想到了我，于是过来征求我的意见。

但去西湖只是一个幌子，她是想带我去看看案发现场。

"当然可以。"我毫不迟疑。

"这件事很危险，我希望你多考虑一下。"庄晓蝶对我说道。

"我已经考虑好了。"我故作潇洒，"我该怎么办，直接和你走？"

"你需要先和你的主管申请，一般都会得到许可。"庄晓蝶说道，"过几天，等下雨我们再出发。"

杭州已经很久没有下过雨了，按照节气和湿度来看，近日会有大雨。

庄晓蝶先回去休息了。

第二天一早，我去找了主管，但和庄晓蝶说的不一样，主管说什么也不让我离开。

他苦口婆心地对我说，我是稀缺人才，万一出事怎么办，只要有他在，他绝对会保护我。

我有些惶恐，我算什么稀缺人才！

主管大手一挥，说我绝对是稀缺人才，现在除了我，还没有人能发出豆芽菜。

谁能想到小小的豆芽菜居然会成为我和庄晓蝶一起出去的阻碍。

对此，我也没有什么办法，实在不是我私藏诀窍，不知怎么回事，其他人用一样的办法就是发不出豆芽菜。

"我就出去几天，豆芽菜也发了足够多的量，你们只要往上面洒清水就好了。"我提出了一个方案。

厨房准备六十多个筐子发豆芽菜，豆芽菜需要五六天才能吃，每天估计要用十筐。我不是一下子发满六十多框，而是十筐十筐来的。比如今天用掉十筐，我就再发上十筐，这样每天都能吃上刚发出来的豆芽菜。我虽然不在，其他人每日洒水，继续养着豆芽菜，也能保障五六天的供应。

唐玄鸣也来为我说话，说我也在外面游荡过一段时间，不是什么愣头青，应该不会出事。

但主管又道，大部分淹死的还都是会游泳的呢。

主管这人也挺顽固。我和唐玄鸣磨了半天嘴皮子，或许是被我们说烦了，主管才放过我。

我得了许可，兴高采烈地去找庄晓蝶。

她睡眼惺忪地打开了门，看来她从昨晚一直睡到了现在。

庄晓蝶见到是我赶忙关上了门。

"等我十分钟，我马上就好。"庄晓蝶说道。

她洗脸，梳头，简单整理了下，十分钟后又打开了门。

"我屋里乱就不请你进去了。"庄晓蝶将眼前几缕头发拨到了耳后，"找个安静的地方聊聊天吧，去天台怎么样？"

我笑了笑。"看来你还没逛过这里，天台是他们的菜园子，来来往往不少人。"

"那我们能去哪里？"庄晓蝶问道。

"三十一层吧。"我说道，"那个地方应该是会所一类的休闲场所，现在已经闲置了，四灵教也不提倡娱乐，所以那个地方应该没人。"

"那就去那儿。"庄晓蝶说道。

四灵教的基地是酒店,共有六座电梯,里面的人上下也全靠电梯。一旦这片区域断电,行动就会变得很不便。

我们从电梯间出来都没遇到什么人,但刚进会所,就看到窗前有一对情侣搂抱在一起,好像是在接吻。

我发出几声轻咳,提醒这两人。

这还是两个孩子,看年纪应该是高中生。

他们就像受惊的大雁,立马分开,转过头看到我和庄晓蝶,红了脸,尤其是女孩子。

男孩想拉起女孩的手,跑着离开这里,女孩似乎有些恼怒,拍开了男孩的手,走掉了。男孩拉不到女孩,回过头狠狠瞪了我们一眼。

"这还都是孩子。"我没在意他的无礼。

"现在没有孩子了。"庄晓蝶说道。

"是啊,现在确实没有孩子,都要赶快长大。"我又说道,"对不起,我不知道这里会有人。"

"没关系。我们谈事情吧。"

和我想的一样,庄晓蝶是准备带我去案发现场。

"我估计明后天就可以出发。"我看着天边铅灰色的卷云说道,"我们要准备什么东西吗?"

"我已经借了一辆车,电动的,噪声会比燃油车小很多。"庄晓蝶说道,"日用品和干粮,明天我也会准备好,你有什么需要的东西吗?"

我想了想说道:"一台充满电的智能手机,纸笔。"

"是我傻。"庄晓蝶说道,"我当初应该多拍些照片,这样我们也不用冒险再去勘察了。"

"我也是因为以前要验收工程,要经常拍照,才会想到这点的。"

"你在看什么?"庄晓蝶注意到我在看手机上的电子地图。

"我在规划线路,找条丧尸最少的路开过去。"我说道。

"线路的话,我倒是有规划。"她从兜里拿出一张纸,上面画着简易的路线图。

我给出了自己的意见:"这里有条隐蔽的小路,平时也没什么人,估计也聚集不了多少丧尸,我们可以从这里走。"

"这里真的会有路?"

"有的,我就住在这,以前老抄这条小路去上班。"

我以前住的地方是个老小区,每栋门前都挂着一块牌子,刻着一首宋词,前面那条街也被风雅地叫作宋词街。

我住的楼刻的是辛弃疾的作品:蛾儿雪柳黄金缕,笑语盈盈暗香去。众里寻他千百度,蓦然回首,那人却在,灯火阑珊处。

老小区的楼都修得一模一样,我刚搬来时,就靠词来分辨。

后来又有几十个夜晚,我加班回来,头疼脑涨,借着昏黄的路灯,找我的灯火阑珊处。

真是孤寂,那个时候,我甚至还没认识庄晓蝶。有时下班早,我就去西湖附近转转,所以恰好知道那条小路。

"那我们就往这里走。"

我们之间没了话题,四周安静得过分。我见庄晓蝶在纸上乱画着圆圈,想必她也正在思考话题吧。

"对了。"

我和庄晓蝶的声音同时响起。

"你先说吧。"我开口道。

"好吧。"庄晓蝶抬起了头，两只眼睛盯着我。

我甚至能从她清澈的瞳孔当中看到我的脸。

"对不起。"她说道，"谢谢。"

我的脸一下子热了起来。"没关系，我也是为了我自己。"

庄晓蝶问："你刚才想说什么？"

"我没有什么事情。"

"可你刚才……"

"我想说的话不重要，只是点闲话。"

"说吧，我也想听听闲话。"

"从这里看下去能望到我公司和之前的住处，就有点物是人非的感觉。对了，你很喜欢鲸鱼吗？你之前还给了我一个鲸鱼玩偶。"

"它是世界上最大的哺乳动物，又很温柔。"庄晓蝶说道，"我还挺喜欢的。"

"不知为什么，我喜欢把这些城市当作一条条鲸鱼，我们就是附着在它们身上的鱼虾，随着它们游荡、生活。"

庄晓蝶叹了一口气，说："可惜现在这条鲸鱼搁浅了，靠我们这些小鱼小虾不可能把鲸鱼再推回大海，没了鲸鱼的庇护，我们也只能硬着头皮继续前进。"

"对，大势已经无法改变了。"我说道，"所以我们也只是随性而活。"

阴沉沉的天笼罩在城市上空，隔着窗玻璃，我听到风在楼间的低鸣声。

这栋酒店的设计有些与众不同。

酒店背面有一高柱，就像立了一条脊梁，原本这条脊梁是绿色的，酒店每隔五层用钢支架连接脊梁柱，一方面用作支撑；另

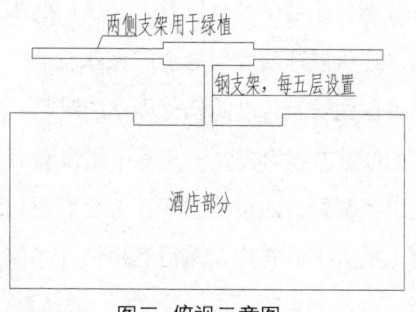

图三 俯视示意图

一方面将生活废水通过支架上的水管输送到脊梁柱上，为上面的植被供水。

脊梁柱就像一只伸开脚竖立的蜈蚣，两侧延伸出去的部分种了些常见的植物，如爬山虎，因此呈现绿色。

但丧尸暴发后，缺乏维护，不少楼层的植物已经枯萎，失去了生机，只留下一片颓败。

风掠过这里，哭声就更大了。

世界仿佛在大雨中被洇开，像一幅泼墨山水画，雨中的杭州依旧那么清冷、美丽。

庄晓蝶的车和她说的一样，没什么噪声。

我打开了车窗，让雨点能够打进来。

街边的丧尸在雨中踩着单调的步子，就算我们的车子疾驰而过溅起水花，迷了它们的眼，它们也不管不顾。

《丧尸观察报告》中提到最好的丧尸是彻底死去的丧尸，次一等的丧尸是发现不了你的丧尸。我深以为然。

大概开了二十多分钟，庄晓蝶把车停到了路边。

我们没有打伞，让雨落到自己身上，这样的雨声比打在伞上要小，而且雨水还可以冲淡我们身上的人味。

我一直紧紧握住长矛，以防任何不幸的降临。

但想象中的酣战并没有发生——巷子里没有多少丧尸。

庄晓蝶给出了解释，四灵教的幸存者会有意识地清理一些偏僻的小路，驱走或者清除丧尸，然后利用铁丝、家具隔离出一个真空带。

这些小小的、不起眼的区域，可作为安全屋使用，当教徒外出搜寻物资，可以在这些安全屋歇脚。

我抬手抹去脸上的雨水。走了半个小时后，我和庄晓蝶终于到了目的地。

这是一栋凹字形建筑，中间是庭院，有个小喷泉，池水已经半干，借着这场雨，池水才涨起来，池子散发出一股臭味，里面的荷花和鱼早就死了。四周栽着不少竹子，门框上有龙飞凤舞的两个大字"竹居"。

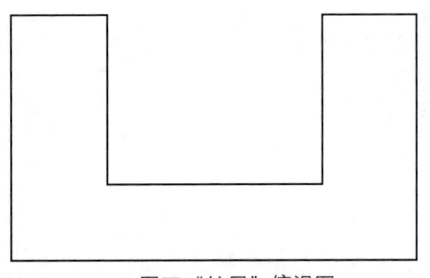

图四 "竹居"俯视图

"宁可食无肉，不可居无竹。"我说道，"啧，看来住在这里的人还挺会附庸风雅的。"

大门的门锁已经被砸坏了，只简单地用铁丝锁住了大门。庄晓蝶轻车熟路地解开铁丝进入屋里。

我们从防水袋里拿出毛巾，简单擦了下身子。

由于门窗紧闭，屋里没有多少灰尘，只是有些杂乱。

"我们撤离的时候有些慌忙，所以弄得有些乱。"庄晓蝶说道，"那完全就是一场噩梦。"

"这怎么说？"我问道。

"王子诺是我们这群人的核心，他一死，我们的团队就失去了凝聚力。谁也不想和杀人凶手组队。而且，生存是第一要务，我们甚至没有仔细调查凶杀案。"庄晓蝶说道，"不过案发现场所在的三层被我们保护得很好。我带你上去看看。"

"这里怎么这么多门？"我好奇地问。

一路上我穿过了一扇又一扇门。

"所以这里被叫作竹居，这些门就是竹子的竹节，据说是用来养气和锁福的。"

"这么荒谬居然还有人信？"

"有钱人嘛，反正加几个门又花不了多少钱，宁可信其有不可信其无，花钱买个心安。"

这栋建筑一共有三处楼梯，分别在凹字形凸出的两点和底边的中间，我们从中间楼梯上到三层。

庄晓蝶介绍道："楼梯间和走廊的门平时是不锁的，要锁的话必须用钥匙。"

"只能从外面上锁还是两面都能上锁？"我问道。

"两面都能上锁。有三处楼梯的话，其实这些门没有内外之分。"庄晓蝶说道，"而且这些门是共用一把钥匙的。"

"楼梯、走廊的门是一把钥匙，每个房间有各自的钥匙？"

"对。"

"那我到王子诺房间，理论上只需要两把钥匙，但这两把钥匙都在王子诺的身上。"

要到王子诺的房间，我们一共穿过了五扇门，我在想这算不算是多重密室呢？

我问道："你们是一扇一扇把门撞开的吗？"

"对。"

我问道："有没有这种可能性，门没有上锁，是开门的人假装上锁了，然后叫人撞门的。"

庄晓蝶摇了摇头，说："不可能，五扇门分别由三四个人确认，除非他们是同伙。不然不可能瞒住所有人。"

我想了想又说道："那会不会凶手一直藏在王子诺房间里？等你们处理丧尸的时候，再偷偷出来。"

"可能性不大。"庄晓蝶说道，"你会和一具丧尸待在同一间房里吗？如果长时间躲在壁橱里，丧尸肯定会察觉到气息，堵在壁橱口。"

我又有了一个大胆的想法："凶手假扮成丧尸，吓住你们，然后打开壁橱把绑起来的丧尸放出来，他自己再扮作刚来这里。这也能解释丧尸身上有绷带——这是为了控制丧尸行动。"

"可行性太低了，众目睽睽怎么可能换人。"庄晓蝶否定了这个想法。她推开王子诺的房门，"这里面布置得很简单，门口有一个衣帽架，贴墙有书架，中间是书桌，边上还有屏风和茶歇台。屏风后面倒是可以藏人，但那个时候屏风已经倒了。屏风上方还悬着一盏吊灯。难道他能把自己挂到吊灯上吗？"

我叹了一口气，又说道："王子诺的房间和休息室是互通的，凶手能从休息室进去吗？"

"我们检查过休息室到走廊的门，打不开，是上锁的。"

"你说凶手可能是郑宏颖，你记得郑宏颖是什么时候出现在

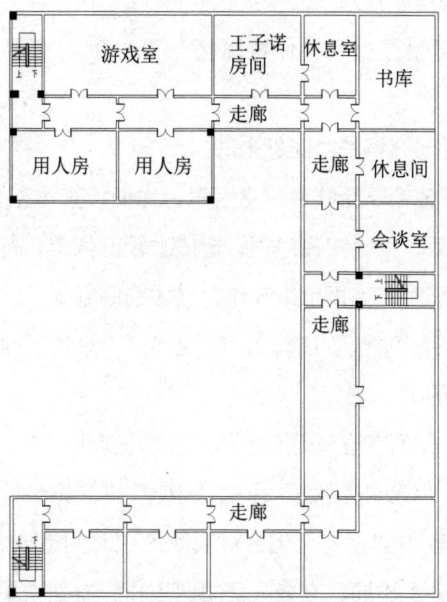

图五 三层平面示意图

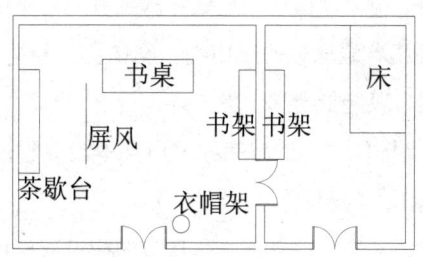

图六 王子诺房间与休息室平面图

你们面前的吗?"我问道,"他是在你们撞开最后的房门才出现的,还是中途就出现了,或者从一开始就出现了?"

"我还真没太在意。"

"这个问题很重要,你再回忆一下,事后你们应该也调查过吧。"

"我记得他应该是中间赶来的。"

"我在想他会不会藏到休息室里,你们检查休息室门的时候,他就躲在门后,用手扣住门锁,造成上锁的假象。等你们注意力都到王子诺那时,他再出来装作自己才刚刚赶到。"

"这倒是有可能。"庄晓蝶点了点头,"但我不确定他是在哪个时间点来的。"

"对了,你们有查过每个人的不在场证明吗?"

"查过,但意义不大。"庄晓蝶说道,"首先,我们不是专业的法医,谁也不知道丧尸化会对判断死亡时间造成怎样的影响。其次,由于分工不同,有些人是组队工作,有些人单独行动——郑宏颖就是一个人在房内,很难通过不在场证明判定凶手。"

"这确实是个问题。"我说道。

我又走到了窗前,窗户一点缝隙都没有,看来也没有办法做手脚。窗外还爬着翠绿色的爬山虎。爬山虎已经缠到了窗户上,想要开窗的话,只能扯断爬山虎。

庄晓蝶又说道:"这个房间的窗户基本没开过,也不好开。"她也指出了爬山虎的问题。

我推开门,又进入休息室。休息室的摆设就更加简单了,只有书架和一张床。靠外的墙上还挂着一台空调。

"休息室的钥匙在哪?"

"就在书架上。"

"房间到休息室的门锁了吗？"

"应该是锁了。"庄晓蝶摇了摇头，"但说锁门的人是郑宏颖。你还在考虑凶手藏在休息室吗？"

我点了点头，说道："对，凶手可以在房间里杀了王子诺，然后跑到休息室里等王子诺尸变。王子诺尸变后，在走动的过程中碰倒屏风，引人过来查看……"

"等着丧尸碰倒屏风是不是太消极了？"庄晓蝶说道，"也许王子诺身上的绷带不单纯是故弄玄虚，而是为了碰翻屏风的。"

凶手把绷带的一端缠到了屏风上，王子诺远离屏风，就会把屏风拉倒。而王子诺走得再远一点，就会把绷带完全从屏风上扯下来。

"对，凶手就在休息室内把两扇门都锁了。别人来查看的话，就会发现休息室对外的门锁了。然后，他开锁出门，加入你们，再让你们发现王子诺房间通向休息室的门也锁了。"

"有道理。"庄晓蝶说道。

"类似的推测，我还有几个。"

"最重要的是证据。"

我拿出手机开始拍照。"我把现场的情况都照下来，回去问问唐玄鸣他们的意见。我相信一切罪行都是会留下痕迹的。"

"好吧，我也相信。"庄晓蝶说道，"等你拍完照，我们就去西湖看看，希望那里的丧尸能少一点。"

西湖游客众多，如果他们都变成了丧尸，那会给我们带来很大的危险。

西湖一圈全是景点。

我记得有一次黄金周，有朋友来杭州游玩，提出想去看看夜西湖，结果全是人。我们站在湖边，感受到的不是夏天吹来的热风,而是密密麻麻游人呼出的二氧化碳。再美的美景在人群中也变作了泡沫。

但我和庄晓蝶真的到了西湖边,才发现这里的丧尸比想象中要少。

我们在白堤附近下了车,湖边有那种供游客游玩的小船,我和庄晓蝶撑着一条小船进到西湖里。

日西湖不如夜西湖,夜西湖不如雨西湖,这句老话说得没错。

就算是在雨天,西湖也那样清亮,船桨划开湖面,粼粼湖光宛如美目流盼,湖面之上只有细雨声、划桨声。

哪怕是在这个时候泛舟西湖,也让人心旷神怡。

这座城市也许称不上伟大,但它还是美丽的。

我看三潭印月的三个石塔就在前面了,就对庄晓蝶说道:"就到这里吧。"

我和庄晓蝶投下钓竿,我并不擅长捕鱼,但一个小时下来也钓到了几尾小鲫鱼。

北方鲫鱼好像土腥味重,没什么人吃。可杭州的鲫鱼一点异味都没有,清蒸之后,鱼肉甘甜细腻,如果做汤,能熬出奶白的鱼汤,是传统的滋补物。不少人去菜市场直奔鱼铺,点名要一条老鲫鱼,买回去同火腿清蒸。

我们钓到的这几尾鱼,至少证明了西湖里是有鱼的。

"下网吧。"我提议道。

庄晓蝶点了点头。

来之前,我和她向何莫请教了撒网的技巧,但试了两次后,我们才撒好网。收网时,我感觉渔网很沉,我手里的网差点儿就被拖走。

"收网,看来是大鱼!"庄晓蝶有些兴奋。

我和她一起用力拽着渔网,但网重得过分,我的手指都被渔网勒得生疼,整条小船都被拖走,一头高高翘起,有翻船的危险。

船沿最低处快和水面持平了,湖水灌入船内。

"松手吧。"我对庄晓蝶无奈说道。

庄晓蝶还没来得及松手,便一个趔趄,差点儿栽入水里。

我丢开渔网,急忙抱住了她。

随着我们两人松手,渔网迅速被拖到水下失去了踪影。

"吓死我了。"庄晓蝶心有余悸地拍了拍胸口。

我赶紧把手从她腰间移开。

"水下是有鲸鱼,还是鳄鱼?"我随口胡诌,转移了庄晓蝶的注意力。

"也可能是一大群鱼?"

我摇了摇头。

"感觉并不像,网里好像有什么大家伙。"

但我也说不上来西湖能有什么大家伙,总不可能是大蛇吧。

"先往岸边划吧,今天就到这里了。"

我和庄晓蝶挥动着船桨,划向岸边,我们挑了一条最近的路,而不是划回渡口,前面是一片荷花,花早败了,留下翡翠盘子似的荷叶还铺在水面上。

随着水越来越浅,我发现水下有黑乎乎、像皮球一样的东西排在一起。

庄晓蝶也察觉到了不对劲,停下了手中的桨,让小船借着惯性,划过荷花慢慢靠岸。

"嘘!"

我望下去,发现那是密密麻麻的脑袋,西湖底有无数的丧尸在缓慢行走。

我与庄晓蝶像是被蛇发女妖盯住似的，一动也不动，静静等着小船慢慢漂过去。

我们忘了一件事，正如《丧尸观察报告》中提到的，丧尸一旦落水，就会在水底徘徊。

人体密度在不同的条件下有不同的值，正常时略大于水，约 $1020-1060 kg/m^3$。吸气时刻略小于水，但丧尸不需要呼吸，它们肺里可以装满湖水，而不是空气，所以它们的密度会略大于水。

对西湖充满憧憬的游人在死亡后靠着这份执念，跃入湖中了吗？

我和庄晓蝶刚才捞到的东西，很有可能就是一具丧尸。

我瞥了一眼鱼篓中的鲫鱼，顿时失去了胃口。

我想四灵教可能也会放弃西湖的渔业资源。

庄晓蝶尽可能压低了声音，对我说道："多拍些照片吧，他们绝对不会相信西湖是这副模样。"

我对着湖底拍了十几张照片。

"太可惜了。"我叹息道，"西湖完了，就算世界恢复正常，谁会不远万里来看一汪化尸水呢。"

"西湖不会完，再说她也不会在乎什么游人。"庄晓蝶说道，"只要我们的文明延续下去，对美好的向往没有改变，那么当我们重返这里，还是会被西湖折服，会很快忘记这里发生过的事情，在这里游玩嬉戏。"

"希望如你所说。"

我们的船撞到了岸边，发出沉闷的响声。

水底的丧尸们齐刷刷地抬起头，我们隔着水面与它们对视了一会儿，由于隔着湖水，丧尸们察觉不到我们是它们的猎物，又低下头，在水底缓慢移动。

我先跳上岸，再把庄晓蝶拉上了岸。

"我们的车好像停在其他地方，我们要再划船过去吗？"我问道。

庄晓蝶看了看四周，发现来往的丧尸不多。

"不了，从丧尸头顶划船过去，这种体验一生只要有一次就够了。"庄晓蝶说道，"大概就一公里，趁着下雨，我们走过去吧。"

哪怕在这样的环境中，和女性朋友一起在雨中漫步依然是件惬意的事情。

我们走了没多久，我就注意到远处有个白色的、怪异的东西。那是一条白蛇，挂在远处的树梢上，像冬日的一截雾凇，像蓬莱的玉树枝。

我离它很远，但又觉得它就在我眼前，我能清晰地看到它鲜红色的信子，如同爱人的舌头。

它在干什么，在一个毁灭的城市做一个混沌的美梦吗？

我指着它，提醒庄晓蝶前面有条蛇。

在某些地方，据说指着蛇会招来不幸，但在杭州，白蛇是祥瑞。自古白化的动物都是祥瑞，白蛇也不例外。而白蛇对这座城市又有特殊的意义，杭州的白蛇，西湖的白蛇总要不一样一些。

"它真美。"庄晓蝶由衷地赞叹道。

被我们赞美的白蛇扭过身子，像和我们打招呼一般，昂了昂头，然后跃入水中，游走了。

"我觉得我们要走好运了。"我说道。

在我家乡，说到一户人家兴旺，往往会说他家有白蛇镇宅。

"借你吉言吧。"

我们回到车上时,天色已晚,我和庄晓蝶在车上将就了一晚。

夜里很冷,我蜷缩在副驾驶座上,庄晓蝶在后座。

我想以取暖为由离庄晓蝶近一点,但又怕太唐突了,踌躇之间,我发现庄晓蝶已经睡着了。那么我也只能安静地闭上了眼睛。

一来一去,我们花了三天的时间。

我一回来,还没来得及休息,主管就火急火燎地来了,他拉住了我的手,说豆芽菜还是没发好,有一部分已经发霉了。

我赶紧去看了看筐子里的豆芽菜,有一部分真的坏了。

难道是水有问题?

但负责浇水的人告诉我,他用的水源和我的一样,而且他每天都清理浇水壶,绝不会出现这种情况。

后来,我又仔细看了看豆芽菜,发现一个奇怪的现象。一般每斤绿豆可生豆芽十斤至十三斤,随着我经手的时间减少,发坏的豆芽菜成比例增多,比如豆芽菜要发五天,我只参与了三天,那么坏的部分占总体的百分之四十左右。这个比例有些巧合。

不过坏了就坏了吧,只要我回来就好。我回来了,豆芽菜的供应就不成问题。

在主管热切的眼神中,我用食堂所有的筐子发了豆芽菜。

干完这一切,主管才放我回去休息。

吃饱喝足、补了个好觉之后,我立刻召集起了我的同伴。

俗话说得好,三个臭皮匠赛过诸葛亮,集体的智慧高于个人。

我相信在大家的集思广益下,我们能离真相更近一步。

凑巧的是,不光唐玄鸣、何莫、蒙和平在四灵教,许大禹也在。

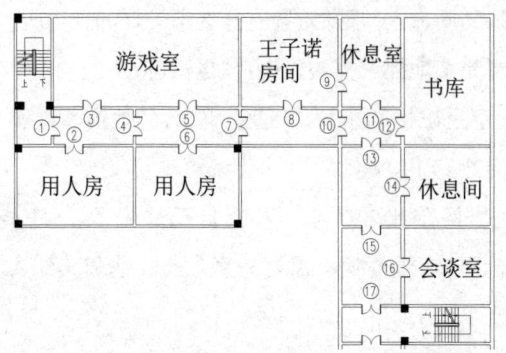

图七　王子诺案件示意图

我把挂历翻过来，贴到墙上充当白板，在上面画上了竹居的平面图。

"咳咳，"我咳嗽了两下算是开场白，"诸位，这个案件的经过，我之前也告诉过你们了，就不再多说。现在是自由讨论的时间，希望大家开动脑筋都能仔细想想。"

我说完后，坐在下面的唐玄鸣、蒙和平他们开始窃窃私语。

"别私下讨论了，反正就我们几个人，瞎说都没有关系。"我说道。

唐玄鸣最先发言："现在我们就假定凶手是郑宏颖了吗？"

"我们都认为郑宏颖的可能性最大。"我说道。

"那和一般的套路不一样。"何莫说道，"一般不都是先找线索再确定凶手，而你们先圈了个嫌疑人，再找线索。"

蒙和平说道："这又有什么关系，反正都要找线索。最后总能找到真相。"

唐玄鸣说道："王子诺死前有什么反常的举动吗？"

"没有。"庄晓蝶说道，"我们没有发现他有什么不对劲的地方。"

唐玄鸣又问道："那郑宏颖有什么不一样的地方吗？"

庄晓蝶无奈地摇了摇头，说："也没有。"

"不一定是出格的事情。"唐玄鸣道，"他突然做了什么或者对某件事突然有了兴趣，这些小事都可以。"

"他对去医院比较热心，甚至自己都去了。"庄晓蝶说道，"他的解释是他有慢性病，需要一直吃药。他和其他人去医院拿药，还受伤了。"

"伤在什么地方？"唐玄鸣问。

"手臂上，不影响行动。"庄晓蝶说道。

我问许大禹："竹居和郑宏颖有关吗？"

许大禹挠了挠头说："竹居的主人应该不是郑宏颖，在日常生活中，我也感觉不出来郑宏颖很熟悉竹居。对了！"许大禹话锋一转，"竹居好像是郑宏颖找到的。"

两个齿轮合上了。

唐玄鸣也意识到了这一点。"我在想郑宏颖带你们到这里来，一定有原因，也许这些门就是他设计的。凶手锁上这么多门绝不是为了搞一个多重密室的噱头。门和墙将室内空间分割成多块，制造了大量容易被忽视的死角。凶手可以躲藏在门与门之间的死角中。"

"你的想法和我不谋而合。"我对唐玄鸣说道。

我立刻将我在竹居做出的推理说了出来。

唐玄鸣点头道："有几分道理，凶手把1、4、7号门先上锁，然后进到房间内锁上8号门，再躲进休息室内锁上9号门，从11号门出来，依次锁上17、15、13、10号门，最后回到休息室内锁上11号门。但有个问题，进入王子诺房间有两条路线，其他人可以一直从走廊到王子诺房间，也可以踹开休息室的门进到王子诺房间。"

"一般情况下肯定会选择走廊。"我皱眉道。

"你也说是一般情况下，谁都不能确定其他人会不会从休息室走。"唐玄鸣说道。

"休息室的门真要开了，凶手只能躲起来了。"

何莫插嘴道："晓楠，休息室就那么些东西，凶手能躲到什么地方去？"

"但事实上，也没有人通过休息室进入王子诺房间啊。"

"可你也要考虑这是一场有计划的谋杀，凶手应该能想到这一点。"

"那你说什么地方合适？"我反问唐玄鸣。

唐玄鸣说道："我觉得凶手可以躲到书库里面去。"

"老唐，你的漏洞比我还大。"我说道，"11号门上锁了，钥匙在休息室里面。凶手要是躲在书库里，这钥匙又是怎么跑到休息室的书架上的？"

"你们都想得太复杂了。"蒙和平说，"我有个更加简单的方案，凶手直接躲在7号门后不就可以了吗？出事的地方是王子诺房间，其他人都跑到房间里去了，不太可能再查看7号门之前的门。这个时候，他才出来。"

"那7号门怎么办，不锁吗？"何莫问道。

"钥匙在王子诺房里，想锁也锁不了。"蒙和平说道。

"那这扇门就不管了吗？"何莫又问道。

"所以凶手才特意把另一侧的门也锁了，逼得其他人只能从中间楼梯上来。"蒙和平说道。

庄晓蝶打断蒙和平的话："那王子诺房间的房门怎么上锁，钥匙可在房间里面。"

"利用丧尸。"蒙和平说道，"王子诺身上不是缠了绷带吗？凶手在关门的时候，把一段绷带留在外面，等他锁了门，再把钥匙包在绷带里。王子诺一走动，钥匙不就从门缝被拖进屋里了吗？密室就此完成。"

庄晓蝶摇头。"钥匙不是在地上，而是在王子诺身上——在他口袋里。"

蒙和平有些失落。"那我的推理就错了。"

"我不得不打断你们一下。"许大禹说话了，"你们的推理都很不错，但如果凶手的手法是这样，那凶手就不可能是郑宏颖了。因为庄晓蝶记错了一件事。她可能没注意到郑宏颖，至少在13号门的时候，郑宏颖就已经到了。"

"你确定吗？"我问道。

如果真是这样，那我们的推理可就全错了。

"我能确定。"许大禹说道，"我想他没有藏在里面，郑宏颖应该一开始就在外面，他中途才赶到，很有可能是因为他年纪大了，跑得比较慢。"

"那我们要不要讨论下，当时王子诺的队伍中，还有谁比较可疑？"唐玄鸣说道。

突然，有人敲响了我的房门。

"谁啊？"我问道。

"是我，小志。"

我连忙把挂历藏起来，才去开门。

"原来你们都在啊。"小志说道，"你们在干什么？"

"没什么，我们难得聚在一起，刚刚在玩狼人杀。"何莫说道。

"小志，你找我们有什么事情吗？"我问道。

"就是想提前约一下，半个月后，我生日，想请你们吃个饭。"

"这么早就约?"我好奇地问道。

"必须早点儿约,现在的工作又不固定。"小志说道。

我觉得小志本来只想请我和何莫,但大家都在,他也只能全部邀请了。而我能做的就是在他生日那天多帮点忙,从厨房多拿点好东西。

他算我进入四灵教后交到的第一个朋友。

"好的,我会去的。"我回答道。今天是九月二十六日,星期四。小志生日那天我应该不会外出。

"你们都要来啊,不来就是不给我面子。"小志说道。

众人也纷纷应和,表示自己一定会到场。

我从十九岁后就没再正经过过生日了,工作后,我每年收到的生日礼物也就只有公司送的蛋糕券。所以我对小志的生日会很感兴趣。

小志的到来打乱了我们的节奏,他走后,我们没有继续讨论,都散了。

没有人知道,四灵教有一小撮人想要证明郑宏颖不是一个好人。

我们还是正常地生活、工作。何莫和小志一起去江边捕鱼,我和唐玄鸣干着厨房里的农活。蒙和平也在农业组干苦力。

一晃四天就过去了。

正当我在厨房偷懒,苦思王子诺之死时,听到楼下爆发出一阵欢呼声。

这是怎么了?

就在这时,主管揉着太阳穴进来了。

我问道:"外面发生什么事情了?"

"有一组人找到了一个粮仓。"

不是能储存几十万吨粮食的国家粮仓,只是一个民营公司的粮仓,但也有百来吨,看着这么多粮食,真是做梦都能笑醒。

"怪不得他们都在欢呼。"

有了这些粮食,四灵教暂时不用担心粮食问题了。

"这不是好事吗?"我问道,"为什么看起来你很头疼的样子?"

主管说道:"当然头疼。这么多粮食该怎么办呢,放久了肯定要出事情的。首先,我得考虑保存和运输的事情。"

"原来没有防霉措施吗?"

"在库房里好像有熏蒸剂,但……"主管面露难色,"我们没有一个人会用。万一弄错了,这可是要人命的东西。至于运输,我们早晚会离开城区,到时候粮食也要转移一部分。现在他们让我拿出一个计划出来,你说我能不头疼吗?"

我也想不出什么好办法,只能留他一个人在那里伤脑筋。

这件事对我的唯一影响——由于找到粮仓,郑宏颖下令四灵教庆祝三天,这三天的伙食供应得格外好。而我的工作也格外多。

庄晓蝶在我忙完后的第四天也来找过我。她告诉了我一个重要的线索,她和许大禹仔细回忆了当时的情况,当时除了那些根本没出现的人,应该没有人在13号门之后再加入,而那些根本没出现的人都有不在场证明。

这就说明我们原来的推理全都不正确,躲猫猫式的思路也是完全错误的。

那么一来,凶手就只能通过两种方式构建王子诺房间的密室了。

第一种是凶手往外走锁上沿途所有门，然后想个办法将钥匙送到密室内。

这就有个问题，王子诺房间的门都关上了，窗户也没有打开的可能。房内有空调，但没有通向外面的风管。休息室有对外的空调管，王子诺房间的空调在书架上方，空调背后的墙上开了小孔，伸出一截管道和休息室的空调管对接。就算想通过空调管把钥匙送到房内，也肯定会卡在空调里。

第二种是凶手往内走关上所有门，把钥匙留在房内，然后想办法自己离开密室。

一般来说，凶手都是"伪离开"，会躲在某处。但王子诺的案子中不存在这种情况。可是这也出现了一个新问题，一个大活人如何才能从密室中离开？

我对着自己画的示意图，想了半天。

庄晓蝶在我身边也思考了很久。

"我在想第一种的可能性比较大，毕竟一串钥匙比一个大活人体积小得多。"庄晓蝶说道。

"这可不好说，钥匙是死的，但人是活的。而且钥匙有两把，走廊和房间的，但人只有一个。"

话虽如此，但我还没什么新思路。

我把这个线索告诉唐玄鸣他们之后，他们也提不出什么建设性意见。

翌日，何莫和小志也捕鱼回来了，接下来，他们还会有几天假期。假期过去，何莫会继续去捕鱼，而小志另有安排，不会再和何莫组队。但这个假期足够小志好好过一个生日了。

但那个时候，我有一些活儿要忙所以没有第一时间去找他们。在末世求生，忙的时候，连上厕所的时间都抽不出来。

足足过了两天,我才抽空去找了何莫,正遇到小志在和何莫说话。

我在门口听到小志在提醒何莫:"今天已经是周三,你明天不要乱跑,记得过来吃饭。"

小志出来看到门外的我,也提醒道:"记得明天准时来吃饭。"

我来找何莫也是为了小志生日的事情,我们准备给他一个惊喜。

酒店内有厨房,厨房的厨具很齐全,我和唐玄鸣商量是否能做一个蛋糕出来。但最大的问题是,我和唐玄鸣都没有做过蛋糕,仅仅知道一点理论,所以需要更多的朋友帮忙。

第二天,小志的生日会上,除了我和唐玄鸣他们,还有三四个四灵教的教徒,全都是小志的好朋友。小志为了招待我们,准备了不少小吃和啤酒。我和唐玄鸣也做了几道好菜。原料是何莫和小志提供的鲜鱼。大鱼都上交了,但一些小鱼小虾可以留下,论鲜美程度,小鱼小虾不逊于那些大鱼。

尤其是这次何莫给我的小鱼,让我眼前一亮。我至今也不知道这种小鱼叫什么,我们方言里喊它"漏食头",最长不过一指,油炸之后洒点盐,或者拿来炖汤都相宜。

小志甚至申请到了酒店KTV的使用权,我们到包厢里,忘记了外面密密麻麻的丧尸,好好玩了一通。

在气氛最热烈的时候,我和唐玄鸣端上了蛋糕。我不知道小志具体几岁,就在蛋糕上放了十根蜡烛。

"寿星来吹蜡烛吧。"我说道。

惊喜的小志笑道:"谢谢,我没想到你们居然有蛋糕,这简直就像做梦一样。"

"快点吹蜡烛，许愿吧！"周围的人催促道。

"好的，好的。"小志笑道，"你们让我想想我该许什么愿。"

小志只顿了五六秒，就憋足一口气，吹灭了所有蜡烛。

他又接过我递给他的刀子开始切蛋糕。

由于人比较多，每个人得到的蛋糕都不算大。

"这个味道有些与众不同啊。"小志吃了一口，说道。

我忍不住大笑。

唐玄鸣解释道："我和晓楠根本就不会做蛋糕，只会做馒头和发糕。他觉得发糕和蛋糕差不多，所以就蒸了几块发糕，拼成蛋糕的模样。我们在第一层抹了点蜂蜜，又铺上了水果罐头的水果，第二层，我们涂了草莓酱。最上面的一层，我们就挤了一层人造奶油，完工后，至少外表上和蛋糕一模一样。"

"原来是发糕，怪不得口感不一样。"许大禹说道。

小志点了点头。"这个中式蛋糕也挺不错的。谢谢你们特意为我准备蛋糕了。"

说完，他狠狠咬了一口。

用发糕做的蛋糕很快就被解决了，吃完蛋糕，唱完歌，我们也都散去了。

给小志庆生只是我们生命中一个美好的小片段。

或许是今日的快乐刺激了我，在送庄晓蝶回去的路上，我突然想到了王子诺密室的解法，不单想到了解法，我甚至可能找到证据。

我兴奋地对庄晓蝶说道："我想到了新的推理。"

"什么？"庄晓蝶没有反应过来。

"就是王子诺密室的解答。别看有这么多门，化简的话，这其实就是一个密室，因为现场对外的通道是有限的。"我说道，

"所以只要我们考虑对外的通道就好了。我认为走廊的路是走不通的。突破点应该在休息室。"

我又问道："休息室内是有空调的吧，虽然王子诺房间内也有空调，但两者共用了风管。"

"对，也就是说只有休息室有对外的风口。"

"而且休息室也有窗，它应该没有被爬山虎给缠死。"我继续说道。

"但从窗户出去是一条小巷，巷子里有不少丧尸。"

"凶手可以不往下面跑，而往上面走，走到天台上，再通过楼梯下来。"我说道，"凶手可以把休息室的门锁上，把钥匙放在书架上，再通过窗户爬到天台，最后用穿过空调孔洞的丝线锁上窗户。锁窗户比锁门要容易得多，不需要钥匙，只需要将锁扣一掰就行了，完成这一切用力扯出丝线就可以了。而且我还有手段去验证它。"

庄晓蝶好奇地问道："什么手段？"

"监控录像。"

窗户下面是条小巷，通着一个小区，小区围墙上应该会有摄像机。

"那边有摄像机吗，我都没有注意看。"

"这很正常，很多人都不会在意摄像机。"我说道，"除了相关从业人员和违法分子。"

而我就是相关从业人员。

我想到了一段我写过无数次的话。

3. 安全防范系统

3.1 视频监控系统

(1) 视频监控系统中心与存储设备设置在消控室；

(2) 本工程在出入口、走廊及其他重要区域设置网络摄像机，点位详见平面图；

(3) 每个普通监视点设JDG25管，网络型的内穿（Cat.5e utp 4p+RVV2x1.0）；

(4) 接入交换机采用百兆交换机，24个百兆端口、2个千兆上联端口或48个百兆端口、个千兆上联端口，设置在每层相应弱电间弱电机柜中；

(5) 本工程以码流不小于2MBit/S、录像全天存储时间不少于30天、清晰度不低于1080P存储，采用一台24盘位硬盘录像机和24块4T硬盘存储。系统记录存储的图像信息应包含图像编号/地址、记录时的时间和日期，并且监视图像信息和声音信息应具有原始完整性。存储在供电中断或关机后，对所有编程信息和时间信息均应保持。

(6) 监视器分辨率：彩色监视器不应低于1080P。

(7) 设备安装：

a) 摄像机宜安装在监视目标附近不易受外界损伤的地方，安装位置不应影响现场设备运行和人员正常活动，网络固定摄像机采用支架吊装；

b) 摄像机安装前应按下列要求进行检查：将摄像机逐个通电进行检测和粗调，在摄像机处于正常工作状态后，方可安装。

(8) 摄像机镜头应避免强光直射，以保证摄像机靶面不受损伤，镜头视场内不得有遮挡监视目标的物体。

(9) 摄像机分辨率不得低于1080P，彩色最低照度至少达到0.01Lux。

(10) 安全防范系统中使用的设备必须符合国家法规和现行相关标准的要求，并经检验或认证合格。

摄像头是永恒且可靠的目击者。

"但现在录像还会在吗？"庄晓蝶问道。

"这种地方的监控存储时间应该是三十天。"我说道，"那片区域断电之后，就不会再存储新的画面，所以只要是案发后三十天内断电，我们应该就能找到案发时的监控画面。"

如果郑宏颖真是用这种方法实施犯罪的话，摄像机应该会把他拍下来，那么他就无法抵赖了。

"你要再去一趟竹居吗？"庄晓蝶问道。

"对。"我点了点头。

庄晓蝶有些无奈地说道："可惜我有别的工作安排，不能陪你去了。"

"我可以自己找人去。"我说道。

庄晓蝶又说道："我记得许大禹最近都不出门，你可以找他一起去。"

几天后，我和许大禹出发了，一路上，我们没有遇到什么危险，安全到达了竹居。

我再次回到案发现场，着重检查了休息室的空调管孔，孔内积攒了一些灰尘，但隐约能看出有丝状物划过的痕迹。这坚定了我的信心。但想要得到监控录像，我们还是得闯入小区，闯到人家的消防监控室内。

我们这一行必定会遭遇丧尸。

"你说的消控室究竟在哪儿？"许大禹问我。

"一般会在物业边上。"我拿出手机在电子地图上划拉了几下,现在的地图做得比较细,有些小区会标上楼栋号、物业中心、菜市场等地方。

"我们先到物业中心去。"我说道,"如果不在那里,我们就一栋栋找过去。"我指出了物业中心的位置。

"在正中心位置啊。"许大禹有些无奈。

我也说道:"这确实有些棘手,我们可能还要回去一趟拿些设备。"

许大禹卸下包裹。"你看看我带的这些东西够不够。"

满满一袋,有对讲机、收音机、甩棍……

"感觉应该够用了。"我说道。

我们的计划很简单,先偷偷将收音机放到东门,吸引丧尸的注意,然后打开车辆道闸,开车由北门进入小区,遇到零星的丧尸就碾过去,然后达到消控室,直接搬走硬盘录像机,回到四灵教根据地,找台电脑读取里面的视频信息。

开端很顺利,我们在东门投放了收音机,定时开启。

等我们到达北门,收音机也就启动了,它以最大的音量播放流行乐,将周边的丧尸吸引过去。

二十分钟后,东门的收音机关机,街上的收音机定时启动了,继续吸引丧尸,将它们渐渐引到外面。

三四台收音机就能骗走大量的丧尸,降低我们的压力。

我和许大禹猫着身子,开始往消控室赶去。

但车辆道闸卡死了,车进不去,我们只能下车。

大概走了十分钟,我们就有了收获。

"看,是消控室!"许大禹眼尖发现了消控室的标志。

我迫不及待地想打开消控室的门。

"上锁了?"我说道,"麻烦了。"

"不麻烦。"许大禹拿起自己的短矛,开始暴力撬门。

透过门缝,我发现里面没有丧尸。等锁一开,我赶紧钻入了消控室。

"小心一点。"许大禹对我说道。

有两具穿着保安服的丧尸从隔壁值班室内直直地朝我冲来。

许大禹揪住了我的领子,把我往后拉,然后一竿子撑住了扑来的丧尸。

我抽出武器,抵住另一具丧尸。

许大禹低吼一声,将丧尸打翻在地,抄起椅子,猛地朝丧尸的脑袋砸去,连砸了五六下,砸烂了它的脑袋。

我则用一只手勒住丧尸,将匕首捅入了它大脑。

许大禹喘着粗气催促道:"快点吧,我们的时间不多了。"

"怎么了?"我丢开丧尸问道。

"我受伤了!"

"伤在哪里?"在外面最致命的就是受伤,血腥味会吸引大量丧尸。

许大禹指出了自己的伤口,他被门板划了一下后颈,那一块恰好没有防护,划出了一道十厘米左右的伤痕,正在往外淌血。

我连忙拿出胶带,将他的伤口封起来。

这可能会导致感染,但能有效地阻止血腥味扩散。

封好伤口后,许大禹守在门口监视四周的情况。

我开始在三个机柜里找硬盘录像机。

这设备很显眼。

机柜里的硬盘录像机高有5U,1U大概四厘米,所以这是个大家伙。

我把背上的弩取下来,找了根绳子,将硬盘录像机绑在了背上。

我和许大禹赶紧往外走,想回到车上。但丧尸们已经放弃收音机,往我们这边赶来了。

我们即将被丧尸包围,必须在包围圈形成之前,及时切出去。

透过疯长的植物,我已经能看到三三两两丑陋的丧尸了。我将弩紧紧握在手上,瞅准机会射倒了几具。但丧尸越来越多,我们又不能一味躲避,这会让我们距离车子越来越远。

但我们还是低估了丧尸对血液的敏感度。我和许大禹被丧尸追击着,越跑越偏。

"要不你先走吧。"许大禹说道。

现在没有雨水,许大禹身上的血腥味就像暗夜里的灯火,引得无数"飞蛾"争前恐后地扑火。和许大禹在一起,我也很难脱身。

我们拐入小巷,我把巷子里的杂物都推倒。

这巷子清理得太干净了,一定是刚消防整改过,连个纸板箱都没有。如果有足够的杂物绊倒几个丧尸,我的压力就会减轻不少。

"不行,你是因为我才出来的。"我说道,"刚才你也救了我。这个人情我必须还。"

我提出了一个建议。

"这样吧,我们分开行动,我往另一边跑,制造点什么噪声,吸引一部分丧尸的注意,你悄悄地往另一方向跑,也许我们当中还有一个人能逃出去。逃出去的再叫人一起回来救人。"

许大禹迟疑了一下,说:"王子诺和你没有什么关系,你怎么这么上心,你是不是对庄晓蝶……算了,我回去再和你说。我们就按计划行动吧。"

许大禹的半截话让我有些不舒服,但现在最重要的是逃生。

我一路发出声响往外跑去，许大禹也一路丢下收音机，吸引丧尸的注意力。

我也不知道自己跑了多远，已经听不到许大禹那边的声音了。

我不知道他有没有跑出去，我已经快到极限了，我的箭袋已经空了，看来我不得不舍弃我的弩了。对现在的我来说，能减少一点负担，省下一点气力，也是好的。

——再见，我的朋友，要是有机会我会再来找你的。

我把弩狠狠砸向一具快要抓到我衣角的丧尸，它踉跄几步，摔倒在地。

这些丧尸实在太多了，没完没了。而我的体力有限，我快到穷途末路之际，发现路边有个井盖开着。

我跑到边上，向下望去，里面黑乎乎的，地方还算宽敞，可容一人通行。不过它的味道很难闻，像是混合了排泄物、鱼内脏、枯枝烂叶的味道。

在丧尸的逼迫下，我来不及多想，只能纵身跳入其中。

我抱着硬盘录像机，在恶臭的下水道爬行，就像一只老鼠钻进了一条死蛇的肠胃。

丧尸们也学着我的样子，到下水道，顺着我的味道追来。它们不惧危险、不惧恶臭。

我爬了好一会儿，迟迟未能找到出口，浑身污物。丧尸距离我越来越近。我只能先丢开硬盘录像机，费力地转身捅死了几具追击的丧尸。我捅死的几具丧尸堵住了来路，我暂时安全了。

我捅死的丧尸越多，它们越能堵住下水道，挡住后面的丧尸。

意识到这一点后，我利用短矛，拼命往身后的丧尸猛戳。

终于，后面的丧尸没有动静了。

我休息一小会儿，继续往前爬去，但前面没有出口。我只能折回去，等守在外面的丧尸离开，我才能清理掉堵塞的丧尸残肢，从下水道出去。

但死人的耐性总比活人好，我不知道自己要等多久。最坏的情况就是我一个大活人被困死在下水道，死后再转化为丧尸。但就算成了丧尸，我也只能永远徘徊在这一截下水道当中。

我的体力已经透支，泡在脏水中，我的眼皮越来越沉，于是小憩了一会儿。

醒来后，我感到四肢酸痛，脑袋里就像有一整个蜂窝在嗡嗡叫。

过了这么久，许大禹应该已经成功逃离，希望他能尽快找人回来救我。

我试着推了下身后的丧尸堆，没有任何反应，好像追击我的丧尸都退走了。

我不知道自己究竟昏睡了多久，也许已经一天了。当我犹豫自己是否该清理丧尸残肢时，我听到了水流声，下水道里开始涨水了。

这只能说明一件事——外面开始下雨了。

我不想死，我想要活下去！

我赶紧开始清理，将丧尸的残肢拖到一边，打开一条口子，推着硬盘录像机从下水道逃了出来。

天已经黑了，而且确实在下雨。

虽然只是一场小雨，但也解了我的燃眉之急。

我找了一辆还能开的车，往四灵教方向赶。遇到了这么多事，我终于可以回家了。

在四灵教入口处，我遇到了准备来营救我的许大禹、唐玄鸣、蒙和平等人。

他们就像雕像一样矗立在雨中。

"我回来了。"我对他们说道。

"我们来救你了。"蒙和平的话里有呜咽声。

"我已经回来了。"我不明白他们为什么还是那么痛苦。

还是唐玄鸣给了我答案:"晓楠,何莫走了!"

我的心仿佛被闪电劈中,一时间我甚至都不知道该用什么表情去面对。

"这……这究竟怎么了?"我问道。

"何莫捕鱼,溺死了。"唐玄鸣回答道,"现在尸体都还没找到。幸好你回来了,不然、不然,我们都不知道该怎么办了。"

蒙和平突然哭了起来。

而我眼睛一酸,也止不住泪水,哭了起来,又有一个朋友离开了我们。

一路上总在告别

痛有一个空白的元素；
不能够记起，
当它开始，或如有一天
当它不是痛时。

它没有未来只有自己，
包含它无限的领地。
它是过去，抛开偏见去感知
新的轮回。

——艾米莉·狄金森《痛之神秘》

何莫死了。

到现在,我都没法接受这个现实。

目击者说何莫被大潮卷走,没有回来。

我、蒙和平、唐玄鸣,还有小志开着车到钱塘江边找何莫。朋友一场,我们总不能让他像丧尸那样在世间游荡。

由于四灵教捕鱼的原因,这一大片区域的丧尸已经被驱赶干净了。面对滔滔江水,我们开始大喊。

回来吧,老何!

我们在喊魂。

渔民出海捕鱼不幸葬身大海之后,亲友会在岸边做法事,大喊他的名字,尸体就会漂回到岸边,让亲人能收殓他的尸体。

但我们的喊魂是另一回事——我们真能唤回何莫的尸体。倘若何莫的尸体还在附近的水底,那它听到动静就会从水底爬出来。我们也就能好好安葬何莫。

我们喊了足足两个小时,在下午两点左右,江面上才冒出一个黑色的小点,这个小点慢慢向岸边靠近,露出了脖子、肩膀、身子……

蒙和平压低声音说:"来了,是老何。"

我们手里握着武器,迎接老友来归。

老何身上缠着水草,全身泡得发白,邋遢得不成样子。

"欢迎回来。"唐玄鸣走到何莫面前,话音里带着哭腔。

我和唐玄鸣拿着棍子,一左一右,钳住了何莫,将它打倒在地。

蒙和平大半个身子都压在何莫胸口上,让已经成了丧尸的何莫动弹不得。

"谁来下手?"唐玄鸣问道。

我躲开了唐玄鸣投过来的目光。

过了十来秒,唐玄鸣咽下一口唾沫,说:"那还是我来吧。"

何莫在蒙和平手下不断挣扎,想要撕咬活物。

蒙和平说道:"动手吧,给老何一点体面。"

唐玄鸣长叹一声,抹去眼泪,抽出了匕首,只一刀,匕首刺穿了它的脑髓,让何莫安静了下来。

"仔细看看尸体。"唐玄鸣说道,"看看有没有什么问题。"

我们绝不能让何莫就这样悄无声息地死了。如果他是被害的,我们一定要找出证据、揪出凶手。

按照何莫队友的说法,何莫是被大潮卷走溺亡的,溺亡的尸体有一些明显的特征,比如口鼻腔可见白色或淡红色泡沫,因为溺液进入呼吸道后会刺激气管、支气管黏膜,分泌大量含有蛋白质的液体,在呼吸的作用下,就会形成大量泡沫状液体。

我们没找到这个特征,可能因为何莫在水底待得太久,口鼻处除了江水、水草、泥沙,其他都被冲干净了。

但何莫身上的尸斑是淡红色的,尸体在水中,由于水流的冲击和水的压力作用,位置不易固定,加之冷水的刺激作用,使皮肤毛细血管和竖毛肌收缩,因此尸斑出现得比较迟。又因为血液中氧合血红蛋白在低温下不易放出氧,同时水中的氧能少量渗入皮肤血管,与血红蛋白结合形成氧合血红蛋白,所以尸斑多为淡红色。

这条算是对上了。

溺亡者溺水时,由于死前精神紧张、慌忙挣扎,两手乱抓,会抓到水草或者泥沙。何莫指甲缝中就有泥沙。加上何莫身上只有擦伤，没有致命的内伤或者外伤，也没有中毒的痕迹，所以基本可以确定何莫是溺死，而不是死后沉尸水中。

蒙和平难以置信地说道："难道真的是意外？"

如果真是意外，那我们的愤怒就像一拳打在了棉花上——根本找不到凶手来承载我们的怒火。

"不可能，怎么会有这么凑巧的事情？"我也不敢相信。

唐玄鸣整理了一下何莫的遗容，抬头道："先安顿好老何吧，至于其他……"他握紧了拳头。"这事还没完。"

现在很少有坟墓了，活人无暇顾及死人，只要确保死者不转化为丧尸就可以了。但入土为安的观念还留在幸存者的脑海里，如果有余力建造坟墓，大家依旧会安葬死者。

我们洗去了何莫身上的污物，给他换上了干净衣服。没有棺材，我们只能用一床被子裹了何莫下葬。他的墓地就在江边的绿化带内，我们垒出了一个土包，树了块木头充当墓碑。

我们蹲在何莫的墓碑前烧了点纸钱，纸钱是用 A4 纸裁出来的，用来寄托我们的哀思。

我很久没有吸烟了。

以前在大学的时候，我被室友带着一起抽过烟，烟瘾最大的时候，一盒烟只能够抽半天。工作后，我抽烟才渐渐变少，到了最后竟也戒了。

看着钱塘江，我向蒙和平讨了一支烟——它是我们宣泄的豁口，也是上在何莫灵前的香烛。

吸一口的时候我差点儿被呛到，半支烟下去，我才找回感觉。

江风吹散我吐出来的烟圈，却吹不散我的思绪。

我想不通何莫为什么要死。

他有功于四灵教，又不参与争权夺利，就是一个普通人。

唯一的问题就是，何莫认识我，而我认识庄晓蝶，我准备和庄晓蝶一起调查王子诺的案子……

安葬完何莫，我们回到四灵教。我早早地回房睡觉了，大概因为最近发生的事情太多，我一沾枕头就睡着了，但睡得一点也不踏实，我觉得我做了一连串噩梦，但记不清梦到了什么。

最让我心悸的是我醒后发现房门前有张纸条，应该是有人趁我睡觉的时候从门缝底下塞进来的。

纸条上没有任何文字，只有一个圆圈——准确来说，是个椭圆，就是普通人随手画出的圆。一开始，我以为是小孩子的恶作剧，后来才记起四灵教的标记，圆圈代表的是水，而何莫就是溺死的。

这让我怒不可遏，在房间内不断踱步。

杀害何莫的凶手居然用这种方式来宣告自己的存在，实在太张狂了。我拿着纸条立即去找唐玄鸣。

唐玄鸣却收起了纸条，说："还没给蒙和平他们看过吧。"

我点了点头。

"先别给他们看了，他们沉不住气。"唐玄鸣说道，"我们两人先调查再说。"

虽说要调查，但我们能做的有限。首先，我和唐玄鸣询问了和何莫同行的所有人，他们都有不在场证明，都没注意到何莫出事时的情况。

要么和阿加莎·克里斯蒂的某部名著一样，所有人都在说谎，要么他们真的与何莫的死无关。

我们也去何莫出事的地点看过，那不过是段普通的河滩，没有特殊的构造。

我和唐玄鸣怀疑何莫是被下药了，他是被迷晕后再丢到水里的，我们没法监测药物残留，所以无法证实，但尸体有挣扎的痕迹，这至少说明他还保有意识，而且有活动能力，因此，药物的假设不成立。

追查杀害何莫凶手的事陷入了停滞，而我在蒙和平、唐玄鸣的帮助下装好了硬盘录像机，我对着说明书调试了一整天，出结果那一刹那，我觉得整个世界都变灰白了。

读取失败。可能是硬盘在污水里泡久了，也可能断电的时候硬盘就损坏了。

我试了很多次，但都失败了，数据只能恢复一小部分，恢复的那一部分不是我想要的。

恢复的视频是案发前几天的，我发现休息室窗口位置也有爬山虎，窗户无法打开。我和庄晓蝶去查看时没看到窗上的爬山虎，可能是他们在撤离时不小心把它们都扯断了。

这样一来，我原先的推理也站不住脚了。

许大禹和我见了一面，他告诉了我当时没说完的话。庄晓蝶和王子诺是恋人关系，所以她才会揪着王子诺的死不放。

我的心有些乱了。

短短几日间，我遭遇了太多事情，我觉得我需要静静。

我没有去见庄晓蝶。我托人转告了她硬盘读取失败的事情。

我再看到庄晓蝶的时候，能从她脸上看到深深的失望。而她仿佛也在故意躲着我，我一直没有机会问清楚她和王子诺的关系。

何莫死后，我仿佛对一切都提不起劲来了，我们有真相，却没有证据来证明，那么真相就毫无意义。

我就像被潮水推着走一样，上一件事还未了结，另一件事又开始了。

先前，我提到过四灵教有自己独特的献祭仪式，三十六天一次，每次选取两个人，整个过程和抽奖差不多，两百多个人分成六组，每次抽奖选两个组，以字母区分那就是ABCDEF六个组，第一次选AB两组，每组选一个人为祭品，下次选BC两组，一直轮流下去。

祭品由教主郑宏颖亲自选出。原则上挑选祭品时，所选组的所有人都要在场。

工作人员会在一个透明的大箱子里放进一堆乒乓球，每个球都用马克笔标了一串数字，对应每一个人。

公平起见，教主会被蒙上眼睛，也有人会在他抽取前搅匀乒乓球。

这次选祭品，许大禹、蒙和平、唐玄鸣都在备选名单里，所以我们一起参加了"抽奖"仪式，整个大堂异常肃穆，郑宏颖念了一段祷词，完成了一些我们都看不懂的仪式，发表了一番洗脑演说，就开始"抽奖"了。

郑宏颖抽出了第一个球，数字是41。

这个数字，我很熟悉，以至于我一下子就蒙了。

我边上的蒙和平耸了耸肩。

"是你吗？"我的心一下子沉入冰面。

他咂舌道："抽奖从没什么好运，怎么这种倒霉事就从不放过我。"

我抢过蒙和平的号码牌。

"别确认了，就是我。"蒙和平说道。

"我们会看着你的，绝不会让意外发生。"唐玄鸣说道。

我和唐玄鸣都竭力装出一副"没什么大事"的模样，蒙和平还以为何莫的死只是意外。我和唐玄鸣交换了一下眼神，觉得还是暂时瞒着他比较好，防止他情绪激动，招惹不必要的注意。

"请41号的朋友上台。"郑宏颖举着麦克风说道。

蒙和平周围的教徒纷纷让开一条路出来，在众人的注视下，蒙和平走上台，站到了郑宏颖身边。

"这位朋友，请问你叫什么名字？"郑宏颖问道。

蒙和平大大咧咧地回答道："蒙和平。"

边上的工作人员向郑宏颖点了点头，大概他们用自己的方式核实了蒙和平的身份吧，避免他人冒名顶替。

"欢迎你，蒙和平。"郑宏颖抓起蒙和平的手，"你加入四灵教已经多久了？"

蒙和平如实回答道："三个多月了。"

"那在这里生活得怎么样？"

蒙和平开始了沉思。

郑宏颖见蒙和平在那犹豫久久没有开口，又问道："你在外面的生活是怎么样的，是不是经常吃了这顿没下顿，又要防范丧尸的袭击，连觉都睡不好？"

蒙和平点了点头，在外面的生活确实如郑宏颖所说的那样艰辛。

"那你是不是向所有你能想到的神祈祷过，让它给你一个安全的生活环境？"

蒙和平点了点头。

不管是不是有神论者，人在绝望之中都会下意识地说几句"佛祖保佑"或"上帝保佑"。

郑宏颖又趁热打铁地问道："那你觉得我们这里怎么样，是不是很安全，能好好睡觉，大家各司其职，过得很安逸是不是？"

蒙和平又点了点头，郑宏颖说得确实没错。

"这么说来是不是你的愿望实现了？"郑宏颖说道，"你该感谢神恩。"

郑宏颖没有给蒙和平表明自己观点的机会，台下的人开始鼓掌。蒙和平更加没有开口的机会了。掌声结束，蒙和平就被工作人员送回台下。

"你有什么感觉？"唐玄鸣问蒙和平。

"就像小学的时候得了奖，被人硬拉上去合照一样。"蒙和平耸了耸肩，故作轻松地说道。

但我看得出来他对未来也有些无措，尤其见识过祭品小伙的意外后，蒙和平心里应该也没有什么底。

台上的郑宏颖已经在准备抽第二个人了。

唐玄鸣苦笑着对我说："该不会下一个抽到我吧？"

"呸，别说这么不吉利的话。"我连连摆手，想把唐玄鸣的晦气话赶跑。

第二个被抽中的不是唐玄鸣，但也是我们的熟人。

这次郑宏颖抽到的是 13 号——许大禹。

郑宏颖也把许大禹叫上了台，重复了那些问题，最后得出结论——我们现在的生活来之不易，比在外面好多了，因此我们必须诚心侍奉神，成为祭品不是什么坏事，不应该害怕，反而应该感到光荣，用心去做好。

对于不信者来说，他说的都是胡话，但对信徒来说，他说的就是真理，就像有些地方会收藏高僧的骨灰、舍利子，对不信者来说，不过是以钙盐为主的无机物罢了。

许大禹从台上下来，朝着我们走过来。

他站到我面前。"对不起。"

这句道歉来得有些莫名其妙，是因为上次的意外吗？

蒙和平大大咧咧地一拍许大禹的肩膀。"说什么对不起，在外面难免会有意外，晓楠也活着回来了，你多给点补偿就行了。别搞得和遗体送别一样。"

唐玄鸣也道："对，过去的事就让它过去吧，我们得先把这关过了。"

突然，蒙和平压低声音："要不我们一起跑了吧？"

唐玄鸣同样也压低声音说道："恐怕跑不了了，你看那边，好像有人在盯着我们。"

许大禹也说道："之前好像也有祭品因为害怕逃跑的事情。"

"他成功了吗？"蒙和平好奇地问道。

"第二天就被带回来了，先是打，然后是吊起来打。"许大禹说道，"用那种末端缀了小石子的鞭子抽。"

"把他抽坏了，那祭品怎么办？"蒙和平问道。

"重新找一个就行了，他们打完原来的祭品就把他派出去了，后来，他没能活着回来。"

"咳咳，"蒙和平咳嗽了几声，"那我们就别想着逃跑了，换个角度，当祭品的死亡率也不是很高。再说这里的环境也不错，真到了外面说不定死得更快。要是郑宏颖想玩什么猫腻，我们能借机戳穿他，也算大功一件，说不定这地方以后就是我们的了。"

唐玄鸣道："能活下去就不错了，我们先想想办法。"

"晓楠，你不是工程师吗，给我弄点高科技的东西，比如针孔摄像机。我挂在胸前，你们在外面二十四小时监视，一有情况，你们就冲进来救我。"蒙和平对我说道，"这不就好了吗？"

"对方要搜身的,一般的针孔摄像头你也带不进去。"我提醒蒙和平。

"那就更小的,类似007用的那些,祖国科技这么发达,这些现在已经都搞出来了吧。"

我说道:"你说的都是特种设备,即便可以网购的时候,我也搞不到这么小的摄像机,更何况现在。"

"虽然和平说得不对,"唐玄鸣一推眼镜,"但至少给了我们一条思路,我们得监控献祭仪式的房间。"

郑宏颖在刚才的仪式中已经给出了两个房间。仪式的房间总在变化,据郑宏颖说,这是根据星相调整的。反正几百人当中,只有他懂这些东西,他拥有最终解释权,别人只能听他的。

蒙和平的房间在十八层,许大禹的在三十一层。

我们刚好在四十层,于是乘电梯先去了许大禹那儿。

献祭许大禹的房间是个大套间,有客厅、洗手间、卧室,又在高层,如果是末世前来住,房费一定不低。

"他们应该会把箱子放在客厅吧。"唐玄鸣说道。

客厅有大落地窗。仪式时,窗户肯定会从里面锁上,我探出头去,看到对面有一栋办公楼。

"如果我到那栋楼里,用望远镜监视这里会怎么样?"我说道。

唐玄鸣摇了摇头。"我劝你放弃这个想法。这里和办公楼隔了几百米,距离太远,不说我们一时找不到望远镜,而且办公楼这种没什么资源的地方,里面的丧尸都没清理,你去那只能是羊入虎口。"

边上刚好还有一个房间,不过这个房间已经有住户了。在以前的献祭中也出现过这样的情况。隔壁的住户不会因将要举行的仪式而搬家。

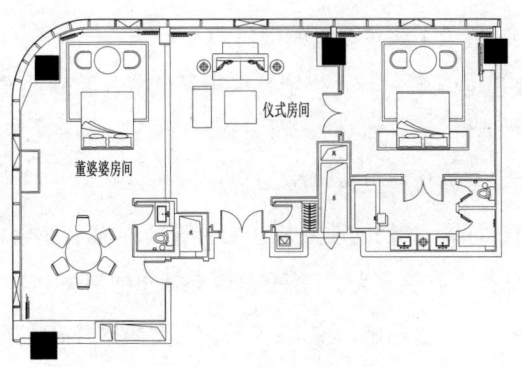

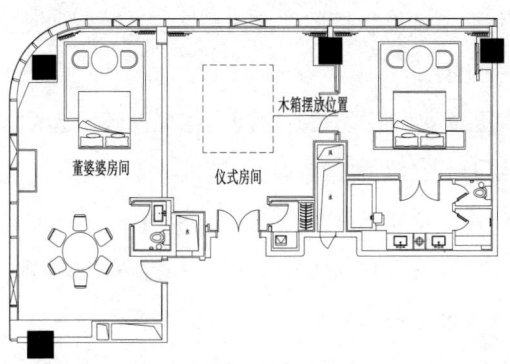

图八 仪式房间平面图

我想了想,觉得这对我们有利,只要我们住进隔壁的房间里,就可以全天候地监视里面的情况。

经过简单的打听,我们得知里面住了一个姓董的老人,脾气有些怪,对四灵教很虔诚。其他人都管她叫董婆婆。

我们试着敲了敲董婆婆的房门。

她在里面,不一会儿,她就探出了脑袋,警惕地看着我们,说:"你们有什么事情吗?"

她的声音就像一只老鸦鸟。

"是这样的,我们的朋友是这期的祭品。"唐玄鸣解释道。

"那他是个有福之人。"董婆婆说完就想把门关上。

蒙和平连忙拦住她,说道:"我们想要暂时住在你的房间里,万一出了什么事情,我们也能第一时间照应他。"

"不行。"董婆婆斩钉截铁地回答道,"这是我的地方,说什么我也不会让的。"

"就四天,我们几个人的房间,你可以随便选。"蒙和平说道,"当然我们也会负责搬东西。"

啪的一声,董婆婆用力拍掉蒙和平的手。"不需要。"

蒙和平的脾气一直以来都不算好,董婆婆轻蔑的眼神、满是敌意的态度激怒了蒙和平。

"你这老婆子怎么说不通?"蒙和平抓住门框,想强行闯入。

"我说不通?明明是你们这些后生没事找事。"董婆婆丝毫不让,"怎么了,你们还打算明抢我的房子吗?"

"呸,什么你的房子,不就是一个小房间么?"蒙和平说道。

"金窝银窝也不如我的狗窝。"

"那你就死在你的狗窝里吧。"

"呸,你个短命鬼,你死了我都不会死。"董婆婆更加用力地拍打蒙和平，想把他赶出去，"快给我出去，再不走，我就喊人了。"

蒙和平也把心一横："你喊破喉……"

"够了。"唐玄鸣按住了蒙和平，"算了，我们走吧，不要惹事。"

蒙和平瞪了董婆婆一眼，松开了手。

门在我们面前被重重地关上了。

"唉，"唐玄鸣提议道，"先去蒙和平那看看吧。"

我们又乘电梯到了十八层。蒙和平要待的房间在最边上。而这个房间已经有人住了，当然，他必须搬走。

许大禹说道："我建议你们先检查一下这里，也许这里还会有什么机关。"

蒙和平满不在乎地说道："就这么个小地方能有什么机关。"

这个房间不是套房，是最简单的标间，一张写字台、单人沙发、茶几、两张单人床……还有配套的洗手间。

一眼扫过去，就没剩下什么东西了。难怪蒙和平会不在乎。

"那隔壁呢？"唐玄鸣问道。

我赶紧跑到隔壁看了一眼。"没有。那个房间没人住，我们可以住进去。"

唐玄鸣说道："我们刚好可以守在你边上。"

不知道为什么，我一直很不安，我总觉得这次仪式会出事。

"和平，还有大禹，你们准备点防身武器，想办法夹带进去。我和晓楠也要去干活了。"唐玄鸣说道，"我们先分头准备吧，晚上七点半在我房间见面。"

蒙和平和许大禹都点了点头。

我住在二十二层，坐电梯往上去。

许大禹没有回自己房间，而是跟上了我，随我一起进了电梯。

电梯里只有我们两人，透过电梯镜面的反光，我发现许大禹想和我说些什么，但又开不了口。

公共场所，电梯内的摄像头都不会带拾音功能，所以在电梯内谈话其实比想象中安全。

其实我明白许大禹想和我说什么。

许大禹靠在电梯边上，左手扶在边上，手指一直在无声地挠广告牌。

我的楼层到了，他也开口了："我不该在那个时间说那件事情。"

"你和我说的是真的吗？"

"是真的，但对不起。"许大禹再次道歉。

"没关系，你也是想让我知情。"我说道，"安心准备吧，小心一点。"我走出电梯，留他一个人在电梯里。

此时，再没有比人命更重要的东西了，我放下了我可怜的恋情，加入备战当中。

时间过得很快，我们还未做好万全准备，蒙和平和许大禹就要被关进密室了。

那两个房间内已经做好了布置。

我们四人又偷偷溜进去检查了一遍。

——我们没有任何收获，没有找到布置机关的痕迹。

房间四壁挂满了四灵教的标志，就像闹鬼的屋子里贴满符箓一样。我又觉得那些拼凑在一起的几何图形宛如一只畸变的眼睛，仿佛墙壁上长出了无数只眼睛，盯着中央的木箱。

"这个箱子会不会有什么问题？"许大禹有些不安。

用来装人的木箱好似一口别扭的棺材。

我开始检查箱子，每块木板都是普通的木板，木板与木板间也严丝合缝。郑宏颖没蠢到这种地步，直接就在箱子里做手脚。

蒙和平直接躺了进去，他扭动着身体，调整姿势。"有些硌，我多希望他们能在里面放条毯子。"

唐玄鸣把蒙和平拉出去。

"你给我用心一点！"唐玄鸣黑着脸，"你觉得没有发现问题很好吗？我多么希望能发现什么，那我们就能针对它做好准备，现在什么都没有发现，我真的很慌。"

唐玄鸣一直在照顾我们，在这种时候，他的压力应该是最大的。

"啊……"蒙和平看着唐玄鸣失态，也有些手忙脚乱，"其实，我也没有那么不上心。"

蒙和平从口袋里掏出两片刀片，大概只有一指长，被打磨得很锋利。

"到时候用胶带贴在隐私处带进去，也能确保自己有一定的战斗力。"蒙和平对唐玄鸣说道，"你看我也是有自己的打算的，放心好了。"

唐玄鸣的脸色没有好起来，他和我都不可能就此放心。

我想只能尽人事，听天命了。

第二天一早，蒙和平和许大禹被带走了。

被带走时，蒙和平还悄悄对我说："晓楠，万一我真的出事了，记得把我埋到背阳地，我想多睡懒觉，还有不要在我坟边上种树，我总觉得树根缠绕尸体的模样，太可怕了。"

这家伙到了这个时候还在说浑话。

我朝他点了点头，同时嘱托道："千万要活下来。"

"放心，我是属蟑螂的，核爆炸都不会杀死我。"蒙和平说道。

相比较而言，许大禹就要老实多了。他安安静静地离开了。

然后，我和唐玄鸣要在外面守四天。

好在工作组的其他人知道充当祭品有危险，愿意和我们换班，让我们专心去守着我们的朋友。但我们两个人还是不可能4×24个小时守在两个地方。

第一天，我负责守许大禹，我就待在走廊上，注意着里面的情况，董婆婆每次看到我，都不给我什么好脸色。

光是站一天，其实也挺累的。

到了傍晚六点，唐玄鸣到三十一层来找我换班。

我还在纳闷，就两个人有什么好换班的？结果下了楼，我发现庄晓蝶已经回来了。

十八层和三十一层最大的不同就在于，十八层隔壁有个房间，我们可以进到房间里，隔着一堵墙也能听清隔壁的动静，不必傻傻地站在走廊里。

看到庄晓蝶，我很惊讶，因为此刻庄晓蝶应该在外面。

她丢给我一罐八宝粥。"先吃点东西，休息一下，小睡一会，到时候我叫醒你。"

我没有说话，默默喝掉了八宝粥。

庄晓蝶的加入让我们肩头的压力大大减轻。三个人的话，每个人都能得到休息。

我和衣靠在墙边小睡了一会儿，隔壁房间一直很安静。看来蒙和平没出什么事。

庄晓蝶拍了拍我的肩膀，叫我起床。我看了眼手机，是凌晨两点。

我突然意识到这是回来后我们第一次独处。

"你和王子诺之前认识吗？"

我鬼使神差地问出这个问题。

庄晓蝶愣了一下，说："不认识。"

"我能问一下你和王子诺是什么关系吗？"我更进了一步。

庄晓蝶道："没什么关系。再说，这是我自己的事。"

我淡淡地说了一句："许大禹已经告诉我了。"

"哦，"庄晓蝶不咸不淡地说道，"我们只是相互有好感，还没确认关系。我不觉得这件事和调查事件真相有什么关系。"

"你是怎么看待我的？"

庄晓蝶的眼神有些闪躲。

"你知道我很久之前就已经……"我没想到自己会在这种情况下表明自己的心意。

这绝对不是好时机，也许是我太累，昏了头，才会在这时候开口。

我还未说完，便被庄晓蝶打断了。

"对不起。"庄晓蝶说道。

听这话，她是拒绝了。

我该怎么办，回一句没关系吗？

就在此时，庄晓蝶的手机闹钟响了。

"我要去替唐玄鸣了。"庄晓蝶赶紧走了。

没多久，唐玄鸣回来了。

唐玄鸣看着我："你和她相处得怎么样？她匆匆忙忙从外面回来，真是帮了大忙了。"

"不怎么样。"我回答道。

时间渐渐流逝，我们再没有说话。

准确地说是我没有再开口，无论是面对唐玄鸣还是庄晓蝶。

——我是个小心眼的男人。

四天终于过去了。

这四天都没有发生什么可疑的事情，但要等他们安全出来，我们才能彻底放下心来。

先开三十一层许大禹的房间，我们三人在外盯着工作人员开门开箱子，外面围观的人当中也有董婆婆，她一脸虔诚地望着里面。

负责开门、开箱的人当中有小志，小志在四灵教应该算是一个小干部，不少仪式都能有他的身影。

门开了，没有异常。

然后，祭品小伙的事情重演了。许大禹转化成了丧尸。

他们刚打开箱子，许大禹就扑了出来。他的四肢没有被绑住！我想许大禹可能和蒙和平一样偷偷带了刀片进去，为了自保割断了四肢上的绳索。

现场发生了一阵不小的骚动。人们纷纷往后退，并发出惊恐的尖叫。

谁也没有料到许大禹会突然冲出来，离得最近的人挡了一下，并踹开了许大禹，许大禹爬起来后立即转身朝另一个方向扑去，而这个方向正是小志。小志来不及躲避，被狠狠咬住。

等众人解决掉许大禹后，小志已经浑身鲜血，眼看是不行了。

我偷偷挤到许大禹边上，从他身上摸出刀片，悄悄揣进了自己口袋里。

小志边口吐鲜血边说道："这么多大风大浪都过来了，没想到……不说了，谁给我个痛快，伤口可疼了！"

我们和小志有些交情，但在四灵教同他关系好的多得是，有人站出来送走了小志。

"快走。"唐玄鸣拉上我，"去看看和平！"

许大禹出了事，蒙和平又如何？

我们挤开人群往电梯跑去。坐上电梯才到了二十九层，这电梯居然不动了。

"电力不稳，电梯好像停了！"唐玄鸣道。

这样的情况以前也发生过几次，但早不停晚不停，偏偏这个时候停，这可真是要了老命了。

我们用力扒开电梯门，直奔楼梯。幸好是下楼，速度应该不会太慢。我跑在最前面，三步当作一步跨。

中间只遇到接连两层的楼梯门都缠上了铁丝。我取来消防斧打开了。

九分钟左右，我们终于到了。

但这一层楼出人意料地冷清，走廊上根本没人。

"错了，错了，这是十九楼，我们还得跑一层。"唐玄鸣一拍脑门。

看来是我们跑得太快，数错楼层了。这也怪酒店物业没在楼梯口的位置标楼层数，只在电梯厅标了。我们要出了楼梯口才能知道自己究竟到了哪一层。

往下又跑了一层，这次我们真的到了十八楼。

"你们要干什么？"门口的守卫拦住了我们。

"走开，我们要看看里面的人。"唐玄鸣道。

我说道："你们只要守四天就好了，现在四天已经到了，谁来开门都一样！"

我们推开门口的守卫，撞开了房门。

我冲在最前面想要打开箱子。

唐玄鸣按住我的肩头。"我来开箱子，有点危险。"

"还是我来吧。"我道。

我们两人争抢起来，互不相让。

"我来吧。"庄晓蝶摇了摇头,绕过我们走到最前面,开始用力地拍打箱子。"里面的人还在吗,在就喊下自己的名字。"

"别拍了,我还在,我是蒙和平。"箱子里传出蒙和平有气无力的声音。

"好了,你们可以安全地开箱子了。"庄晓蝶说道。

唐玄鸣连忙打开箱子。

蒙和平睡眼惺忪,嘴角还流着口水。看来他在箱子里睡着了。

看到我满是汗水和眼泪的脸,蒙和平才一脸迷茫地问道:"怎么回事?"

"许大禹死了。"唐玄鸣说道。

唐玄鸣的这句话就已经表明了很多东西。

"快给我松开。"蒙和平说道。

我问道:"你就没有遇到什么奇怪的事吗?"

"没有,要是遇到奇怪的事,我也交代在箱子里了。"蒙和平怏怏地说道。

唐玄鸣想把蒙和平扶起来。

蒙和平忙说道:"小心点,我尿不湿里面塞满了东西。"

为了解决这四天的便溺问题,祭品都会戴个尿不湿。其他祭品会有所忌口,但蒙和平还是照常吃喝,肚子里攒了不少东西。

如果我是神,我绝对不会收下这么脏的祭品。

我们刚把蒙和平扶起来,其他人就到了。

小志的死没有影响到四灵教的原计划,仪式还是继续进行。

我们揭开郑宏颖真面目的计划又一次破产。就在当晚,我再一次收到了奇怪的纸条,这次纸条上面画着代表火元素的三角形。

唐玄鸣道:"新的谋杀案已经发生了,死者也是我们的朋友。这也说明四灵教已经盯上我们了,与其坐以待毙,不如主动出击。我一直不相信有什么完美犯罪，凶手做得越多，留下的破绽也一定越多。"

"许大禹不能白死。"庄晓蝶也说道。

"行，你们怎么说，我就怎么做。"蒙和平说道，"我一直在箱子里，都不知道外面发生了什么事。"

唐玄鸣推了下眼镜说："那这样吧，我和和平去现场看看，你和庄晓蝶去问问周边住户吧。"

——周边住户不就是董婆婆吗？她那个人有些难搞，只能让庄晓蝶出马了，也许董婆婆会对女性好一点。

庄晓蝶敲响了董婆婆的门。

这次董婆婆连门都没开，隔着门问："是谁啊，有什么事？"

我示意庄晓蝶开口。

"我想问前几天仪式时你有察觉到……"庄晓蝶问道。

"没有。"董婆婆斩钉截铁地回答道，语气中透着不耐烦。

庄晓蝶道："你能把门打开了再和我说话吗？"她也有些生气。

门开了一条小缝，我能看到董婆婆满是不耐烦的眼神，同样她也看到了我。

"又是你们，我现在门也开了，别来打搅我了。"董婆婆说完，又把门关上。

"岂有此理，这人怎么这样啊。"

"她就是这样的一个人。"我安慰道。

庄晓蝶摇了摇头。"我们还是去隔壁和唐玄鸣他们会合吧。"

唐玄鸣和蒙和平那边也没有收获，我们进去时，他们正在敲击墙壁和地砖，想找出所谓的暗道。

以至于没过多久，董婆婆都从隔壁出来了。她对着我们大骂："敲什么敲，敲你们的死人头啊。"她气呼呼地走掉了。

唐玄鸣让我们停下手里的动作。"看来确实没有什么暗道。"

我说道："就算有暗道也解释不了许大禹的死。"

唐玄鸣问道："这话怎么说？"

我拿出从许大禹身上摸出来的刀片。"许大禹的刀片还在他身上，而且他身上的绳子开了。"

蒙和平道："他用过刀片，然后放回去了。"

"没错，这说明他割开绳子后觉得自己没危险，才会把刀片又放回去了。"我说道，"这也说明他被害时并没有察觉不对劲。凶手是神不知鬼不觉地杀害了他。如果通过暗道，总应该会发出一点声音吧。"

唐玄鸣道："凶手用了难以察觉的手段，并且不会留下伤痕，我记得许大禹尸体上没有伤痕。"

"许大禹是不是窒息而死的？"蒙和平猜测道，"门窗封死之后，有人用火消耗了房内的氧气，以此杀害许大禹。"

"不可能，如果要这样杀人，那房间内必须被封住，还要有燃料，不然这把火怎么生起来，我们也没看到灰烬。"唐玄鸣说道。

"那么毒气呢？"蒙和平又猜测道，"那种只要吸入一点点就能致死的毒气，从外面送进房间里，毒死了许大禹。"

"我们吃饭、上厕所都卡着时间，不会离开太远，门口二十四个小时都有人监视着。"唐玄鸣说道，"窗户又是对外的，很难通过门窗输送毒气。"

"那空调管道呢？"我说道，"这种酒店不都有中央空调的吗？"

"说得好。"唐玄鸣说道,"但这个地方刚好是例外。管道堵死了,好像有段时间了。外面的气体根本送不到里面。"

"不是事后吗?"我问道。

"不是。"

"这也太凑巧了吧。"我不由得皱起了眉头。

"有普通人能获取的毒气吗?"庄晓蝶问道。

"我们没有懂化学的,不太清楚怎么制毒。"唐玄鸣说道,"但我们也不能排除郑宏颖找到了某个化工厂房,搞到了毒气。"

蒙和平说道:"那会不会许大禹一开始没死,是开箱子的时候才死的。比如有人趁开箱子的时候偷偷杀了许大禹。"

"我们一直看着,我觉得没人能在我们眼皮子底下动手脚。"唐玄鸣说道,"更何况,人被杀后还要一段时间转化。当时许大禹可是一下子就起来咬人的。"

蒙和平揉了揉自己的头发。"所以我才讨厌谋杀案。"

"你们查过董婆婆吗?"庄晓蝶说道,"我怀疑她,不是因为她骂我。"

"其实我也觉得董婆婆很可疑,我不相信她。"我说道。

"我也不相信她。"蒙和平说道,"早知道我们就该搞个窃听器之类的东西放到她房间里。"

我无奈道:"我不是说过窃听器很难搞吗?"

唐玄鸣也说道:"我们至今还没进过她房间呢。"

"而且隔了一堵墙,董婆婆怎么杀人?"我问道。

"想个办法溜进去吧。"唐玄鸣道,"反正董婆婆那种性格是不可能主动让我们进去的。"

蒙和平说道:"郑宏颖不是每隔三天都会举行洗脑演讲吗?董婆婆应该会去,我们趁她出去,撬开门,看看她在里面干什么。"

"撬门是不是太猖狂了?"我有所顾虑。

"我们又不是小偷,就进去看看。"蒙和平说道,"她不会丢什么东西,又能拿我们怎么样?"

唐玄鸣揉了揉太阳穴,说:"就这样办吧,接下来我们也该去好好送送许大禹了。"

四灵教里只有我们这些熟人会为许大禹办葬礼。

这是我们第二次埋葬朋友,有了上一次的经验,我们只花了一天时间就处理好了一切。说白了,不过是找个地方挖个坑把尸体埋进去。

自然将会履行亿万年来超度亡者的义务,将尸骸消化,让尘归尘土归土。

郑宏颖洗脑演讲当日,我们开始了行动。

董婆婆的门锁了。

蒙和平把撬棍递给我。"看你了。"

"就没有更加温和的办法吗?"我问道。

"我们都不会开锁。"蒙和平说道,"你要是不想撬,我们只能撞开了。"

比起撞门,还是撬门动静小一点。我拿着撬棍一点点撬开房门,然后就发现了不对劲的地方。

首先,里面冒出了一股焦煳味,难闻的味道刺激着我的鼻子,让我有些发晕。我连忙捂住了鼻子。

然后,我在开门的过程中发现门后好像有什么东西阻碍我开门,没错,后面粘了东西!

"里面有人吗?"我心里一沉,连忙敲门问道。

唐玄鸣见我脸色不对，立刻明白了我的意思，对蒙和平说道："你确定董婆婆去听郑宏颖的演讲了吗？"

蒙和平支支吾吾道："应该去了吧。"

"你们离远点儿。"我道，"保持安静。"

房内传出了敲击声，像是有只野兽想撞开门跑出来。门是向内开的，所以在房内撞门是撞不开的。人不可能这么蠢的，只有丧尸会这样。

"去找其他人。"我说道，"快点儿。"

蒙和平立即往电梯厅跑去。

"怎么办，无论如何董婆婆都是重要证人，如果她真的出事了该怎么办？"庄晓蝶道。

"估计是出事了。"我说道，"走一步算一步吧。"

门后粘着的是胶带，而且门内有焦煳味。我只能想到烧炭自杀。可董婆婆好端端的怎么会自杀？

大概过了五六分钟，蒙和平带着其他人过来了。

蒙和平带来的这些人能为我们接下来的行动做个见证。

我和唐玄鸣一起狠狠撞了几下门，我听到了胶带被撕开的声音——门被我们撞开了。

门后的丧尸也因为巨大的冲击力被撞飞。

"董婆婆变丧尸了！"庄晓蝶提醒我们。

"晓楠你千万小心。"蒙和平道，"你慢慢把它引出来，我们一起来对付它。"

我和唐玄鸣立马离开了门边，房内的丧尸几乎在我们后退的同时从地上爬了起来，扑向我们。

有些丧尸明明生前只是普通人，转化后却比其他丧尸的动作更敏捷，更具有危险性。面对丧尸，其实避免贴身搏斗就可以了，虽然董婆婆的速度快，但我扬起脚踢开了它，等它要爬起来的时候，再踢上一脚，丧尸没有格挡的意识，我只要及时收回腿，不让丧尸咬到即可。

这样来回数次，丧尸已经被我渐渐引到了外面。在四灵教待了这么久，我的身手还没有退步。

唐玄鸣和蒙和平脱下自己的衣服，绕到了丧尸背后，两人瞅准时机，勒住了丧尸。

庄晓蝶取来了消防柜内的消防斧。

我接过斧头，在其他人的见证下一斧砍下了董婆婆的脑袋。

鲜血从它脖子的断口中缓缓流出，由于没有心脏供压，没有造成"血喷泉"的惊悚场面。但董婆婆的鲜血还是引起了围观者的惊讶。

她的血是樱桃红色的。

一般情况下，动脉血是鲜红色的，静脉血因为含氧量低而且携带一些其他物质，所以比动脉血颜色要暗，呈暗红色的。

这颜色是怎么回事？

"怎么回事，董婆婆怎么突然变丧尸了？"有人问道。

"正如各位看到的，"唐玄鸣向其他人解释道，"我们找董婆婆有事，敲响了房门，丧尸对声音敏感，我们在门外听到了奇怪的动静，就去喊人帮忙。喊来人后，我们撞开了大门。董婆婆为什么会这样，我们也不清楚。大家可以和我们一起进屋看看。"

由唐玄鸣领头，一群人进了董婆婆房间。

光看房间的布置，董婆婆应该是吞炭自杀。房间中央摆着两个大脸盆，盆中是熄灭的木炭，我闻到的焦煳味就是从盆中散发出来的。窗户的缝隙都被用胶带封了起来，门也一样，门的四条边都贴上了胶带。

唐玄鸣示意我们先开窗通风，然后查查房内有没有藏人。

满是一氧化碳的密室是生命禁区，但凶手也可以通过戴面罩和吸氧气的方式藏在室内，等房门被打开后再出去。所以必须仔细检查一遍。

"房内没有其他人。"蒙和平道，"事情发生的时候，这里应该只有董婆婆一个人，而且门窗都上了锁，钥匙就在床头柜上。"

"书桌上还有半杯水和一瓶安眠药，里面的药片都没了，应该是董婆婆吃的。"庄晓蝶说道，"而且还有一个信封，是遗书。"她提高了音量。

我们也都围了过去，信封上写着"遗书，董淑贞留"。

蒙和平火急火燎地拿过信封。"让我打开看看，这里面写了什么。"

蒙和平没来得及看几眼遗书，郑宏颖就来了。

他得到消息，知道董婆婆出事，第一时间赶了过来。

他手下的人说道："把手里的东西放下，人都退出去，别破坏了现场。"

我们都被赶了出去，房间外拉起了警戒线。而他们只是把我们请过去询问了事情的经过。

明明是我们发现了董婆婆被害，结果却被边缘化了，后续的调查与我们无关。第二天，我们接到通知，确认董婆婆是自杀，这件事就结束了。

许大禹死了，我们刚想调查董婆婆，董婆婆又死了。我们觉得这两件事一定存在关联。

于是，我们聚到唐玄鸣的房间内开会。

"为什么董婆婆的血是樱桃红色的？"蒙和平问道，"是不是有人下毒了，现场的布置只是伪装？"

唐玄鸣一推眼镜,摇了摇头说道:"告诉你们多少次了,平时要多看书。"

"现在找本书也不容易。"我说道,"你还是直接说吧。"

"血液呈樱桃红色,恰恰说明董婆婆的死因就是一氧化碳中毒。一氧化碳与血红蛋白的结合能力要比氧气强得多,所以能形成碳氧血红蛋白,使血液呈樱桃红色。"

"封住缝隙,吃安眠药,烧炭盆,这确实是自杀的标准操作。"庄晓蝶说道。

"就是不知道董婆婆的遗书写了什么?"我问蒙和平道,"你都看到了什么?"

"就一眼,我能看到什么东西,就几个词。"蒙和平挠了挠头,"我、我也不知道写的究竟是什么鬼东西。"

"那你还抢,早知道就我先读了。"我有些气恼。

"别急别急,"唐玄明说道,"我搞来了复印件。"

酒店前台有打印机,具备复印功能。唐玄鸣靠关系借到了原件,然后复印了一份。

"就是这个。"蒙和平说道,"我草草扫过遗书,在我印象里,遗书就是这副德行。"

我们凑过去一起看遗书,庄晓蝶就在我边上,近到我一抬眼就能看到她脸上的细绒毛。

自闹别扭以来,我们还是第一次这么亲近。

我这一失神,他们都快读完遗书了,我赶紧一目十行地看了一遍。

遗书上是一堆胡言乱语。

董婆婆的字又小又别扭,全都向右倾斜,有些神经质,但还算规整,连笔字不多,没有什么错别字,基本能看懂。

我叫董淑贞，七十三岁，到了这个岁数，名字就没有什么意义了，家里的小辈都得喊我奶奶、外婆，别人也都喊我阿婆，从我老伴死了以后，再没人喊我的名字。

我以为我会再活个七八年，然后在亲人的哭喊中离世。最后我的名字会被刻在墓碑上。

他们祭拜我的时候，会知道我叫什么名字。

人到最后除了一把骨灰，也就只剩下这个符号了。但这一切都被丧尸给打破了，我自问我们家从来没有做过伤天害理的事情，虽没有吃斋念佛，但社区每次搞什么募捐义卖，我们家也都参加了。大家都出300，我们家也没出过299，但家里的人还是被病毒夺走了生命。先是我女儿家，小孩子抵抗力弱，我一个外孙和外孙女病了两天就没了，因为是疫病死的，直接就被防疫所的人带走了，拿回来时已经是骨灰了。

我们甚至没见到小孩子的最后一面，然后是我的孙子孙女，有了我外孙的遭遇，我儿子儿媳没有把孩子送医院。

那时，我住在女儿家，照顾她，没注意到儿子家里的情况。

大概是孩子的死对他们造成的打击太大，他们不肯相信孩子就这样死了，就把孩子的尸体留在了家里。

他们还听信了一个谣言，说得病死的一部分人只是假死，他们还会醒过来。政府把所有尸体都收走，就是为了收集这些假死者，把他们的血抽出来做血清，给达官贵人用，所以他们一直藏着尸体。大概三天后，小孩子真的开始动了，但是动得不太正常。

他们以为是孩子昏迷太久，还没回过劲儿来，毫无防备。结果，他们两人都被咬了好几口。

我失去了儿子，女儿也没能活多久——她染上了瘟疫，撑了三天也没了。

周围的人一个个离开，反而是我这个老人，活了下来。

我家里就留下我这么一个老人，等我死了，没人为我打幡，也不知道我墓碑上会刻些什么东西。

再后来就是丧尸潮，我一个人待在家里不敢出去，靠着之前买的粮食撑了很久——又不是没过过苦日子，我们这些老年人比一些年轻人还能挨。直到郑教主带着四灵教的教众把我救了出来。

靠着郑教主的谆谆教训，我才晓得以前我们都想错了。有没有墓碑，有没有后人都无所谓了，这日子到头了。我们就是最后一代人了。现在，我们在世间上挣扎，到头来，我们都要走。

我的觉悟不够，我失去了所有能够失去的，还是想活着，不想听从哪一位的召唤去另一个世界享福。但我现在想明白了，因为我看到了神迹。

上天没有抛弃我！

最近的一次仪式地点定在我隔壁，这就是明证。我也借此才能看到神迹，就在他们把那个许大禹关进房间的第二天夜里，我听到了一些动静，醒了过来。

老年人觉少，从前我还能吃安眠药，但现在药少了，我每个月只能拿到一丁点，所以要省着吃。那天夜里，我没吃药，所以听见声音一下子就醒了。

那声音就像雪落在草地上，然后我看到了一个红色的发着光的球体从天花板上降下来，这是一个比足球略大的发光球体，我能感受到它的炙热，比火要热得多。但屋顶上没有洞，它直接穿过了天花板。

火球没有在意我，慢慢地朝隔壁移动，它的滚动速度和一个人步行的速度相当。接着光球向四面放出弧状光，光亮无比，没入墙壁，消失不见，墙面没有一丝痕迹，就像没有发生过一样。

然后，我听到隔壁传来一阵挣扎声，但没有惨叫。没过一会儿，那个火球从隔壁房间回来，它的颜色更深了，温度也更高了。

它在我面前停顿了一会儿，仿佛在说，你不跟着来吗？

当时，我吓傻了，就窝在桌子下面，背紧紧靠着墙壁，害怕和光球接触。

光球见我如此，就沿着来时的方向走了。

我平静下来后想了想，觉得我可能错过了一个巨大的机缘。那个带着祭品灵魂的光球，一定就是教主说过的火元素。

不知道为什么，那个火球离开后，我马上就睡着了，我做了一个梦。我儿子、女儿、孙女、孙子都出现在我面前，他们围绕着我，告诉我他们在那边生活得很好，问我什么时候去陪他们。

我醒来后，发现自己的枕头都被眼泪沾湿了。

后来的事情更让我后悔，许大禹死了，他的灵魂一定是被火球直接带走了。

如果我选择和火球一起走，是不是早就见到我的亲人了？

可惜，它在我面前显露神迹，而我却错过了。

想到这些，我彻夜难眠，后来我才明白过来，我还有补救的措施。

它不来找我，我可以去找它。

我要去见我的老伴、我的孩子们了。

我以前看过一则新闻，几个年轻人把门窗用胶带封起来，然后烧一盆炭，吃点安眠药，就能没有痛苦地死去。

对我这种体力不行又没有魄力的老年人来说，这种死法正合适。

我本来就有一些安眠药，木炭和胶带也不难找，我大概花了一天时间就做好了准备。

我写下这封遗书，想告诉你们我为什么会选择自杀，与他人没有关系，我只是累了，想走了。

我很感谢教主和四灵教的各位对我的照顾，在另一个世界，我再报答你们吧。

再见，诸位。

"这是什么鬼东西啊？"蒙和平说道，"全是胡言乱语，有些地方逻辑也不通顺。这是不是真的？"

我说道："她可能真的疯了。"

"我比较在意她提到的关于许大禹的事情。"唐玄鸣说道。

"是不是真的有火球？凶手用火球杀死了许大禹，董婆婆目击了这些，惶恐之下留下遗书自杀了。"我顿了顿，继续说道，"当然，她也有可能把这个手法认作神迹才自杀的。"

"穿墙而过的火球？可能完成类似的手法吗？"蒙和平问道。

我想了想说道："从董婆婆的描述上看，我觉得只有一种东西符合。"

"球形闪电吗？"唐玄鸣道。

"对，我只想到了球形闪电。"我说道。

球形闪电——圆球形状的闪电。它十分明亮，近圆球形，通常仅维持数秒，但也有维持了一两分钟的。它可以在空气中独立而缓慢地移动。球状闪电是人类不能解释的奇怪自然现象。但球形闪电的出现都有共同的特点——基本上发生在雷暴天气。

"最近天气是不好，但根本没有打雷的迹象。"庄晓蝶道。

唐玄鸣道："人类现在的科技水平也不可能制造球形闪电。"

"说到底，球形闪电只是都市传说而已。"蒙和平道，"反正我不相信，这肯定是凶手虚张声势。"

"我也这么认为。"我说道，"凶手只不过是用宗教的噱头来隐藏自己的意图。"

唐玄鸣拿出一支笔，圈出了遗书上的一行字。"我觉得我们该去现场看看。"

"现在我们能进去吗？"我问道。

"我问过了。结论出来后，其他人就可以进去了，只是不能乱动东西。"唐玄鸣说道，"我们应该庆幸他们没有打扫房间破坏现场。"

我们一行人坐电梯又到了董婆婆的房间。

唐玄鸣径直往桌子底下钻，俯下身子，像是在查看什么。

结合他圈出的内容，我明白了唐玄鸣的意图。董婆婆在遗书中提到，为躲避火球她藏到了桌子下，一般桌下这个位置会积有灰尘，如果她躲进去，并紧紧靠着墙壁，可能会留有痕迹。

凭这一点，便能查明遗书的真伪。

桌子下的确有长条形的痕迹，像是董婆婆躲在下面蹭掉了一块灰。

"毫无疑问遗书是伪造的，与痕迹对不上。"唐玄鸣直截了当地说道。

蒙和平没有反应过来。"这不是有痕迹吗？遗书说得没错啊。"

唐玄鸣耐着性子解释道："遗书上写了火球从天花板上降下来，跑到了许大禹房间内，然后又回来，沿原路消失了。董婆婆目睹了全过程，那么她藏在桌子下时应该是面对这光球的。加上遗书也说了她的背紧紧靠着墙壁。那么墙上留下的痕迹应该就是董婆婆的后背形状，应该是近椭圆形的。"

我说道："凶手伪造了遗书，他为了让这一切更加真实，所以捏造了这个细节。但他窝到桌子下时没考虑太多，所以出了纰漏，他是一边身子靠在墙上的，所以留下了长条状的痕迹。"

蒙和平点了点头，赞叹道："还是你们细心。但如果董婆婆就是斜靠在墙上扭头看火球运动的怎么办？"

唐玄鸣道："还有其他疑点，你们看门外也有胶带的痕迹。"

外面的门框上有被擦拭过的痕迹，还有一些黏性物质的残留。从零星的残留来看，外面应该也被贴过胶带。

唐玄鸣说道："烧炭自杀时，人在内侧，当然也是在门内侧贴上胶带，那为什么在外面会留下痕迹？"

"以前贴春联什么的留下的吧？"蒙和平道。

"从残留的痕迹看就是四道胶带。"

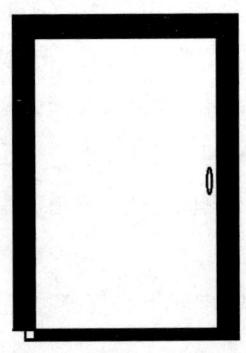

图九 门外胶带残留痕迹复原图

唐玄鸣说道："只有门轴下方一角没有贴胶带。"

我凑近仔细看了看："痕迹还挺新的，不像是以前贴的，近期你们有在董婆婆门前看到贴有奇怪的东西吗？"

"我没看到过。"庄晓蝶回答道。

我说道："这说明外面的胶带是近期贴上的，没过多久就被人撕了。"

蒙和平皱着眉头说道："也许董婆婆老年痴呆了，她想要封住门缝就跑到外面贴胶带了，人难免会犯傻。我看过一些电影，里面一些侦探就忽视了人的愚蠢和巧合，比如左撇子有时也会用右手，密室的门也可能是被风吹上的。"

"不是这样的。"庄晓蝶指着屋内的垃圾桶说道，"如果董婆婆之前失误了，那她撕掉的胶带在哪？没丢在垃圾桶里，在其他地方我也没找到。尸体上也没有。"

"会不会从窗户丢出去了？"蒙和平问道，"或者楼梯口的公共垃圾桶？"

"丢到窗户外面不合逻辑。"我说道，"你屋里有垃圾桶，还会特意把胶带丢外面吗？再说了，贴胶带肯定是先易后难、由内到外，如果是我，我一定会先贴窗户那边的胶带，然后才贴门上的。"

唐玄鸣也说道："外面的胶带肯定是外人贴上并撕走的。问题是他为什么要这么做。"

"会不会和门内侧放胶带有关？"我说道，"虽然我们有理由相信董婆婆是被谋杀的，但大部分人还是认为董婆婆是自杀的，毕竟现场是胶带密室。"

胶带密室是完全密室的一种。说来还有一桩公案，推理小说家劳森和卡尔在书信中提到了缝隙被胶带贴上的密室，两人对此感兴趣，并约定以胶带密室为主题各自撰文，卡尔写出了《爬虫类馆杀人事件》，劳森写出了《来自另一个世界》。

我道："凶手怎么在里面贴上胶带后再离开？我认为这说不定就和外面的胶带有关。我知道有些做法确实可以让里面的人乖乖在门内侧贴上胶带。"

"比如什么？"蒙和平好奇地问道。

"比如着火了，高层着火，你很难逃脱，很多时候只能坚守阵地，用湿毛巾堵住门缝不让烟雾进来。以前有一种防火胶带，是用耐火材料做成的，可以快速封住缝隙。如果有人先用胶带封住门外侧，然后往里面注入烟雾——这样对外界的影响最小，烟雾不会跑到外面去，就可以误导里面的人着火了。但董婆婆用的是普通胶带，而且她连窗户都封住了，不像是为了防范火灾。"

"那毒气呢？"蒙和平又猜道。

"毒气的话……"

唐玄鸣插嘴道："不用提毒气了，如果真有烟雾进入房间，董婆婆不会开门查看或者大声呼救吗？而且就算凶手能骗董婆婆用胶带封住缝隙，那遗书和炭盆又怎么解释，不如直接说是凶手催眠或者劝说董婆婆自杀。"

唐玄鸣说得对。

"那你有什么看法？"我问唐玄鸣。

唐玄鸣摇了摇头。"我暂时也没什么好想法，我想到的几个方法都需要其他人配合，但当时就我们几个在场。"

"会不会是你没注意到？胶带其实是撕开的，凶手在里面贴完胶带，然后撕开，留下了痕迹，最后把门关上。"蒙和平说道，"开门的人就会误以为自己开门撕开了胶带。"

"不对，我特意看过，胶带确实是粘着的。"我反驳道。

"那磁铁呢？"蒙和平接着道。

很多人一开始都会想到磁铁，毕竟通过两块磁铁就能隔空传力，但这不现实。

首先，凶手先在门后贴好胶带，留一段没贴到墙上，然后把门关上后，通过磁铁来带动房间里的那块磁铁，使它沿着墙体上下移动，这样就可以把胶带紧紧贴到墙上了。但仔细想想，南方的墙体外墙厚度在 240mm 左右，内墙厚度在 120mm 和 180mm 之间，大部分磁铁都没有这样强大的磁力，就算有，这样的磁铁体积也应该比较大，房内会有残留。我们检查过房间，没找到磁铁。更加致命的是，门不是木门，它是含铁的，所以凶手根本不可能在外操纵磁铁。

我把这个解释告诉蒙和平，他陷入了沉默。

庄晓蝶开口了："我看过一篇小说，里面也有个胶带密室，死者是个驯兽师，密室里塞了一堆长颈鹿、狗熊、小狗、猴子之类的动物，凶手在胶带上抹了每种动物各自喜欢的食物，让长颈鹿舔上面的胶带，狗舔门框底，就把胶带压实了。"

"现在的小说家还真敢想。"唐玄鸣赞叹道。

"我在想会不会是这样的，"庄晓蝶说出了她的推理，"凶手用安眠药迷晕了董婆婆，然后将现场布置成烧炭自杀的样子，点燃了炭盆。他把董婆婆留在房内，走到外面在外侧贴上胶带，等董婆婆一氧化碳中毒死后……"庄晓蝶咽下一口口水，像是要说一件可怕的事情，"董婆婆会转化成丧尸。他在外面制造声响，丧尸就会朝着声响的方向撞墙，丧尸多撞几次，就把里面的胶带压实了。最后，他撕掉门外面的胶带，这样密室就完成了。"

"真是漂亮！"蒙和平鼓起掌来，"完美解决了门外的胶带痕迹和密室成因，我瞎扯了这么多，都没有你这一段话重要。"

"你也知道你在瞎说啊。"我不由得对蒙和平说道。

"等等，"唐玄鸣皱着眉头道，"庄晓蝶，你的推理有个问题，董婆婆多高？"

"一米五左右吧。"

"对，她只有一米五，而门有两米，董婆婆举起双手踮起脚尖也许能把上面胶带贴紧。但丧尸状态下的董婆婆根本不会举手去贴胶带。"

庄晓蝶说道："也许上面的胶带就没贴好，其他地方贴好了，也能让你们在开门时感到阻力和听到胶带被撕开的声音。"

"上面贴好了。"我说道。

"确定吗？"庄晓蝶问道。

"我开门时就意识到这是一个胶带密室。"我道，"所以我特地观察了一下。"

唐玄鸣说道："而且你的推理没法解释为何外面有一块没有贴上胶带。"

庄晓蝶点了点头，说："你们说得有道理。"

"对啊。"蒙和平恍然大悟一般，"有个缺口，如果我用金属丝探入缺口会怎么样？"

"你又有什么想法了？"我追问道。

蒙和平说道："我只要一段足够长的金属丝，从没有胶带的地方探入，折成L形，它的横端就可以触到门后的胶带，把胶带按紧，再抽出金属丝即可。"

唐玄鸣说道："你又说错了，这样做的话也会有问题，金属丝要穿到门内的话，门内的胶带也不能完全封死，至少要留出一条缝，但门内的胶带是完全封死的。不光不能用金属丝，像通过小孔给气球充气，使得气球鼓起来之后压紧胶带，这样的做法也不现实。"

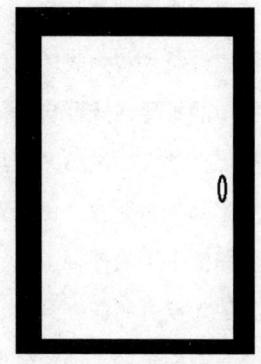

图十　门内胶带残留痕迹复原图

我闻言默默把角落一片气球放回了原地。就在刚刚，我找到了一块气球碎片，正怀疑凶手利用了气球，现在看来，碎片可能是粘在董婆婆衣服上被带到屋子里的。

四灵教有时候需要装饰会场，但现在又没有鲜花，也没有广告公司能制作展板和横幅，教徒有时只用假花和气球来装饰，董婆婆碰到气球也不奇怪。

蒙和平不由得叹了口气，道："为什么我们遭遇这么多案子，没有一个能解决啊？"

"大概因为我们蠢吧。"唐玄鸣毫不避讳地说道。

"还有其他的疑点或者发现吗？"蒙和平道。

"房间里没有打斗的痕迹，我也向楼上楼下打听过了，他们没有听到什么奇怪的声音。"唐玄鸣说道。

"凶手有时间整理房间，没有留下搏斗的痕迹也很正常。"蒙和平提出异议。

"董婆婆身上没有外伤，一般来说，老年人更加容易受伤，如果她和某人搏斗过，应该或多或少会留下伤痕。"庄晓蝶说道。

"有道理，那按老唐的说法，凶手应该就是董婆婆的熟人了。"蒙和平说道,"不是郑宏颖就是他的手下。"

我们还没有找到线索,就先将杀人凶手确定为郑宏颖了。不过这也不奇怪,经过简单的推导,嫌疑自然落到了郑宏颖身上。

首先,董婆婆没有什么熟人,她的亲人早就离开人世了,以她的性子在四灵教也交不到什么朋友。由于董婆婆比较虔诚,和她走得近的也就郑宏颖和他手下的神棍了。

其次,董婆婆和其他人没有利益冲突,她得罪的最多的就是我们了,而我们都没有对她动杀心,那还有谁要杀她呢?

答案呼之欲出——就是郑宏颖。

那郑宏颖为什么要杀了董婆婆?

许大禹死了,董婆婆就住在许大禹死亡现场隔壁,而且董婆婆还不愿让我们入内,种种迹象,让我们有理由怀疑董婆婆与许大禹的死有关——她是被灭口了。

"除了我们,还有人对董婆婆的死存疑吗?"我问道,"现在我们人手不够,要不要多拉几个人帮忙?"

蒙和平叹道:"有这样的人吗?"他又摇头道:"就算有,也不会跳出来和我们一起对付郑宏颖的。"

"那我们还真是孤单。"庄晓蝶突然感叹道。

一直以来,她都在为调查郑宏颖四处奔走,朝着真相一路奔跑,仿佛没有什么能够阻碍她。我没有想到她也会感到孤单。

"不光找不到队友,说不定我们还会更加引人注目。"唐玄鸣说道,"这里很多人就靠着四灵教维生,尽管四灵教就是个笑话,但它也聚集了这么多人,大部分人还是会选择随大流。"

我摇头道:"那光靠我们又有什么用,被郑宏颖洗脑的人越多,对我们越不利。到时候就算我们揭开真相,他们也会无条件地相信郑宏颖吧。"

"你说得对,人的愚蠢确实难以想象。以前也有这样的事情,明明科学已经这么发达了,还有人相信神创造万物,符纸祈祷能够治病。"唐玄鸣说道。

"那我去拉人过来?"蒙和平说着就想动手找人。

"别急,你先观察一下周围有没有不信任郑宏颖的家伙。"我说道,"你把名字告诉我们,我们调查一致通过后,你再把情况告知他,看他是否愿意加入我们。"

"我同意晓楠的看法。"唐玄鸣说道,"我们还是小心一点。"

这件事就这样确定了下来。

我们又在董婆婆房内转了几圈,没能找到什么线索。

最后我和唐玄鸣都拿出了手机,对房间一通猛拍。

董婆婆的房间近期应该不会有人入住,但还是需要将照片存档以备不时之需。

星星也不过是石头　————

他们雪片般落下,他们流星般落下,
像一朵玫瑰花的花瓣纷纷落下,
当风的手指忽然间
穿划过六月初夏。

在眼睛不能发现的地方,
他们凋零于不透缝隙的草丛;
但上帝摊开他无赦的名单
依然能传唤每一副面孔。

——艾米莉·狄金森《战场》

在四灵教中，死亡并不少见，有教徒在搜寻物资中死去，有教徒在祭品仪式中死去，有教徒遭遇意外死去……

如果说这个世界是片大森林，那么死亡就是雨后从各处冒出来的菌菇，五颜六色，绚烂夺目，散发出馥郁的香气，这香气还带着些许腐败的气味。如同热带水果在临近腐烂时才最诱人，此刻，死亡对众多人来说，就是有毒的果子，是通往无忧无虑的捷径，但也是无可复加的黑暗。

四灵教内，不，是所有的幸存者，对死亡都抱持一种微妙的态度。

董婆婆的死，可以说是为四灵教殉教。她的死在这里刮起了一阵不大不小的风，据说，一只蝴蝶的振翅就能在大洋彼岸掀起一场风波，郑宏颖也不得不慎重对待董婆婆的死了。

因此，董婆婆死后的第三天上午，我们就接到通知，下午三点要召开集体大会，除去已经外出的，所有人都必须参加。

四灵教高层十分重视这个会议。

到了二点半，就有人敲着不锈钢面盆，发出刺耳的咣咣声，到每个楼层喊人。

我和唐玄鸣等人准时到了会场。里面已经有不少人了，我们混在人群中，找了个靠后的位置。

三点到了，但郑宏颖迟迟未来，大会主持者也只是让我们继续等待。

这也算是国内特色了，上面说三点半开会，下面传话的总会把时间往前挪，生怕领导来了，下面人没到齐，让人难堪，结果一级级传下去，时间越提越早，下面的人浪费的时间也越来越多。

我们正无聊着，突然，人群中有人提议道："我们来唱个歌吧。"

我还在心里嘀咕，这有什么好唱的，真唱了不就和精神病一样了吗？

结果还真有人赞同，众人唱起了一首四灵教改编的赞歌。

最后审判，使我敬畏，我罪深重，迷途忘归；
四灵仁慈，如此恩典，何等甘甜，使我心安；
前我茫茫，即蒙恩惠……

"唱这种改编的歌不会出问题吗，难道没有人抗议？"我问道。

唐玄鸣向我解释道："没有，郑宏颖说原来世界上的宗教都没有错，神是万能的，不过在传播和理解的过程中，各个文明做出了自己的阐释。他现在不过是取各个宗教精华的部分来侍奉神灵。有这个借口，他就可以堂而皇之拿这些东西用了。"

"不过会有这么多人跟着唱，还是出乎我的意料。"蒙和平不由得说道，"看来找队友这种事情真要小心。"

"嘘，小心一点，郑宏颖来了。"唐玄鸣提醒我们。

郑宏颖就在歌声中步入了会场。看起来，他对教徒自发唱歌的事情很满意。

"我很高兴，大家都没有被近来的灾难所打倒。这是一件好事。"郑宏颖做了简短的开场白，"我常对你们说，今天我们已经到了谷底，之后的每一天都有进步。但不得不承认，我失信了，因为已经有很多个'今天'都让我们以为是谷底了，就像前天。"

郑宏颖开门见山，直截了当地谈起了董婆婆的死。他的话很多，时而谈到董婆婆的生平事迹，时而谈及教义，对教徒展开洗脑。两个小时的大会最紧要的只有几段话。

郑宏颖说，生命是神创造的，每个人都有属于自己的命运，不能因为遇到困难或者磨难就绝望，绝望是对神失去信心和希望，经不起考验就绝望，是不相信神，是罪。末日之时，所有人本都该被送去审判，是四灵庇佑了幸存者。他们的生命归入四灵的名下，活着也不再是自己活着，是和四灵、和为此而死的祭品兄弟一起活着，要相信活着就能遇到生命中的美好，我们不能因为一时的愤懑而不珍惜生命。我们的生存就是我们的选择，神宽宏大量，体恤了我们的软弱，我们又为何要首鼠两端，既损害了自己，又惹他人生厌。教义上没有说教徒能用自杀的方式殉道。

"能相信他的鬼话吗？"蒙和平说道，"这和他一直以来害人的做法不符啊。"

"不能。四灵教出了事，他在安抚人心罢了。"我说道。

唐玄鸣说道："晓楠说得对。说白了很简单，郑宏颖就是让大家放心，董婆婆自杀只是孤例。他虽然以人为祭品，但绝对不会滥杀无辜，人啊，总是短视的。"

据说，猴脑是道难得的美食，四川多猴，川中巨富会饲养猴子，用猴脑待客。猴子作为次灵，在诸多生灵中最似人，它们在牢笼之中，渐渐明白自己的结局。每当厨子抓猴，猴群总会推出一只猴子，剩下的猴子逃过一劫，继续在笼中玩闹。这和四灵教内的情况微妙地相似，如果有一天，厨子不只抓一只猴子，而是要把所有猴子都赶尽杀绝，那么猴子们也只能拼死一搏。

"教徒觉得四灵教不像某些邪教那样逼人去死或者骗人去死，教徒大概率能活下去，就不会多生事端。这样一来，四灵教就不会遭到破坏，郑宏颖又能收割教徒的好感，让他有更多时间来洗脑教徒。"唐玄鸣说道。

除了我们这些人私下的猜测和抨击，大会在一片祥和的气氛中平安结束，郑宏颖依旧在台上光芒万丈，俨然一副救世主的模样。

边上的人听到我们对郑宏颖的攻击，可能觉得不过是无知的野狗朝着太阳狂吠，无论野狗如何叫唤，都影响不了太阳的万丈光芒。

归根结底，我们还是处于弱势。

散会后，教徒们三三两两地离去。

蒙和平和唐玄鸣有事先走了，留下我和庄晓蝶混在人群中。

当我想要离去时，庄晓蝶突然叫住了我。

"你就想这样一直不和我说话吗？"

"我和你说过话。"

在讨论案情时，我和庄晓蝶说过话。

"你应该明白我说的不是那个。"她看起来有些生气了。

我懦弱地保持着沉默。

"你为什么不安慰我一下，许大禹死了，我为数不多的朋友又死了一个。"

"何莫也死了……"

"你非得在这方面和我比较吗？"

"对不起。"我有些浮躁，也有些口不择言。

庄晓蝶转过身想要离开，我的失言让我再一次错过了与她和解的机会。

我想追上去，但犹豫之间，庄晓蝶已经离开了。

后来，唐玄鸣和蒙和平知道我和庄晓蝶又不欢而散，都有些遗憾，又数落了我一顿。

——这两个家伙管得有些宽。

但是末世的生活还得继续，不会因为一个人的死亡、几个人的爱恨纠葛而停下。在忙碌的工作之外，我们还是继续着调查。

我甚至养成了休息时去几个案发现场看看的习惯。

祭品小伙的房间已经挪作他用，暂时成为杂物间。

如果时间充裕，我甚至会让车队带我到钱塘江边上看看何莫溺亡的地方，在钱塘江奔流不息的潮水前，我的心情出乎意料的平静，风声和水声对我而言就像咖啡和茶，能帮助我保持清醒。

我列出一些疑点，顺着走下去，却没找到什么有用的结果，比如，我们从许大禹房间赶往蒙和平房间时曾数错了房间。我想过是不是四灵教的人在楼层上动了手脚，许大禹的房间不是原来的房间，四灵教在中途就闯了进去，强行杀死了许大禹，又在另一楼层，比如十七楼，将同个位置的房间布置得和十八楼一模一样，他们把许大禹的尸体装进去，最后打开这个房间。但这存在问题，电梯的楼层显示应该不会变，据我所知，调试电梯需要专业知识，四灵教内应该没有能让电梯到达十七楼却显示十八楼的人。而且由于四灵教所在的酒店楼层高，大家都习惯坐电梯，楼层显示有问题应该很快就会被发现。最重要的是，我们三个人轮流守在房间外，就算偶有打盹，也不可能忽视换房间这种大动作……

但来回巡视也不是完全没有收获，就在董婆婆的房间内，我找到了新的线索。

在董婆婆床头柜最下面的一个抽屉里，我找到了一把黑剪刀，上面残留着胶带的黏性物质。董婆婆平时可能用它剪过胶带，但除了黑剪刀，外面还有一把红剪刀，红剪刀上的黏性物质远比黑剪刀少。一般来说，有了专门剪胶带的剪刀就不会动用其他剪刀了，因为沾上黏性物质很难清理，凶手可能没发现抽屉里还有一把剪刀，所以用了新的。

这进一步表明，董婆婆是被人谋杀的。

我拿起董婆婆房内的电话，打给了唐玄鸣。

关于这点，我之前可能忘了说——由于基站报废了，手机确实没法用了，但酒店内部的电话网还可以使用，只要不断电、程控设备不出故障。

基本上每个房间都用固定电话，电话号码一般为房间号。

唐玄鸣大概不在房间，没有接电话。

因为这事不急，我放下电话准备离开，就在我刚要跨出房门那一刻，铃铃铃……电话响了。电话铃声在我耳内炸响——我听到的不是独立的铃声，而是重叠的铃声，如同回音一般。我重新走回房内，仔细聆听，确认另一个铃声来自隔壁——许大禹死去的房间。

这有些古怪。

铃声已经响了好一会儿了，我怕对方挂了电话，于是赶紧拿起了听筒。

"喂，你好，请问有什么事吗？"

里面传出了唐玄鸣的声音。

"是我，你刚才干什么去了。"

唐玄鸣回答道："刚才上厕所没来得及接。"

我必须排除两台电话恰好一起来电的可能性。

"你再给我打个电话过来。"我说道。

"怎么了？"唐玄鸣问道。

"先按我说的做，我要确认一件事。"

我挂断了电话，没一会儿，唐玄鸣又打过来了。

我一个激灵，这次也是两个房间的电话一起响了。我离开董婆婆的房间，跑到隔壁拿起话筒。

"喂?"

"好了,现在你能告诉我是什么事了。"唐玄鸣说道。

"我发现了两件事。"我说道。

剪刀的事情已经不重要了,我简单提了一下。第二件事才是重要,刚才的电话已经证明了这两个房间共用一个号码,在酒店中,这只能说明一件事——两间房是互通的,它们很有可能是同一套房中的两间,郑宏颖让人隔开了房间,其中一间让自己的忠实教徒居住,另一间留作日后的祭祀场所。这中间可能有一条被我们忽视了的暗道。

唐玄鸣听后,立即跑到了我这边。

他和我再一次仔细检查了房间,但一无所获。

"会不会是之前有,仪式结束后,董婆婆他们就把暗道给封死了?"

唐玄鸣无奈地说道:"问题一定在其他地方。就算事后封死,一定也会留下痕迹。"他环顾四周,看着这个普通的酒店房间道,"我们一定忽视了什么。"

——忽视了什么?

我们找不到,是因为人的思维是存在死角的,如果死角可以那么容易被看破,也就不会成为死角了。

怀揣着不甘,我和唐玄鸣离开了房间。

之后,蒙和平和庄晓蝶也来过,但也没有丝毫发现。

当我们的调查陷入停滞时,郑宏颖又有了新动作,距离上次祭祀还没过多久,他就准备再次举办祭祀。

对此,郑宏颖给出的解释是,最近搜查组频出事故,折损了几人,加上董婆婆的事情,必须给四灵一个答复,所以才提前了祭祀。

自古以来，承认神、信仰神之后，与神合理的互动似乎只有贿赂。

我们如临大敌，因为这次不单单是蒙和平他们，连我和庄晓蝶都在祭品的备选名单之上。

抽签的过程不再赘述，总之，我们集中到一起，在所有人面前，郑宏颖看似公平地抽出了两个人。第一个被抽到的是我，虽然事前我就有预感我和庄晓蝶会有一个被抽中，但真的发生时，我还是觉得自己全身被电了一般，从指尖到心脏都有一种麻麻的不真实感。郑宏颖抽出第二个人时带给我的就不是麻痹感了，而是一种必将失去某人的宿命感，因为第二个祭品是蒙和平。

连续被抽中两次，蒙和平撞上了数万分之一的概率。

我们所有人的脸色都不太好看。

我甚至忘了自己是怎么到唐玄鸣房间的。

在唐玄鸣的房间内，我们发出了一声又一声的叹息，如果叹息有形，那房间已经被叹息塞得满满当当，不留一点缝隙了。

蒙和平像是受不了这种氛围，他起身打开了窗户，让高空的风吹进来，吹散我们刚刚留下的叹息。

然后，他转过头对我们说道："他作弊！我不相信会有这么凑巧的事情。"

庄晓蝶也说道："这肯定是作弊。"

"但他每一步都很正常，看不出作弊的痕迹。"我说道。

"我也觉得他肯定作弊了，但没发现有什么可疑的地方。"唐玄鸣喝了口水，"作弊太简单了，每一步都是公开透明的，但每一步都是郑宏颖的人负责的，能用的小手段太多了。我随便就能说出三种。你们发现没有，郑宏颖抽球时戴了戒指，他们说这是什么法器，郑宏颖平时很少戴。万一这个戒指有磁性怎么办，他们只要在小球里塞个小铁丸或者小磁铁,郑宏颖就能准确地抽出他想要的人,不过这种手法比较明显。第二种就隐蔽多了,你们还记得球是什么颜色的吗?"

"各种颜色都有,黑白红蓝黄。"蒙和平说道。

"你们两个的球是什么颜色的?"唐玄鸣问道。

"我和晓楠的球都是黑色的。"

"同样两个球,黑色的会显小些,白色的会显大点。"唐玄鸣说道。

我说道:"所以实际上黑球会比白球大一点,我们也看不出来?"

唐玄鸣道:"对,很少有人会想到这一层,他们只会觉得这两个球一样大。"

蒙和平咂咂嘴说:"能差多少,那老家伙能摸出来吗?"

唐玄鸣道:"郑宏颖是个职业骗子。这是他吃饭的本事。如果他用了这个方法,那肯定能摸出来。当然,我还有第三种方法。"

我追问道:"是什么方法?"

光一个摸球就能有形形色色的作弊方法,我的好奇心也被调动起来了。

"温度!"唐玄鸣说道,"只要焐热想抽到的球就可以了。只有一个球的温度不一样,傻子都能摸出来。"

"这个方法确实很妙,看来我们怎么也逃不开了。"唐玄鸣道,"不过老唐,你知道这么多,为什么不当场拆穿他?"

"作弊方法不止这三种。"唐玄鸣说道,"你知道以前有哪些场合会用到抽球吗?没有摇号机的时候,彩票抽奖、投标抽签、选房子,用的都是这个,一旦和钱扯上了关系,人会花多少心思在里面啊。万一郑宏颖用的是别的方法。我还找不到他作弊的证据……我贸然上去……"

庄晓蝶说道："那你就会被愤怒的信徒撕碎。"

"没错。"唐玄鸣点了点头。

"他绝对是针对我们。"我说道，"我们已经被盯上了，这次凶多吉少。逃跑吗？"

蒙和平道："不行。从宣布结果开始，好像就有人跟着我们。随着祭祀越来越近，他们应该会跟得越来越紧。"

这我倒是没有发现。

"如果我们能解决许大禹的案子，现在就会轻松一点了。"唐玄鸣说道，"我们搞不懂凶手是怎么杀人的，就无法有针对性地防范。"

"尤其上次，我们以为已经做得面面俱到了，结果还是没能成功。"庄晓蝶道。

"就算如此，我们也得做些准备。"

蒙和平努了努嘴。"能准备些什么？"

唐玄鸣想了一会儿，说："就按上次那样做的，不过要再仔细些。"

这会有用吗？

我觉得唐玄鸣只是想给我们一些事情做，让我们不那么惶恐罢了。

今天横竖是想不到什么好法子了，我们也只能散了，继续想想是否还有破局的办法。

在回房间的路上，我发现蒙和平说得没错，有人跟着我——我们被监视了。

这种监视也确实如蒙和平猜测的那样越来越紧，过了几天，郑宏颖甚至给每位祭品配了两个助理,说是让祭品可以丢开俗务,安心准备。

我和蒙和平只能把一些事交给唐玄鸣他们去办。在和唐玄鸣他们谈话时,我也必须支开助理。

所幸这两个助理也知道个人隐私为何物,给了我们不少可乘之机。如果他们真的寸步不离地盯着我,连我见什么人说什么话、上完厕所用哪只手都记着,那无须郑宏颖动手,我自己就不堪其辱从这高楼上跳下去了。

祭祀前三天,午后,天气是多云。

我在两位助理的"伺候"下看书,看的是闲书,不值一提,何况我的注意力也没在书上。

突然,窗外吹进一阵风,桌上的杂物连同我手上的书一齐被吹落在地。我才发现自己手里的原来是《丧尸观察报告》。

《丧尸观察报告》是本很实用的书,本来我就差点儿把它翻烂了,在这阵风中,它彻底散了开来,又被吹开,像雪花一样散落在地上。

我连忙弯腰把它们捡起来,边上的助理也在帮我捡书页。

当我把三沓《丧尸观察报告》拿到眼前时,发现了一件事,它的排版有些奇怪,一些断句断段有不协调感。原来我以为这是因为作者时间有限忽视了排版,现在看来可能是他故意为之。

这是作者的癖好,还是他想要传达些什么?

佚名者的末日之书距离我们太远,现在的我还没有心力去关心这些。

而且,庄晓蝶来了,我马上把散了架的《丧尸观察报告》收起来,今天的她和平时有些不同,我说不上来具体哪里不同,就像从冶炼釜中流出的黄金,又像一块被打磨出棱角的宝石原石。

"麻烦两位出去一下,"庄晓蝶说道,"我和晓楠有些私事要谈。"

两位助理对视了一下,磨磨蹭蹭地离开了我的房间。

我压低了声音问道:"有什么事情吗,你们发现什么了?"

"没有。"庄晓蝶说道,"我来是为了另一件事。之前我就想和你说,但你完全不想和我谈。"

我已经知道她想要说些什么。

所有情感都是自我满足。我这样告诉自己。

现在不是合适的时机,我害怕结果,想逃避。

我想我可能就要死了,这个时候再去招惹她又有什么意思。

"我现在也不想谈。"我说道。

"我必须告诉你,我……"庄晓蝶说道。

我该怎么办,现在就把她推出房间吗?

庄晓蝶看到了我眼中的闪躲。

"原来是这样。"她说道,"是我自作多情了。"

我的心脏骤然缩紧,仿佛全身血液停滞,带来了一种从灵魂深处的挣扎带来的痛楚。

"我确实不该现在来打扰你。"她抬头露出一个漂亮的微笑,"以后我们还是好朋友。"

说完,她飞快转身离开。

我像被钉在了原地,一动也不能动。

我那两位助理也回来了,用奇怪的眼神看着我。我被庄晓蝶扰乱了思绪,干脆忘了《丧尸观察报告》的事情。

时间如白驹过隙,终于,这一天还是到了。

我送过几位祭品进房间,这次轮到自己了。

我感到头皮发麻,手心全是汗水,身体不由自主地想要逃离这里。但我的两位助理一左一右驾着我,让我无处可逃。

在进去之前,我和蒙和平有一次短暂的告别。

我们两人都明白这次八成又会出现死者,也许只死一个,也许我们两个都得死。

无论如何,这可能是我们最后一次会面。蒙和平在抱怨没有酒喝之后,突然用力抱住了我。

"在这个倒霉的世界上,最后一段时间有你们这些朋友真好,我也算不虚此生了。"

"胡说,什么叫作最后一段时间……"

蒙和平打断我的话,说:"不要自己骗自己了,在我心里,我已经是个死人了。"

我很难受,双眼开始发涩。

"和你说个事。"蒙和平压低声音对我说道。

"什么事情?"我问他。

"如果我侥幸不死,我一定会提着刀去找郑宏颖为你报仇。"他说道,"如果你没死,也一定要想尽办法替我报仇,我绝对无法容忍杀害我的人继续活在世上。他多活一秒钟,对我来说就多一分残忍。"

我郑重地点了点头。

助理们开始催促我们尽快结束对话,要参加仪式了。

我和蒙和平被分别送入两个房间,我在七层,蒙和平要到二十四层。

我躺在木箱里,从心底泛起一种厌恶——我不喜欢这种躺着等死的感觉。

《丧尸观察报告》 节选三

因为我不能够停下等死——
他亲切地停下等我——
马车中只有我们俩——
还有"不朽"同行。

我们慢慢行驶,他知道无须匆忙,
而我已经放下
我的劳作,和我的懒散,
为他的殷勤有礼。

我们经过学校,正是课间休息
孩子们正在游戏,喧闹,
我们经过注目凝视的谷物的田野,
经过西沉的落日。

我们在一座房舍前停下
似乎是隆起的地面;
几乎看不见屋顶,
屋檐只是个土堆。

从那时已有几个世纪;但每一个
感觉都比那一天还短
那是我第一次猜出
马头朝向永恒。

————艾米莉·狄金森《因为我不能够停下等死》

世界终将属于我们。虽然丧尸在体力、适应性上胜过人类，但在以下方面，它们远不如人类。

记忆：种种实验表明，丧尸没有记忆，或者记忆几乎为零。我相信每个人都会缅怀死去的亲友，当看到死者重新站起来时，我们总会想尽办法唤醒死者的记忆和人性，但全都失败了。丧尸几乎没有死前的记忆，也记不住任何东西。生物学家曾做过小白鼠记忆实验，将小白鼠不断放入同一个迷宫中心，记录小白鼠走出迷宫的时间，以此来推算出小白鼠的记忆周期。为研究丧尸的记忆，我几乎复刻了这个实验，在某机构食堂，我用家具、木板、铁丝搭建了一个不算复杂的迷宫，并将丧尸赶入迷宫中心。将丧尸赶入迷宫中心的过程中，我用头罩蒙住了丧尸的头部，并特意让它们转圈、来回通过某一段路，排除它们记住某一段路的可能。但事实告诉我，这是多此一举，丧尸不具备识路和记忆能力。在没有外部因素引导的情况下，丧尸会在迷宫中心来回移动，根本没有表现出一丝想要"出去"的意愿。我只能在迷宫外制造一些噪声，吸引丧尸。丧尸朝着噪声源移动，这时，我停止了噪声，丧尸撞到了墙壁，抵着墙壁三分钟后，丧尸才转头向右侧移动，在噪声的反复刺激下，丧尸花费四个小时才走出小迷宫。我再将同一具丧尸带回迷宫中心重复实验，丧尸走出迷宫的时间没有减少——它没能记住简单的路线。由此可见，丧尸并不具备记忆能力。唯一能体现丧尸存在记忆的证据是——丧尸往往会在生前常去的地方游荡。但一旦将它们带离"熟悉"地带，哪怕只隔了一条街，它们也很难再走回去。

智力：我认为人的智力——或者说智慧，在于记忆和学习。脑海中积累的信息越多，越能到达智者的境界。上面已经证明丧尸无记忆能力，也就说明他们已经失去了学习的能力，不再属于智慧生物。但我们不能忽视生物与生俱来的蕴藏在本能中趋利避害的能力。但丧尸所有的行为都未能体现出理智或逻辑，它们追赶猎物，从未像狼群那样使用过任何战术。丧尸也从未使用过任何工具，在狩猎时，丧尸只需要用一根木棍或者绳子就能使人类陷入绝境，但它们从未使用过，它们的武器只有牙齿和双手。丧尸能发出响声，只要它的喉咙没有物理损坏就可以发声，丧尸是不需要呼吸的，但会为了发声而鼓动肺部，这让人怀疑它们是否存在语言。我录下了各种情形下丧尸发出的声音——发现食物、进食、追击、捕获等七种情形下，分别发出三组声音。然后在丧尸面前播放这些声音，收集它们的反应。丧尸没有特别的反应。在我看来，丧尸的语言可能只有一个意思，那就是进食。它们发出声音仅仅是为了将更多的丧尸吸引过来，屠杀活人。

尽管丧尸没有语言，但丧尸群有个很奇特的现象，当一群丧尸聚集在一起时，会随机产生一具"头羊"。成为头羊的丧尸并不能命令其余丧尸，但群尸会自发聚集在这具丧尸身边，随着它行动。这就会形成一股尸潮，尸潮宛如蝗灾，会吞噬所过之处所有活人。想要瓦解尸潮，只有两种方法：一是处理掉足够多的丧尸，使剩余的数量构不成尸潮；二是处理掉头羊，让丧尸自然分散。构成尸潮的不是语言，丧尸之间没有任何配合，我猜测也许是因为某些丧尸会产生变异，散发出某种信息素吸引丧尸聚集在它周围。话归正题，丧尸不会使用工具，没有语言，无法与同类协作或制定策略。它们不存在智力，只是纯粹的杀人机器。

情感：在记忆和智力之后，我们再来探究情感，似乎已经没有任何意义了。只有七秒记忆的鱼会有亲情、友情、爱情吗？它们只靠本能就能过活。单独把这一项列出来，我只想重申一件事，丧尸不是人类，在本报告中，提到丧尸，我也特意用"具""它们"等词，用以区别于活人。在末日之初，大量幸存者死于自己的软弱，他们认为亲友只是病了——倘若得到正确的治疗就会恢复正常，将丧尸留在了家中，结局往往很凄惨。无论什么时候都必须记住，丧尸不是人，甚至不是生物。我们击倒它们不必抱有任何愧疚感——不是人，我们不用顾忌同类之谊，不是生物，动物保护分子也不必保护它们。它们是一种天灾，好比冷雨——击倒丧尸，就像用伞隔绝雨水一样。如果遇到了反对这一观点的人或组织，请尽快远离他们，待在他们身边，你也只会遭遇不幸。

修复力：丧尸没有自我修复能力。活人拥有记忆，能够学习，靠着智力能够适应环境，情感能让我们缔结关系，重建社会，这些是我们的优势。但这些优势不足以让我们获胜，丧尸被创造之初就带有致命的缺陷。某种程度上，丧尸已经是死亡的个体了，因此它们没有任何自我修复能力。它们身上的任何伤口，将会一直保持，直到丧尸失去行动能力，真正化作尸体。对此，我进行了一个简单的实验，挑选年龄、体型、性别不同的丧尸，在它们的手臂上划开等长等深的口子，观察愈合情况。首先，它们的伤口处会分泌出一种油状物质，可能仅仅是尸油溢出，封住伤口，但刮开油状物质，伤口没有愈合的迹象。虽然丧尸没有消化能力，但我猜测伤口的愈合与进食有关。我将一些死难者的新鲜尸骸喂给丧尸，可依旧没有变化。根据本报告之前的内容，丧尸获得力量的同时，会失去痛感和治愈力。痛感的作用在于保护人体，正常人在感受到疼痛后会远离伤害他的东西，丧尸却不会，这样一来，丧尸就更加容易受伤，无论是撞击还是冰冻，都会在体表和体内留下伤痕，而普通的奔跑和行走，也可能会撕裂丧尸的肌肉纤维。它们受伤后无法自愈，伤势只会不断累积。按照这样来看，丧尸最多活动五年到六年，这之后，它们就会失去行动能力。

腐败：丧尸的腐败也是个巨大的命题，本报告只能记录下一些浅显的表现。

正如我们所知的，丧尸身上弥漫着一股恶臭味，这来自丧尸身体组织或它腹腔内人类肢体的腐败。丧尸作为尸体，它难逃自然分解的影响。在自然界当中，生物死去，尸体就会遭到成千上万的微生物、昆虫的袭击。人活着的时候，免疫系统能建立一道屏障，抵御这些分解者。人死后，屏障消失。分解者们就会开始行动，一般来说，丧尸的身体可能分成两部分——可分解的与不可分解的。丧尸的一些器官已经失去了原有的作用，它们被丧尸这种异类果断舍弃了，在丧尸暴发前中期，我们常能遇到放屁的丧尸，那就是它们在排除体内器官腐败产生的气体。但像肌肉、大脑之类的组织是不可分解的，我往丧尸体内植入苍蝇卵，蛆虫们啃噬完了前者，却一点都不动后者，仿佛有什么东西告诉这些分解者，丧尸的肌肉、大脑、皮肤不可食用。由于腐败作用，后期丧尸的体重会比常人轻一些。这也许能使我们在白刃战中获得一点点优势。同时，丧尸的腐败也能让一些人死心，丧尸不可能再变回人了。

繁殖：丧尸是不可生育的。它们的性器官会遭到腐败作用的影响而坏死。

它们无法生育，只能靠感染活人来增加数量。

这意味着我们不用担心城市里一大群丧尸聚在一起通过繁殖会越变越多。经过无数悲剧，幸存者们也学会如何处理同伴的尸体，这使得丧尸数量不会再增加。

综上，丧尸必将灭绝，人类只需撑过这段时间，便可以重建文明。

除了上文的观察所得，我还能再给幸存者一些信心。首先，丧尸的数量远远低于幸存者的估算。

一座五百万人的城市，倘若幸存者只有两万人，这也不意味着丧尸的数量就有四百九十八万。

在这里，我要引入类似免疫屏障的名词——丧尸屏障。

流行病学调查发现，一种新传染病突然出现时，流行非常迅速，而且病死率较高，危害较大。

然而，当它在人群中流行一段时间后，流行范围和危害程度会明显减小。

这是因为受病原体感染过的人获得了针对该病的特异性免疫能力。

在长时间流行过程中，未获得免疫力的人大量死亡。

已具免疫力的人群占群体总数的比例不断上升，当这一比例上升到一定值时，就能构成免疫屏障，阻止该病继续流行。

这就是免疫屏障。而丧尸屏障是当丧尸暴发后，丧尸数量的增幅会越来越小，这是因为在丧尸持续性肆虐后，丧尸数量占总人口数量的比例不断上升，当这一比例上升到一定值后就能形成丧尸屏障，阻止丧尸数量继续增加。这一原理很容易理解，当只有一具丧尸时，它面对十个活人，它追逐活人咬上几口，就能制造一具新丧尸。而十具丧尸面对一个活人时，丧尸们一拥而上很有可能将这个可怜的活人吞食得一干二净，就算没有一干二净，受害者大部分肢体也遭到了巨大的损害，被害者转化成丧尸后很有可能成为一具没有危险性的残疾丧尸。我们面对的情况史无前例地严峻，但也没有想象中那么严峻，至少我们还能看到黎明的曙光，所以请诸位幸存者不遗余力地活下去吧。文明的倒退是不可避免的，但我们所熟知的现代生活也不过是近百年来的新鲜事物，我们是能重回农耕，积攒力量卷土重来的。倘若诸位能活到五十岁，那我们还是有机会的。有人说，人生五十年，与天地长久相较，如梦又似幻。但要我说，五十足够长了。我在《丧尸观察报告》中也藏了点东西，权当是个小游戏，找到它的朋友能获得我的祝福。

我衷心地祝福你得到你所渴望的一切。

以下是我从各处中摘录的求生方式、工具制作、渔猎、耕作方式汇总。

参考书目：

《救荒本草》

《农桑衣食撮要》

《经世民事录》

《齐民要术》

《农政全书》

《中国蔬菜优良品种》

《全草类药用植物高效生产新技术（上）》

《全草类药用植物高效生产新技术（下）》

《马铃薯遗传育种技术》

《果蔬贮藏加工及质量管理技术》

《玉米优质高产问答》

《食用菌安全优质生产技术》

《小麦优质高效栽培答疑》

《林地生态养殖系列——林地生态养鸡实用技术》

《现代实用养鸡技术大全》

《养羊与羊病防治》

《散养蛋鸡实用养殖技术》

《常见鸡病诊治图谱及安全用药》

《实用养猪大全》

《淡水养鱼高产新技术》

《鱼类高效养殖与疾病防治技术》

……

在黑暗中蠕动

恐惧是所有生物共有的感觉，如痛觉一样，它使生物远离伤害。在众多恐惧感当中，对黑暗的恐惧是最古老的，除部分夜行生物，生者都害怕不可知的黑暗，置身于黑暗之中，你不知道自己什么时候就会被突如其来的尖牙利齿吞噬。所以火、光明才那么重要，它能带给我们真实的安全感。

在我只有五六岁的时候，那时我父母都是纺织厂的工人，两人难免都会排到夜班。他们把我哄睡之后，再去上班，然后在我醒来前下班回家。但有一晚，我早上五点就醒了，屋内没有灯，窗帘也拉着，屋里没有一丝光，身边的人也消失了。

一种无法言喻的恐惧抓住了我的心，我开始号啕大哭，哭了一阵子才发现外面有光——窗帘的缝隙透进光来，于是我穿着单衣到屋外路灯下等父母回家。

现在想来，我为什么不开灯，躲在被子里等父母呢？

但那时，我还是个孩子，根本没想到这一点，内心惶恐得发慌，没了分寸。

现在我被放入箱子之中，箱子很结实，隔绝了外面的光线，只从缝隙中洒进一点点微光。

这微光也是我很久之后才发现的，因为它太微弱了，我的眼睛在适应了黑暗后还要专心致志去寻找才能找到这么一丁点儿光，靠着这点微光我才能分辨日夜。

我推了推箱子，纹丝不动。

至少我不用担心，有人想开箱子，总要费点工夫，我不至于一点准备也没有。

我在箱子里躺了一段时间，没有时钟、没有娱乐，时间变得那么难熬。

——我告诉自己，先睡一会儿，一切都会好的。

——如果他们真的要害我，也不会在第一天就动手。

——我的朋友们应该都守在外面。

我闭上了眼睛，竟然真的睡着了，只是一觉醒来，四周还是一片漆黑。我想大概已经是晚上了，经过睡眠，加上黑暗的刺激，我的感官变得敏锐起来。只要我专心听，就能听到外面的一些动静，比如门口守卫的换班声。他们应该是六个小时一换，借此，我能估算大致的时间。

我抑制不住地开始胡思乱想。

——蒙和平那边怎么样了，他已经有过一次经验了，处境应该会比我好一点吧。

——他会不会已经被害了？

——他们是不是已经准备害我了？

——郑宏颖究竟想出了怎么样的诡计能绕过这么多监视到密室里把人杀掉？

我的头脑开始发胀，我的心跳在加速。

我知道如果我不想变成疯子，就必须停止胡思乱想。但我的思绪就像脱了缰的野马、出了笼的丧尸。

我幻想已经有人进入了这个房间，他踮着脚尖，正在悄悄靠近我。

为什么箱子的缝隙这么小！我要是能看到外面该有多好。

那个靠近我的家伙踩在地毯上，松软的地毯吸收了他的脚步声。我对这个正在靠近的死神没有一丝办法，祭品小伙、许大禹卧倒在血泊中的画面在我脑海中来来回回。如果我能找镜子，我一定能看到一个双眼通红、头发凌乱的疯子。我拼命贴在箱子内侧，抵住盖子，身体呈一个弓形。如果真的有人打开箱子，我第一时间就能从里面跳出来打袭击者一个措手不及。

这样绷紧神经，不知过了多久，我又开始浑身难受。这样担惊受怕的日子还要过三天……我不得不放松身体，我再次告诫自己，一定要冷静，同时狠狠地掐了下自己的大腿。

疼痛感让我的脑子又清醒了。

在这种情况下，我无计可施，只能寄希望于外面的同伴能保护好我。在被关进来之前，我也做了一些设计，也许那些设计能保住我们的命，总之不能在箱子里无谓地消耗自己的体力和心力。

放松下来之后，疲劳感和饥饿感又向我袭来，现在我又饿又渴，先前肚子里的东西早就消化得一干二净了。我的胃就像个空口袋，除了酸水什么都没有，长时间的饥饿让我的胃火烧火燎地疼，就像有个铲工拿着大铁铲在一刻不停地铲我的胃。

除了饥饿，还有干渴。

我的喉咙已经开始向我抱怨水分不足了，我分泌的唾液也变得比平时更加黏稠。

由于刚才紧张的心情，我已经出过一阵汗了，这意味着我体内的水分又少了一点。

我听说人不吃东西大概能活七天，不喝水只能活三天。水比食物还要重要，人体很多活动都需要水分。我被关在箱子里，水分的消耗不大，应该可以撑过四天。

至于外面，我还做了特别布置，用一种只有我能做到的方式封住了门，而且是我亲自做的。为了甩开那些监视我的家伙，我花了不少工夫，几乎是在我做完这件事的同时，我就又被他们盯上了，不过我敢肯定他们没有发现我动的手脚。

就在我被关在箱子之后，我又去亲自封住了我和蒙和平的门。这听起来有些玄妙，但说白了，只是小伎俩。

好了，我不想再胡思乱想了，现在我最需要的是睡眠。我必须睡过去，睡梦能抵御饥渴。

据说，以前物质条件不丰富，到了冬天不需要出力气干活了，家家户户都只喝稀粥，人只在做饭、吃饭的时候才会动弹，其余时间都躺在床上睡觉。整座村庄都被睡梦包裹，摇摇晃晃的，就像垂在天边的云。想到了云，我就在脑中回忆看过的各种云，绷着的心弦逐渐松开……我做了一个很长的梦，醒来后，疲劳没有缓解，反而加剧了，大概是由于缺水，我的头很疼，胃倒是好了一点，大概它已经意识到无论再怎么折腾都没有用了吧。

我集中注意力倾听外面的声音，好像没有什么可疑的地方。

一半时间已经过去了，我在有限的空间里活动了一下身子。

"啊。"我突发奇想发出了一声叫喊。

如果外面有人想要接近我，那他应该会被我吓一跳，但除了我的声音在房间回荡，我没能听到其他的声音。

静悄悄地过了两天，我知道我已经快要崩溃了。

我用力掐了掐大腿，但没有效果。

虽然我很累，但才睡醒，短时间内我也睡不着。

我突然想到尽管我无法停止思考，但我至少可以控制自己该思考什么。

过去的事情像老电影一样在我眼前闪过。

这是一部只属于我的老电影。

我在钱塘江的围垦区长大，我的童年就是水和一望无际的田野。

当年，我的父母觉得工人不自由，半路从纺织厂辞职，跑去承包了鱼塘和土地，但管理鱼塘实在太累，也伤神，尤其是夏天，鱼塘的养殖密度不小，夏天气闷，一有什么病害，鱼都是一塘一塘地死，池水散发着一股腐败的味道。这时候，父母就会整夜睡不着，后来退掉鱼塘，只种地，毕竟农作物比水产好伺候。

但对我来说，两者区别不大，因为我还是每天要骑几十分钟的自行车去上学，在家附近方圆几里内找不到一个同龄人。

那个时候，我不知道孤独为何物，平时靠看书、看电视打发时间。如果是周末，无聊的时间就会多点，尤其做完了作业之后，傍晚的少儿节目都还没开始，我就只能采一枝狗尾巴花或者抓只蝴蝶、蜻蜓一直往外走，走到河边再慢慢走回来，几十分钟的时间就被消磨掉了。

再后来，父母为了我的学业，考虑到镇上的中学比较好，才带着我回到镇上。

大概因为成长环境不同，我属于那种沉默寡言的人，而且成绩一般，总体来说，我就是个普通的家伙，少年时也有过不着边际的幻想——想当小说家，还煞有其事地写过十几万字，涂满了一整本。

这个本子，我没有给任何人看过，后来高考结束，我母亲把那个本子和我做过的试卷捆起来当废纸卖给了回收站。

再然后，我度过了一生中最快活的时光。我读的大学离家很远，我过得很自由，很多个夜晚，我都和室友们玩"一条龙"，即周五上完最后一节课后，先去吃个火锅，再去打台球，之后在路边摊撸串，最后钻进街边茶馆要个包间，通宵打麻将。

快活是快活，但也很孤独，大家天南地北聚在一起，一个寝室六个人，来自六个地方，毕业之后分道扬镳。

我是那种很奇怪的人，经常在该享受欢聚的时候想到别离，很少能纯粹地开怀。事实也是如此，我们毕业后确实渐渐断了联系。

我的工作地点在市区，家在农村。为了上下班方便，我在公司附近租了房，房租很贵，实习那会儿，我拿到的钱只够交房租和吃穿用度。

我没有朋友，和其他租客一样早出晚归，低着头走路，平时遇到了也不打招呼。

最孤独的时候是冬天加班，大冬天加班到深夜，从公司出来，街上已经没有行人了，我裹紧衣服一个人走在空旷的路上，寒风凛冽，直往体内钻。

回到出租房，累得连澡都不想洗，脱了衣服就钻进被子里。我住的房间有扇窗户，老房子的窗框已经有些变形了，窗户能够关上，但总有条缝，冷风老是灌进来，我糊上了报纸，但没有多大用处，风还是能钻进屋子里，室内比室外高不了几度。

我要是想睡个好觉，只能蒙住被子。

这些事我从未对父母说过，就算说了，他们又能有什么办法？多塞给我一些钱，让我换个地方。我已经成年了，不想再靠父母的资助，而且是我自己选择了这份工作，我不想把我脆弱的一面撕开来给人看，尤其是我父母。

——我怕输，也怕难堪。

随着工作越来越忙，我觉得自己要被淹没了，过去的自己渐渐沉入海底，有一天，出现了一根芦秆，它让我能隔开海水呼吸几口新鲜空气，让我能暂得安歇。

之前我也提到过我在公交车上见到了庄晓蝶，她没做什么特别的事情，但就是让我心动，我第一眼看到她就觉得似曾相识，这可能就是缘分。

也许我早该去搭讪，但我害怕自己表现得像一个跟踪狂，因此迟迟没有动作。这让我有更多时间去仔细观察她，看她读的是什么书、看的是什么剧……有次，有个人没带零钱也搞不懂手机支付，她看不下去替人扫了码。我越发肯定，我和庄晓蝶会兴趣相投，只是还缺少一个契机。

有时候，我会希望她能丢下点东西，像钥匙扣之类的小东西，这样我就有了借口靠近她，只可惜这样的事情没有发生过。

再后来我和她在联谊会上见面，我百分之百确定我和她有缘，但丧尸暴发了，在这种情况下，我和她还能再度相见，作为一个无神论者，我也愿意去相信冥冥之中自有天意。

想到这里，我已经开始后悔了。

对不起，人就是这么容易后悔的动物，我也不例外。

我已经不怪她了，或者说，我一开始就不该怪她。这是我自己的问题。

当时是我想去救她，所以我们才能再遇。后来，我们被郑宏颖带到了四灵教，庄晓蝶确实向我求助，我也确实接受她的请求。但我会留在四灵教也有自己的考量，人不该因为自己的选择而去责怪别人。

其实，我的痛苦来源于自身力量的不足，无法承受微小偏差所带来的失误和招致的失败。我吃够了苦果。

但我不该介意再吃一次，庄晓蝶最后一次来找我，我是抱着怎样的想法？我已经察觉到她想正式和我解释。我在害怕她说出口。

因为她开口后，我就需要做出回应。可那个时候的我能回应什么？

我没有未来。

没有未来就不去招惹，就让我作为她的一个普通朋友死去，让她少流几滴眼泪，这听起来正确。可我忽略了心头这一缕意难平。

在我死亡的最后，我肯定会想起这个遗憾，最后一口气郁结在喉头，灵魂在酸冷的刺痛中不得安宁。如果她对我有意，那么我究竟错过了什么呢？对她来说，失败与没来得及说出口，这两者带来的悔恨完全不同。

如果我能够活着出去，我一定要找庄晓蝶好好聊一聊。

现在写一份遗书是否还来得及？可惜我身上没有纸笔。

可我面前有现成的木板，我还有手指和鲜血，说不定能写一份血情书……

——还是算了，这样太过惊悚。我是被关得太久，快疯了，怎么会想出这样的馊主意。

如果我能够活着出去，我一定要找庄晓蝶好好聊一聊。

我又需要休息了，这次我睡了一个好觉，但时间并不长，可能就一两个小时吧。

我身处箱内，虽然没有进食，但体能消耗并不大。解开一个心结，也使我的精神再度安定了下来。我再度开始思考之前的案子。

那些案子，无论是王子诺的，还是许大禹、何莫的——它们看似独立，但应该有一条看不见的线将它们串起，一些要素应该是共通的。

我的脑海中是一片漆黑的天空，现有的线索和疑点化作了星辰，点亮夜空。我伸出手在星空胡乱抓着，终于抓住了什么，像火焰温暖寒夜，大风吹散阴霾，盘旋在我心头的诸多谜团迎刃而解。尽管还遗留了些许，但真相的大厦已经落成，只剩下一些修饰工作。

待在黑暗中的最后时光格外地漫长，我又回到了刚进箱子时那种紧张的状态。

终于，我听到外面传来了动静。

"这门怎么打不开了？"

我模模糊糊听到外面有人这样说。

这说明我之前做的保险措施起效了，我被关的这几天内没有人通过门进出过这个房间。

"晓楠，晓楠，你没事吧？"

这是唐玄鸣在喊我。

我立即大声呼喊，只是四日水米不进，不知我的声音是否能传到外面去。

紧接着，我听到了撞门的声音。房间的小木门轻而易举就被他们撞开了。没一会儿，木箱也被打开了。

光线刺痛了我的眼睛，我眯着眼看到了唐玄鸣和庄晓蝶，他们脸上都带着泪痕。

"蒙和平呢？"我用嘶哑的声音问道。

"他已经不在了。"唐玄鸣带着哭腔说道。

——这一点我并不意外，我会为他报仇的。

我闭上了眼睛，任由他们将我搀扶出去。

当我们谈论真相

预感是草地上的一道长影,
暗示太阳正在西沉;
告诉惶恐的小草,
黑暗即将来到。

——艾米莉·狄金森《预感是草地上长长的影子》

信徒都围了过来，围绕着我这个祭品唱赞歌。

我不屑于看他们，这些愚蠢的人已经失去了灵魂。

我还发现信教者渐渐比不信者多了，这就像传销一样，有些人一开始只是抱着看热闹的心态观望，等接触多了自然而然就沦陷了，可见愚蠢也是能传染的。

我在脑内幻想该如何处决郑宏颖——我一定会选择绞刑。

哪怕是现在，活人比大熊猫还要宝贵，但幸存者还是偏向严法，不得不承认，人要是不受拘束，堕落得比什么都快，所以必须明明白白地告诉所有人，跨过红线的惩罚是什么。

我要竖起高高的行刑台，在众人面前宣读他的罪行，给他脖子套上绳索，脚上系上石头。在喝彩和责骂中，打开机关，让他悬在半空中，就像一块被抻开的面团，看他变成拉长舌头、大小失禁的尸体，才能解我心头这口恶气。

我看了眼在台上夸夸其谈的郑宏颖，他仿佛注意到了我的目光，转过头与我对视，露出了一个微笑。

这是胜利者对失败者的嘲笑。

我强忍着愤怒，等到了仪式结束。

第二天，我们埋葬了蒙和平。

蒙和平的死和之前的案子没有什么不同，现场是密室，而且大门打不开，其间没有人进出过，但开箱后，他们就发现蒙和平已经化作了丧尸。接下来的事就很简单了，他们让变成丧尸的蒙和平停止了活动。

我一个人去蒙和平的死亡现场逛了一圈，发现了一些端倪。

现在，我还有两种元素没有收到。我回到自己房间用马克笔在左手手心画了一个符号，然后关了灯，喝着浓咖啡，守在门前，等着神秘人再往我门缝下塞纸片。

三点左右，我才等到他。一张普通的纸片像个幽灵一般从门缝钻进房间。我连忙抓住它，然后开门追出去，可还是没能逮住塞纸片的家伙。

追丢后，我立刻折回房间，展开纸片，上面的符号和我手心的符号一模一样，是代表土的方形。

我懊悔地揪了揪自己的头发，我早该想到这件事，如果我早点儿想到也许蒙和平就不会死了。

现在是深夜，但我无法忍受再等几个小时，我立马给唐玄鸣和庄晓蝶打了电话，把他们从睡梦中拉了出来。

我在电话里简单地讲了下我所掌握的情况，并约好早上九点在二十四层见面。

等我按时到达时，唐玄鸣和庄晓蝶已经在等我了。

"你说的都是真的吗？"唐玄鸣一脸凝重。

庄晓蝶也盯着我看，她已经收起了之前在看到我时的那种激动了。

"是真的。"我拿出了纸片，"至少我百分百能解决蒙和平的案子。"

唐玄鸣看到了方形问道："和土有关的密室？"

"如果混凝土也算土的话。"我说道，"要解决蒙和平的死，还要追溯到许大禹死的时候。你还记得我们爬楼的时候少跑了一层吗？"

"记得。"唐玄鸣道，"难道蒙和平的房间才是换层？"

"不是。这个思路完全错了。"我摊手说道，"这个时候我就要引入了一个建筑名词了。"

庄晓蝶问:"是什么?"

"避难层。"

《建筑设计防火规范》GB 50016—2014

建筑高度超过100m的公共建筑,应设置避难层(间)。避难层(间)应符合下列规定:

1. 第一个避难层(间)的楼地面至灭火救援场地地面的高度不应大于50m,两个避难层(间)之间的高度不宜大于50m。

2. 通向避难层的疏散楼梯应在避难层分隔、同层错位或上下层断开。

3. 避难层(间)的净面积应能满足设计避难人员避难的要求,并宜按5.0人/m^2计算。

4. 避难层可兼作设备层,但设备管道宜集中布置,其中的易燃、可燃液体或气体管道应集中布置,设备管道区应采用耐火极限不低于3.00h的防火隔墙与避难区分隔。管道井和设备间应采用耐火极限不低于2.00h的防火隔墙与避难区分隔,管道井和设备间的门不应直接开向避难区;确需直接开向避难区时,与避难层出入口的距离不应小于5m,且应采用甲级防火门。

避难间内不应设置易燃、可燃液体或气体管道,不应开设除外窗、疏散门之外的其他开口。

5. 避难层应设置消防电梯出口。

6. 应设置消火栓和消防软管卷盘。

7. 应设置消防专线电话和应急广播。

8. 在避难层（间）进入楼梯间的入口处和疏散楼梯通向避难层（间）的出口处，应设置明显的指示标志。

9. 应设置直接对外的可开启窗口或独立的机械防烟设施，外窗应采用乙级防火窗。

"避难层，是建筑内用于人员暂时躲避火灾及其烟气危害的楼层。我们所在的酒店有三十四层，每层暂定四米，绝对超过了一百米，而且由于每五十米都要设置避难层，所以这里的避难层也不止一层。"

"为什么是五十米？"庄晓蝶好奇地问道。

"因为考虑普通人爬楼梯的体力消耗情况，而且国内举高消防车主要也是五十米的。四灵教这里的十二层和二十四层应该就是避难层。"

唐玄鸣道："我们都去过这两层，这两层和其他楼层没有区别。"

我解释道："因为我们没有到真正的十二层和二十四层。酒店按照规范设置了避难层，十二层就是避难层。客梯可以用梯控系统设置不在十二层停留，因为十二层什么也没有，外人进入不好管理，编号时也可以跳过这个十二层来编楼层，比如十一层，避难层（原十二层），十二层（原十三层）……这样子下去。"

庄晓蝶道："楼层编号和实际不符，我倒是可以理解。有些地方是没有13层和14层，因为谐音是'要散要死'，对公司不好。北京有一些香港开发商开发的住宅，没有四层。但只要有人走楼梯不就被发现了吗？"

我点了点头："但是十二层和二十四层都算超高层了，一般人都会选择电梯而不是走楼梯。只有去往相近楼层才有可能走楼梯。但郑宏颖可以加锁。如果我把十一层到十二层的门锁上，再把十二层（原十三层）到下一层的门也锁上，那么就没人知道中间还有一层，除非他们要刻意确认。本来从外观上也能看出避难层。有些地方的避难层是开放性或者半封闭性的，从外面望过来就像是缺了一层，但很不幸，这里的避难层是封闭式的，四周及隔墙用了耐火防护墙，所以从外面看，也很难发现。"

"原来如此。"唐玄鸣点了点头，"这也能解释许大禹死的那次我们会碰到楼梯门缠了铁丝的情况。就是因为许大禹和蒙和平的楼层之间有避难层，因为二十四在十八和三十一之间。"

"没错，而且我们之前的检查都忽略了一个地方。"

唐玄鸣问："什么地方？"

"天花板。"我带着他们破开了铁丝上楼，到了空空荡荡的避难层，"二十四层的地板是完好的，所以我们就没有怀疑二十四层的天花板。但密道就在天花板上。"

我拿出一瓶矿泉水，均匀地倒在地上，缝隙就显现出来了。我弯下腰用螺丝刀顺着缝隙慢慢使劲将整块盖板都敲了起来，露出一个仅够一人通过的小洞。

唐玄鸣攥紧了拳头。"凶手就是通过这个小洞杀了蒙和平。"

"应该是的，凶手进到房间里，杀害了蒙和平。"庄晓蝶说道。

"那我还有一个问题。"唐玄鸣说道，"既然凶手的目标是蒙和平，他又是通过天花板上的洞来行凶的。那么他为什么还要特意把你和蒙和平的房门封上，用钥匙都打不开，要靠撞门。"

我叹了一口气。"那其实是我做的，用了点小手段想封住门保护自己。"

"但关门后你已经在箱子里了，怎么去封门，而且蒙和平甚至和你不在同个楼层。"

"设置延时机关好了,我带你们去看看,你们就明白了。"

我又带着他们回到了房门前。我举起螺丝刀往门框上用力一戳,水从豁口流出来,还有一股子草腥味。

"这是豆芽菜?"庄晓蝶恍然大悟。

"我趁他们不注意塞了豆子和湿棉花在门框里,后来,豆子生成豆芽菜体积增大,导致门框变形挤压门。无论是谁要想开门都要费不少力。"

"原来如此。"唐玄鸣又皱紧了眉头,试探着说道,"既然我们找到暗道了,那也是时候戳穿郑宏颖了吧。"

"我很怀疑,光一个暗道够吗?"庄晓蝶道,"他催眠的人已经越来越多了。大部分人跪久了就站不起来。就算他说这个洞是我们为了陷害他而挖的,都会有人相信。"

"我在想一个问题,为什么坏人总能击败好人了?"我说道,"因为他们的底线比好人低,顾忌的东西少,能够不按套路出牌。你在规则内很难打倒一个不讲规则的人。"

唐玄鸣沉默了。他拍了拍我的肩膀说道:"邪不胜正。你想想大部分情况下,好人还是能战胜坏人的。"

"你说的大部分情况是戏剧吧。这是一般民众的希望,他们喜欢大团圆结局,所以无论好人被坏人压制得多惨,好人最终都能胜利。"

"不,你的思想有些偏激了,现实不是童话故事,好人能胜利是因为我们受到法律、道德的约束。"唐玄鸣说道,"只要方式得当,我们还是拥有优势。这种优势比宗教的力量更大。但我也懂你的意思,我们也应该用些手段。"

"我们本来就可以用些手段,以牙还牙,以眼还眼。"

"静一静,我知道蒙和平走了,你心里不好过。"唐玄鸣说道。

"不光是为了蒙和平。"我说道,"下一个就是我了。"

下次祭祀,我一定会步蒙和平的后尘。

庄晓蝶道:"只要我们能争取足够多的人,还是可以对抗四灵教的。"

"怎么说?"唐玄鸣问道。

"晓楠提出的一些解答,我觉得是正确的。"庄晓蝶说道,"哪怕我们无法求证,但那些对郑宏颖抱有怀疑的人看到这些解答就可能会成为我们的帮手。这样我们才有和郑宏颖对抗的资本。"

"我们的后备队友就可以派上用场了。"唐玄鸣点了点头,"蒙和平之前也把他收集到的名单给了我,我去探探底。"

我没有异议。我们三人又敲定了一些具体措施,上午的时光转瞬即逝。庄晓蝶准备离开时,我拦住了她,请她给我一点时间,聊聊私事。

"对不起。"我直截了当地说道。

在这件事上我表述得再怎么迂回曲折都没有意义。

庄晓蝶蛾眉一挑说:"我还以为你不会说这三个字。"

我早就想说,只是没能说出口。

"我在鬼门关又走了一趟,觉得自己已经没什么好怕的了。"我说道,"如果对你来说,我只是个好人,那也给我个答复吧。"

"你还有什么资格说自己是个好人。"庄晓蝶说道,"我想和你说些什么的时候,你只是捂住耳朵。"

我只能保持沉默,承受她的怒火。

她脸上没有流露出愤怒的神情,反而笑吟吟地看着我。这更让我不寒而栗,我宁可她骂我一顿。

"我也怕我就那么死了留下一摊子事情。这又有什么意思?"

我解释道,"但后来我想明白了。错过是很可惜的事。我才明白'一万年太久,只争朝夕'这句话的含义。如果可以,请给我机会。"

我感到脸上流淌过温热的暖流。

"一个大男人还哭。我都没有哭过。"她踮起脚摸了摸我的头,"这样吧,你让我打一顿,出口恶气。"

"啊?"

我还没有反应过来,一个拳头就狠狠砸到了我的鼻梁上。剧痛之后,我感觉到鼻血要从我鼻腔流出来了,忙不迭想伸手捏住鼻子。

庄晓蝶打开我手,抢先捏住我的鼻子,然后迎上来,这个世界上最美好的事情终于发生了。

她的嘴唇贴上了我的嘴唇,我感受到这份细腻,沉醉其中,直到喘不过气来,才离开她的嘴唇。

她的手也松开了我的鼻子,我的血流出来了。

"我早就想试试这样了。"她又笑道,"你看看你就被我亲了下连鼻血都出来了。"

我反驳道:"明明是你……"

算了,辩解这个没有意义。

我捧起她的脸又狠狠地吻了下去。

找队友的事情进行得很顺利。我们的队伍从最开始的三人,慢慢发展到了十人。

我们也定下了大致的计划,要拆穿郑宏颖的真面目,但我们的人数远少于他的信徒，所以必须制造一个将郑宏颖和他信徒割裂的机会。

另外，我们也不得不考虑到信徒们执迷不悟的可能性，所以需要准备好离开四灵教的物资。

四灵教的运作模式很简单，每个人找到的东西都要上交，四灵教会根据每个人工作的情况，分配点数，通过点数兑换自己需要的物品。

我们需要截留一些自己需要的物资。最基础的就是交通工具、汽油、食物、药品，甚至是一些农作物种子，为了不被人发现，我们只能像老鼠搬粮一样一点点偷运，这是一项巨大而缓慢的工程。

在这项工程没完成之前，我们还是假扮普通的信徒，在四灵教做着普通的工作。

一日午休后，我和唐玄鸣吃完了午餐，唐玄鸣望着外面阴沉沉的天，说："要下雨了啊。"

"是啊，要下雨了。"我随口回答道。

"看起来要下一段时间了。"唐玄鸣感慨道。

听他这样说，我也陷入了感慨。"以前我们几个都在，窝在房间里省吃俭用，苦苦等雨的日子不会再有了。现在回想起来，仿佛就发生在昨天。"

"确实。不过我想说的是另一件事，"唐玄鸣说道，"陪庄晓蝶出去走走吧，逛逛西湖，走走断桥。"

"时间不多了。"

唐玄鸣一拍我脑袋。"就是因为时间不多了，我找人托关系求情，给你们安排了两天的'出差'。"

"但是……"我迟疑道。

"走,给我走。"唐玄鸣把我推了出去。

我走到庄晓蝶门前,唐玄鸣好像已经和她说过了,她刚换好衣服,拿着伞,等着和我一起出门。

"漂亮吗?"她指着自己这一身衣服。

庄晓蝶没有像之前那样穿上厚衣服防咬,而是穿了一身日常的衣服,还化了淡妆,嘴唇涂了淡淡的唇彩,卷翘的眼睫毛忽闪忽闪的,长发在脑袋后扎了个简单的马尾。身上是一件白色衬衣,配有黑色的领边和袖边,外面套了一件驼色外套,下身是一条短裙,脚踩一双暗红色跑鞋。

"很漂亮。"我由衷地赞叹道。

虽然跑鞋有些不对,但这毕竟是有丧尸出没的末世,跑鞋比高跟鞋合适得多。

"走吧。"我牵起了她的手。

今天的我和她为了应对丧尸的袭击,只是喷了比较多的香水,我们看起来就像是普通的情侣。

这大概是我和她最初也是最后的约会了,因此不约而同地穿了正常的衣服。

我们开着之前搞来的电动汽车,前往西湖。

由于失去了环卫工人,这几个月的落叶堆积在路上,被雨水打湿,贴在路面上,就像一张唯美的剪贴画。

"去哪里?"我问道,"你有哪里想去吗,我平时都没怎么逛过,现在也没法查什么恋爱攻略。"

"不用特意去哪儿,我想去断桥看看,泛舟就不用了,湖底太吓人了。"庄晓蝶歪着头靠在车窗说道,"然后去商场逛逛,如果能看场电影就好了,最好是恐怖片。"

"逛商场好啊。"我挠了挠脑袋,"但电影,我就没有办法了。"

庄晓蝶说道:"那算了,反正能在国内电影院放映的恐怖片根本不可能恐怖。"

"哈哈哈,有道理。"我很认同庄晓蝶的这个说法。

细雨下的西湖像神女含泪的眸子。

我一手撑着伞,一手拎着我那只长矛,防范可能从角落蹿出来的丧尸。但我怀疑我根本做不到这点,因为我的注意力都在庄晓蝶身上。她离我很近,每次胳膊无意识的触碰都让我心猿意马。

进入景区后,我们没有看到任何丧尸,也许是因为这里的丧尸都被西湖接纳了,它们甘愿在美丽的湖底徘徊,而不是上岸与活人作对。

我也松了一口气,安心与庄晓蝶欣赏美景。

我同她踏上了断桥,断桥不断,据说这桥原叫段桥,只是谐音为断桥。另一说古石桥上建有亭,冬日雪霁,桥阳面冰雪消融,桥阴面仍然玉砌银铺,就是西湖十景中的断桥残雪。其实,桥断不断都无所谓,因为桥上曾走过白娘子与许仙。有了《白蛇传》做底,情侣们总要来断桥上走上一回。

我抬眼,见碧波荡漾,千条万条雨线落入水中。

"其实上次我和你在西湖的时候,就想和你以情侣的身份走走了。"

"那你得偿所愿了。"她突然踮起脚,亲了我一下。

"那是什么?"她指着远处问道。

远处湖面出现了一个黑点。

我眯着眼睛眺望。"好像是条船?"

风是往我们这里吹的,那个黑点慢慢变大,是一艘普通的西湖游船。

"这是不是我们之前坐过的船?"

"我以为它被荷花缠住了出不来了。"

就算不是之前那艘船，只要我们以为它是就足够了。

"这样挺好的，是船就该漂泊，该祝福它能自由吧。"庄晓蝶说道。

断桥不长，走得再慢，几十分钟也走完了。

"接下来去哪?"我开口道，"可惜附近没有地方能让我们坐下来，就着点心，喝点茶了。"

原来湖边有茶摊供游人小憩。

"我在想里面的东西还在吧，茶叶应该可以保存很久。"

我懂她的意思了，如果我们运气够好，撬开茶摊的店铺应该可以泡壶茶。

咣当……

我甚至懒得撬门，直接打破玻璃窗，翻了进去。

"小心!"庄晓蝶突然出声提醒道。

我扭过头一看，一具丧尸跌跌撞撞地想从曲形柜后面出来，可它已经忘了怎么打开柜门出来了。

"别慌。"我提着长矛，隔着柜子想要杀死它。

"算了，别把血弄得到处都是，你试着用矛挑出一些东西吧，我去后厨看看有没有茶具。"

我花了点时间拿到了茶叶，又翻出了两个玻璃杯和一瓶矿泉水。

庄晓蝶也拿来了茶壶。

我们就在外面劈了木凳生了火，煮沸了矿泉水。

"如果有自动售货机就好了，我可以砸了它。为我们弄些点心。"我找了一圈没能找到茶点。

"为什么很多人都喜欢自动售货机?明明砸开它的声音很大,容易引来丧尸。"庄晓蝶问道。

"因为有趣啊,自动售货机堂而皇之地摆在外面,看到却拿不到,让人心痒痒。至于声音也不是什么大问题,我教你一个办法,在玻璃上垫一块布然后猛击边角就能悄无声息地打破它。我和唐玄鸣他们一起研究出来的。"

"你们还真有趣。一天到晚都在想些什么,还有闲工夫研究怎么开自动售货机。"

"苦中作乐,苦中作乐。"我笑道。

不过那个时候,我们确实很无聊,搜集够了物资就躲进房间里,挥霍时间。只可惜这样的时光一去不返。

说话间,水开了。

我倒了两杯茶,看龙井在热水中慢慢舒展。茶香溢出茶杯。

在安静的西湖边上,饮一杯茶,已经是世上极惬意的事情了。

"这茶不错。"庄晓蝶叹道。

"要再来一杯吗?"

"不了,茶好的话,一杯就够了。"庄晓蝶起身将茶杯抛入湖中,"走吧,逛街去。"

西湖附近有很多步行街和商城,在末日之前,每逢假日,这里满是俊男美女逛街购物,比肩接踵,现在只剩下零零碎碎的丧尸在街上徘徊。

"这里还有什么好逛的?搜寻组都来过了。"

"搜寻组的人懂什么衣服?他们也就挑些最实用的带走。"庄晓蝶兴奋地说道,"一定还剩很多漂亮衣服。"

好像逛街是所有女孩子的爱好,我买东西总是先想好要买些什么，然后一头钻进商场，只要造型和价格不离谱，找到那件东西就匆匆付款回家。

尽管我的采购习惯和庄晓蝶不同，但我还是很乐意陪她逛街，因为我也有不得不入手的东西。

我和庄晓蝶一路躲着丧尸，拐进了商场。

她表现得就像个到了游乐园的孩子，或者说是飞进了花园的蜜蜂，开始乱转，几分钟后才定下方向，一个柜台一个柜台地试过去。我看着琳琅满目的化妆品，无所适从。

我从来不知道光用在脸上的护肤品会有这么多，去角质，去黑头，美白，收紧毛孔……

庄晓蝶每样都涂在手臂上试了试，看起来很难取舍的样子。

见此，我开口道："不用那么烦恼，反正不要钱。而且你要是不拿走的话，它们也只是躺在柜台里等着腐烂。"

"对哦。"她眼里像要冒出小星星了。

"你喜欢的话，我就替你包起来好了。"

"好啊。"她立刻赞同道。

可最后她还是只挑了几件自己特别喜欢的让我拿走。尽管如此，我手上的纸袋也越来越多了。

我们终于走过了化妆品区，来到女装区。

她开始试衣服了，并不断询问我的意见。她就像是一个魔法师变换着自己的装扮，我只顾欣赏她的美丽，竟忘了给出意见，不过我所能提供的意见，也就只有颜色是否合适，衣服大小是否合身……

庄晓蝶又挑了不少衣服。

一个个柜台逛过去，我手上的分量越来越重。更何况我一只手还提着长矛。带着长矛逛商城的确有些别扭，可我实在不能安心地把唯一的长兵器留在车上,我们不能赤手空拳对抗丧尸。

庄晓蝶看我满头大汗的样子,问:"你累了吗?"

"有点,"我说道,"不过没事,我休息一会儿就好。"我把一堆购物袋放在地上,活动了下双手。

"哦,其实你能用一种省力的法子。"庄晓蝶跑到我身边,抓住我的手,"比如这样,你把长矛架在肩膀上,然后长矛两边各挂些东西,保持住平衡。对,就是这样。"

"为什么我觉得我有点像《西游记》里挑着担的沙和尚呢?"

"哈哈哈哈,你这就是挑着担啊。"庄晓蝶一拍我头,"走吧,继续陪我逛街。"

这副样子虽然丑,但的确比较省力,不知不觉间,我陪着庄晓蝶已经逛了两三个小时了。

女孩子逛街时体内像有一台永动机,永远不会疲倦。

不过我也终于逛到了我一直想来的地方——首饰区。

"看看项链或者手镯吧,"我提议道,"你今天的衣服如果再加点小首饰会更加好看。"

"哎,是吗?"庄晓蝶听从了我的建议跑到了首饰柜台前。

我殷勤地翻到柜台后,为庄晓蝶拿出不同款式的手镯和项链。

"对了,你喜欢钻石还是铂金或者黄金?"我装作不经意地问道。

"钻石吧,有珍珠也不错。"她回答道,"我喜欢宝石。"

我沉思着,又拿出了一些手镯和项链供庄晓蝶选择,同时趁她挑选之际,我也开始做些我早就计划好的事情。

庄晓蝶没有花太多时间挑选首饰,突然一抬头,向我展示她脖子上挂着的星形钻石吊坠,然后一挑眉,说道:"我去下洗手间。"

"好的,我就在这里等你。"我回道。

庄晓蝶往商场的洗手间走去,却又默默说了一句:"对了,我的指号是10。"

我有些尴尬地挠了挠头,想要偷偷选戒指准备个惊喜的计划看起来泡汤了。

看起来庄晓蝶也是故意离开,让我有机会偷选戒指。不过既然她没有完全点破,那就让我也装糊涂吧。

我趴在戒指柜台上仔细遴选,终于挑到了合意的钻戒。就算钻石只是个商业骗局,但它给人的印象也不会改变,爱情少了钻石,就像蛋糕上少了一颗樱桃。

我选好钻戒后不久,庄晓蝶也回来了。

我们一天的约会也将结束了,我挑着大包小包回到车上。

"我好像已经和你度过幸福的一生了。"我坐在驾驶座上说道。

"天还没黑,你就开始做梦了。"

"啊,这只是我做梦吗,你不来陪我一起做梦吗?"我微笑着问道。

庄晓蝶像是无可奈何似的,如同哄孩子一般开口说道:"算我怕了你了。当然陪啊。"

我开心地点了点头,经过短暂的休息,我发动了车子。

汽车破开雨幕,沿着马路缓缓前进,很快就要驶过竹居了。

我提议道:"去看看吗?"

我有关于王子诺之死的新解答,在现场讲解会更加直观。而且我也想捡回我的弩。

"可以啊,但你不会有意见吗?"庄晓蝶问道。

之前我和她的矛盾就在于此。

"现在来看，就是一个死人而已，而我是个活人。"

她用她那双大眼睛盯着我。"是谁吃了死人的醋，还吃了足足几个月？"

她这样做简直就是犯规。

我吐了下舌头，想卖个萌，糊弄过去。

庄晓蝶也很大度地没有对我穷追猛打。我深感庆幸。

这已经是我第三次来竹居了，第一次是和庄晓蝶，第二次是和许大禹。这次应该就是最后一次了。

豪华的竹居，在以肉眼可见的速度衰败，我打开门，拂开蛛网，踩过落叶，越过满是阴霾的玄关，来到命案现场。

"我觉得我们之前的推理并没有全错。"我开始阐述我的推理，"只是我们都忽视了一个重要的细节。丧尸是会动的，这意味着转移死者的方式又多了一个。"

"你认为案发现场不是王子诺房间？"庄晓蝶问道。

"可能是，但最后尸体躺的地方应该不是他房间。"

"尽管丧尸会动，但它们不可能开门。王子诺房间的两扇门都是关上的。"庄晓蝶说道。

我说道："准确地说，8号门是上锁的，而9号门只是关上。我之前一直在思考一个问题，凶手为什么要把王子诺打扮成木乃伊？这是中国，不是埃及，而且那天也不是万圣节，就算想营造恐怖气氛，也没必要用木乃伊这种形象。我想凶手的确是在王子诺房间内杀了他，但稍后，他就用绷带捆住了王子诺，一方面是为了止血，避免留下血迹，暴露他移动过尸体，另一方面稍后再说。"[1]

---

[1] 参见第一百二十五页图七。

"他能把尸体移到哪儿去，休息室吗？"

我点了点头。"就是休息室。凶手就把王子诺放到休息室，他把1、4、7、8、10号门都锁上，在休息室布置好现场，拿着钥匙再锁上11、13、15、17号门，通过楼梯跑到天台上去。在上个推理中，我已经提到休息室的空调管洞是可以利用的。不过上次，我是说凶手从窗户翻出去，跑到天台，然后利用丝线将休息室的窗户锁上。这次是通过管洞，将钥匙送回屋内，这个操作需要两根丝线。一根将休息室的钥匙送到书架上，一根将王子诺房间和走廊的钥匙送到王子诺口袋里。"

"但王子诺还是在休息室……等等，我好像明白了。"庄晓蝶恍然大悟。

"王子诺成为丧尸后就会带着钥匙回到自己房间。"我说道，"绷带就有另外的用处了，我们可以假设有绷带是缠在门上的，当王子诺走过房门就会把房门带上，而他走得再远一点，绷带又会被他从门上扯下来。"

"唯一的问题就是如何让王子诺走回房间？"

"我觉得是鲜血。"我说道，"按《丧尸观察报告》的说法，鲜血是最好的饵。"

我和庄晓蝶走到屏风处。

"王子诺会碰翻屏风也是凶手设计的。"我踩在椅子上，揭开吊灯的灯罩，找到了一个脏乎乎的小塑料瓶，瓶身上被扎了七个八小孔，里面的液体已经干涸，只留下了褐色的污渍。

这无疑是血迹。

由于吊灯有灯罩，凶手把血瓶放在灯上方也不会有人看到。而丧尸会闻着味道从休息室跑到房间，为了得到鲜血，丧尸会在吊灯下方徘徊，碰倒屏风，引人过来查看。这就完成了一整个密室。

凶手可能是大意，或是觉得没有必要，没有收走血瓶。

"我记得在谋杀案发生前，郑宏颖曾推动、参与过医院的搜查吧。"我皱眉道，"首先他受伤，有了伤口就可以取血，万一别人发现了血瓶检查他，他也可以说，他的伤口是去医院时留下的，而不是为了流血而割的。其次，为了吸引丧尸必须得是鲜血，而尸体的转化时间不一定。所以他需要能保存鲜血的方式，不让鲜血凝结。我记得医院有类似的药品，比如肝素、草酸钠。"

庄晓蝶郑重地点了点头，认可了我的推理。

今天的约会结束了。

我回去后，发现唐玄鸣在房间里等我。

"今天怎么样？"他递过来一罐啤酒。

"特别好，"我接过啤酒满满地灌了一口，"谢谢你。"

"不用谢我，"唐玄鸣也喝了一口啤酒，"我希望你能多享受几天，可惜我们的时间不多了。"

"都准备好了吗？"我压低声音。

唐玄鸣凑到我耳边，压低声音说道："好了，我们还得准备誓师会。"

——审判之日终于要来了。

"进度比想象中快。"唐玄鸣说道，"明明已经下了决心，但真到那天的时候，还是会踌躇和害怕。"

我说道："毕竟我们的对手是一群邪教徒，他们的人数是我们的十多倍。"

"所以我才觉得需要一个誓师会，让大家觉得一切都在顺利进行，我们要保持乐观。"

"我懂了，刚好我也琢磨了一些东西。"我说道。

唐玄鸣点点头。"我也弄到了不少鲜鱼。"

"午餐还是晚餐？"我问道。

"午餐吗？"

我回答道："我看剧里都是午时三刻斩首，那么吃的应该是午餐。"

唐玄鸣想了一会儿，说："午餐目标太大了，我们还是改晚餐吧，十来个人聚一下。"

作为文化古国的遗民，我们早就养成了充满仪式感的生活习惯，比如这样重要的事情，落到实际上，就成了大家怀着悲壮的心思一起吃一顿饭。

我同意唐玄鸣的想法，而且晚餐也给我更多的准备时间。

我也想在这个特殊的时刻拿出我压箱底的手艺。

翌日下午，多云转阴。

我干完四灵教分配的活，就开始准备晚餐，先提前几个小时将豆子泡发，把泡好的豆子丢入榨汁机，榨成类似豆浆的东西，把豆渣滤掉。

然后，我将豆浆煮开，撇去上面的浮沫，等豆浆稍凉，我才开始点豆花，这是个细致活儿，要不断停下来观察，最后舀掉多余的水，轻轻盛入盆里待用。

花了不少时间，我才做出一锅的量，而今晚都是年轻人，我可不能小看他们的胃口。重复几次，我做出四五锅的量。

今晚我准备的不是豆花饭，而是豆花火锅，所以接下来还得准备底料。

四灵教的仓库内有火锅底料，但真空包装的底料没有灵魂，我以那个底料为底，又额外炒制了作料，在熬底的时候添加进去。

除了豆花和底料，晚上的重头戏是鲜鱼，刚从江里捞起来的鲜鱼被片成一指宽的鱼片在翻滚的红汤里走过一阵，会像初春的花瓣一样娇嫩，没有谁能抵御这样的美食。

到了晚上，我的豆花火锅大受好评。越是在动荡的环境中，人们对辛辣食物的接受度就越高。一个个口味清淡的江南人士对着辛辣的鱼片大快朵颐。

我和庄晓蝶、唐玄鸣坐在一起，透过锅面上翻滚的热气，庄晓蝶的双颊有些泛红，我下了一盘鱼片，才过一分多钟，鱼肉就熟了。我立刻把它们捞起来，夹到庄晓蝶碗里。

我这桌还有额外的福利，我用自己积攒的调料配制了辣椒油。

辣椒油内是干辣椒捣碎成的辣椒粉、花椒粉、姜和蒜末，还有一点点芝麻。无论是鱼片还是豆花再在里面"深造"一下就能拥有更多层次的口感，入口便火辣辣，直烫舌头，吞下去后，还能感到仿佛有个火球在顺着食道下滑，熨平心肺。

唐玄鸣站起身举杯，啤酒的泡沫在酒杯中荡漾，少许落入红汤内，溅起小小的水花。

"为了今日的欢聚，我们先干一杯。"唐玄鸣说道。

今天啤酒也有好几件，平均每个人也能分到三四瓶，够我们喝了。

随着几杯啤酒下肚，气氛越发活跃，有点像是末日前普通的好友聚会，我也不怕喝醉了，到了这个时候，人人都想肆意醉一场。

但唐玄鸣接下来的一段话，又毁了这假象。

"今晚，菜和酒是够的。"他说道，"虽然单调了点，只有一道菜一种酒，但也算得上丰盛了。在大家享受过之后，我总得要说些不好听的话，我们会聚集在一起就说明我们拥有同一个理念。朋友们，你们也许听说过我们不存在信仰，没有敬畏，但恰恰相反，我们才是最具有信仰的一群人，当某些国度用神来凝聚人心时，我们所信仰的就是自己的祖先。我们怀念那些曾经存在的人，歌颂他们的丰功伟绩。遇到事，我们绝不会跪下来对虚无的神哀求，而是效仿祖先，去解决事情，不需要所谓的天意，人可胜天，就像女娲补天、后羿射日。可在这里，我们被逼着要信什么四灵，你们见过吗？"

我们当然没有见过。

大家都摇头。

"光让我们信这些还不够，还让我们把自己的命运交出去，这是我们最不能容忍的。可能有人会嘀咕，我们到了这里确实安全了，确实没饿着。但这也建立在他们找了个好地方，可用的资源多的基础上。换作你们，如果有一个安全的地方、足够多的人手，你也能过得舒适，但这份舒适是假的。"唐玄鸣说道，"指不定什么时候，你就会成为奇怪的供品。我有两个朋友都是这样莫名其妙没的。他们没死在丧尸或疾病手上，却被人用下作的手法害死。这是我不能容忍的。就算都是死，死的意义和价值也全不一样，有的轻于鸿毛，有的重于泰山，我才不想为鬼扯的四灵而死。我希望这里成为一个正常的大家庭，彼此守望相助，以我们古老的信仰为信仰，凭借自己的能力在苍茫的末日中挣出一条活路。因此，我们将要做的事情是必要的。

"我不得不承认我们人少势寡，不光是明天的行动，还有后续事态的发展都存在危险，也许我们会死。或许像之前那样苟延残喘,我们还能活更久,如果说我心中没有一丝犹豫,那我就是个天杀的骗子,但我更明白奋力一搏的意义。我愿意凭自由意志为自己而死。"唐玄鸣又灌了一杯酒,"当然能活着是最好的。关于明天的行动,由于我们人手有限,所以每个人都很重要。我们按照计划进行,每个人都不能出纰漏。我们不可能百分百地防止意外,但我们必须尽可能做到最好。我希望我们能成功,等开庆功宴的时候,没有一张面孔缺席,而且我们的人数是现在的百倍!"

唐玄鸣完成了他的誓师。

他说得并不算好,但意思已经传达到了。况且我们每个人也都明白自己为何在这里。

我们又郑重地干了一杯。

酒过三巡,菜过五味,欢宴终归散场了。人三三两两地离去。

在酒精的作用下,我整个人就像是踩在云端,轻飘飘的,仿佛一阵风吹来,我会随着风摇动。庄晓蝶扶我到阳台吹风。

杭州的夜景越发乏味了,黑暗的区域越来越多。至少在夜晚,人类的影响已经快要绝迹了。而自然的月亮,宛如宝石一般镶嵌在夜空,给这座古老的城市一点光明。

被风一吹,我酒就醒了一大半,月光下的庄晓蝶美得就像一首诗凝固之后投下的影子。

我情不自禁地靠过去,吻了下去。然后我脑中一片混沌,我们彼此拥抱,像要使出所有力气将对方揉碎,放进自己体内。我们又像风车在狂风中旋转。没有外人在,我和庄晓蝶像两条小鱼游进了房间里,庄晓蝶将我抵在墙上,我紧紧地搂着她,前面有一张床,我俩倒在床上。我的吻如雨点般落满她全身,而她的嘴中是火锅的辛辣和啤酒的麦香。

庄晓蝶的手指仿佛炽热的铁条，点燃了我的身体，我觉得自己仿佛快要失去呼吸了。我贪婪地闻着她的味道，拨开她脸上的发丝，手慢慢往下。

她发出了低低的呻吟——

突然一切都晃动了起来，天旋地转。

"怎么回事？"庄晓蝶突然停下了动作。

我们所处的空间又摇晃了几下。

我迟疑道："难道是地震，在杭州？"

晃动在继续。

没错，是地震！

我迷失在情欲中的灵魂又回到了身上。

我用力抱住庄晓蝶，和她蜷缩在房间的角落。

屋上屋下传来各色的尖叫声。灯光在我们头顶闪烁。吊灯松动，掉落了下来，甚至有一片飞溅的碎片划伤了我裸露的脚踝，在慌乱之中，我竟然感觉不到任何痛楚。

地震很快就结束了。

我们还想继续，可中途被地震打断，感觉有些奇怪，回不到当初的状态，更何况，也有人在四处查看物品和人员的伤亡情况。

我和庄晓蝶花几秒钟简单整理衣服，就赶紧往外跑。我甚至没来得及穿上长裤。结果一出门迎面就碰到了熟人，就是之前被我们破坏好事的少年情侣。那个男孩子颇为玩味地看了我一眼。

但事情不是他想象的那样，我什么也没来得及做。

所有人都跑到了外面，但再无余震发生。地理上，浙江恰好避开了两大地震带，一九四九年以来，浙江是唯一没有发生过强震的省份，可能只是附近地震带上的某点发生了地震，我们被波及了。

我们也遇到了唐玄鸣。

"怎么样,你们没事吧?"他看到庄晓蝶红着脸、散乱着头发,"别担心,就是抖几下,杭州不可能有大地震的。"

他还以为庄晓蝶是被地震吓到了。

"不过真要地震了,光凭我们现在的条件确实只有死路一条。"唐玄鸣说道。

我懒得再听唐玄鸣说劳什子的地震。"别说了,我们去其他地方看看吧。"我推着唐玄鸣道。

大约半个小时后,大家陆陆续续回到楼内。

这场地震看似来势汹汹,可最后并没造成太多伤害,包括我们的布置都完好无损,除了被震落的各种瓶瓶罐罐。我可能是受灾最严重的一个,不仅仅是因为我脚踝上的伤,还有我的精神和爱情……

翌日,我们按计划展开了行动。

由于受到地震影响,大量的搜寻组都被派出去了,四灵教内青壮年相对较少。而且天气不佳,阴沉沉的,外面的雾到八点半都还没有散去,仿佛上天也在支持我们。

我们的计划很简单,制造一些意外,将四灵教各个地方的人隔离开来。最重要的是让郑宏颖落单,他不过是个老人,没了虔诚的信徒,他就翻不起什么风浪了。

先是起火,火不能太大,不能毁掉这个地方,但也不能太小,那样无法吓住无关人等,让他们离开。

四灵教所在的酒店有几条疏散通道,我们采用的是围三缺一的策略,只留下一条通道没有放火,其他各处都布置了火点。

这起火点也只是虚张声势,火小烟大。我们设了铁桶,在桶内点火，上面又放了点新鲜树枝和塑料制品，能产生大量的浓烟。

起火后，教内产生了短暂的骚乱，然后，我们的人就出动了，有意识地引导大家避难。处于低层的，我们便让他们暂时出去，靠近避难层的就先往避难层走，当然也有直接往楼下跑的，还有些人前去查看起火点。总之混乱是产生了，等他们搞清楚这是怎么回事，我们已经抓住郑宏颖，可挟天子以令诸侯了。

因为庄晓蝶的关系，我对郑宏颖怀有明显的敌意，而郑宏颖很有可能也察觉了这份敌意，所以引诱郑宏颖的工作交到了唐玄鸣手上。

整件事的经过，是他们事后透露给我的。据他们所说，唐玄鸣先带一人，急急忙忙闯入郑宏颖办公室，告诉郑宏颖外面已经起火，要郑宏颖立马前去避难。

当时，楼内空气中确实已经有了烟火味，透过高层的窗户望出去，也可以看到浓烟。

但警觉的郑宏颖还是问了一句："为什么消防灭火系统没有启动？"

唐玄鸣回答，可能是昨晚的地震把它震坏了。他又说，火势不明，为了安全，郑宏颖一定要随他去避难，需要立马去避难层。

郑宏颖边上的一个秘书突然开口："就算坏了，也多半是误触发，而不是不触发。"

这个秘书的话打了唐玄鸣一个措手不及。

唐玄鸣连忙催促，让郑宏颖下楼。

结果，秘书又说了一句："教主，这当中一定有蹊跷。"

唐玄鸣又催促道，这么大的烟，还能是假的吗，再不下去避难，等火变大可就晚了。

他装出不管郑宏颖的模样，想要离开，竟然也逼得郑宏颖失去了理智的判断，准备和他一起离开。郑宏颖的秘书当然也和他一起离开。火灾时，他们没考虑电梯，直接往楼梯跑，但秘书和郑宏颖还在嘀咕。

其间，郑宏颖探出窗户，往外看了看，察觉到有多个起火点后，他不经意地皱了皱眉。

他低声对他的秘书说，看来真的有问题，这是假起火。

如果真的意外失火，怎么可能会同时出现这么多的起火点，只可能是人为纵火，而目标很有可能就是他。

郑宏颖打定了主意，既然是假起火，那他就将计就计下楼避难，一旦和教徒会合，他就没有什么怕的了。

可他的秘书摇了摇头，告诉郑宏颖，这有个悖论，如果有人要害他，就不可能把他引到人多的地方。

避难层和起火点下的楼层都比较安全，势必会有人聚集，那些地方不是动手的好地方，但郑宏颖很有可能根本到不了，从郑宏颖的办公室下去后不是直接就能到避难层。在中间的楼层，郑宏颖就可能被挟持。

秘书又对郑宏颖说道，等他到了楼上，藏起一段时间，机警之人很快就能发现他不见了。郑宏颖是教主，教徒必定结伴来找他，只要人一多，没人再能对他不利。郑宏颖想了想确实是这个道理，于是趁唐玄鸣不注意，又往楼上跑去了。

唐玄鸣只能带着人在后面紧追不舍，一直把郑宏颖驱赶到了天台上，在生死面前，郑宏颖也早就失去了仙风道骨，沦为一个喘着粗气的糟老头。

浩荡的风如野兽般在广阔的天台上驰骋，日头斜挂在天际，有几个农业组的人埋头干活，没有发觉下面的骚乱。他们吃惊地看着郑宏颖被赶上来。

不过郑宏颖更加吃惊，因为我举着枪，抓住了他。

我和庄晓蝶已经埋伏在这很久了。

"你已经无路可逃了。"我这样对他说道。

"所以陷阱不在下面，而是在上面吗？"郑宏颖问道。他看着自己的秘书，觉得受到了欺骗。

"你没有想到你身边之人也会背叛你吧？"我对郑宏颖说道，"你也该尝尝被背叛的滋味了。"

"这我确实没有想到，你做我秘书这么久，我有亏待过你吗？"郑宏颖问他。

如果我们直接借起火之名让郑宏颖前往天台，郑宏颖必定会怀疑，现在让他自己避开人群逃到天台，这是最佳的结果，省去了不少的麻烦。

那个秘书很自然地说道："你没有亏待过我，但有些东西事关自由，这不是亏不亏待能解决的。"

郑宏颖沉思片刻，指着他说道："你们应该自豪，无论在什么时候，就是这些不识时务的家伙彰显了人类的骨气。"

"听你的语气，"我对郑宏颖说道，"你也觉得自己是反派？"

"不，不。"郑宏颖说道，"我随口感慨，毕竟为虚假的信仰而死，更显悲壮。"

"你要明白现在的局势对你不利。"唐玄鸣说道，"难道你还能指望天台上这几个农夫吗？"

为了证明唐玄鸣的话，我举起射钉枪，威胁似的往地上开了一枪，随着砰的一声，一枚钉子钉入了楼顶保温层。

"听我说，你们不乱动就不会有危险。"我威胁道，"杀伤力虽然不大,但万一发炎或者得了破伤风可不能怪我!"

在缺少医疗物资的今天,一些不起眼的小伤小病也可能导致死亡。

侍弄农作物的这帮家伙没有什么胆子,他们老老实实地举起了双手,然后被捆了起来。

我们特意留下他们作为第三方的见证者。

不过为了防止他们打断我们对郑宏颖的审判,他们的嘴都被塞了起来。

"快坦白吧,现在你还能干些什么?"唐玄鸣说道。

郑宏颖说道:"这句话应该我问你们,你们煞费苦心把我弄到这里,总不会是仅仅因为信仰冲突吧?说实话,我从来没有说过只有四灵教的教徒可以待在这里,也没有威胁你们如果不信教将来会堕入地狱不得解脱。是你们为了获得认同,想要享受更多权利,才融入这里的。既然享受了权利,就不得不承担义务。"

"可这义务不包括被你杀害。"我开口道,"你毕竟是一教之长,我们还是先礼后兵,你认罪吗?"

郑宏颖淡然一笑,仿佛听到了一句不好笑的笑话。"我甚至不知道你在说什么。"

"你对得起那些被献祭的无辜者吗?"我说道,"你的祭坛看起来确实神秘,祭品进入密室然后离奇死亡化作丧尸,但只要多读几本推理小说就会明白这不过是寻常的密室杀人。外面有人监视,根本没有人进去,由此造成了密室效果。解决方法多种多样。我还记得我见证的第一次献祭仪式。"

郑宏颖说道:"我记得那次的祭品是个年轻的小伙子,他被四灵带走了。"

"他是被你害死了。"我说道,"事后,我检查过现场,没有暗道也没有机关。"

"本就是四灵拘魂，怎么可能留下痕迹？我们只是凡人，无法看透神迹。"

我没有理会郑宏颖的胡言乱语，自顾自地说了下去："一开始我陷入了一个误区，总以为密室杀人一定要有凶手进去过，但就像内出血密室或者一些延时密室一样，凶手根本不需要进去。我还记得祭品小伙说过，只要睡几觉就能熬过仪式。但人的睡眠难以控制，尤其被关在箱子里，精神高度紧张，其实很难睡着。我可以大胆推测，也许他想要用药物来帮助自己，在他觉得难熬的时候吃下几片安眠药。从他吃火锅的情绪来看，他很可能会接受这种方式。如果一个他信任的人给他一些安眠药，他一定会接受的。仪式前的搜身并不严格，几片药而已，他大可以藏在自己的股沟里。"

"股沟？"

"就是屁股缝里。"

"听起来真脏。"

"用塑料纸包起来就好了。"我继续说道，"祭品被绑得也不是很紧，在箱子里有一定的活动空间。他可以吃药。也许他是仪式前吞下了药丸，然后在里面毒发而死，要知道药品有起效时间，肠溶的就比胃溶的起效慢，凶手选用起效慢的毒药就可以了。这其实是密室最平庸的解答之一——死者自杀或者死者依凶手的计划自寻死路。不过平庸的做法也有好处，它能奏效，而且变数少。"

郑宏颖皱了皱眉头，满不在乎地说道："那么证据呢？说到底，这不过是你的想象，就算他真的是这样死的，那也不能说我就是凶手吧，也许是他的仇人算计他呢？"

"谁会这么缺心眼,敢吃仇人送来的药。而你才有杀害祭品的动机,因为你需要神迹。"我说道,"就算不是你,也是你的利益相关者。"

"不是只有我,"郑宏颖笑道,"你认识他,了解他吗?没有一个人是独立于世的,在各色利益纠葛下,总有人会讨厌他,也许他占了一个好职位,被分配了一个好房间惹人忌恨。"

郑宏颖又说道:"你不觉得在杭州用莫须有这个罪名很讽刺吗?欲加之罪何患无辞。如果你用这样的理由对付我是不可能服众的。"

我冷笑了一声。"这不过是开胃小菜,后面还有。比如何莫的死,我一直都不认为何莫死于意外。"

提起何莫,我的胸口就发闷。

"后来,我们也确信何莫是被谋杀的。而且谋杀方式很巧妙,我们都没留意到。"

"这是一个只有在杭州才能完成的诡计。"我指着郑宏颖的鼻子说道,"你利用了钱江大潮!以盛景杀人,你可真无耻。"

郑宏颖说道:"钱江潮不过是自然现象。同样的现象亚马孙河也有吧。我怎么可能用它来杀人。"

"其他地方确实有潮汐,但没有大潮。亚马孙河涨潮没有钱江潮那么激烈。"我说道。

钱塘江注入东海,在它入海口的海潮即为钱江潮。海潮到来前,远处先呈现出一个细小的白点,转眼间变成了一缕银线,并伴随着一阵阵闷雷般的潮声,白线翻滚而至,几乎不给人们反应的时间,汹涌澎湃的潮水已呼啸而来,潮峰最高可达五米。

这种声势是多种因素累积而成的,首先,跟钱塘江口状似喇叭形有关,潮水易进难退,杭州湾外口宽达一百公里,到外十二工段仅宽几公里，江口东段河床又突然上升，滩高水浅，当大量潮水从钱塘江口涌进来时，由于江面迅速缩小，潮水来不及均匀上升，就只好后浪推前浪，层层相叠。其次，江下多沉沙，这些沉沙对潮流起阻挡和摩擦作用，使潮水前坡变陡，速度减缓，从而形成后浪赶前浪，一浪叠一浪涌。最后沿海一带常刮东南风，风向与潮水方向大体一致，一定程度上助长了潮势。

"何莫确实是溺死。"我说道，"他死时也没有人在他身边动手。某种程度上，可以说何莫是'自杀'的。钱江潮是潮汐，那么就有时间规律。你只要让何莫记错日期就可以了，比如明明是二十号，他以为是二十一号，那么潮水就会比他预想的来得早。"

钱江潮每日两潮，间隔约十二小时，每天来潮往后推迟约四十五分钟，成规律地半月循环一周。潮头最高达五米，潮差可达九米。

"根据潮水的规律。日期越早潮水来得越早。何莫以为自己是安全的，照样待在河滩上，结果大潮来了。"我说道，"我们还特意提醒过何莫要小心大潮。他还定了闹钟，如果不是你们从中作梗，他绝不会出事。"

"就算他记错了时间，那么这与我有什么关系？"郑宏颖一脸无辜地说道。

"何莫会记错时间都是被外界误导了。无论是上班族还是学生，只要长时间放假，都会记不住具体的日期。我敢打赌在这里大部分人也没有再关心日期。凶手只要偷偷拿到何莫的手机调整时间就行了，现在网络已经失效，手机无法校准时间。然后再用特定的事件进一步误导何莫，比如一场看似温馨的生日会。"

"谁的生日会？"郑宏颖问道。

"小志的。"唐玄鸣插嘴道，"可惜小志已经死了，如果他还活着，我们就可以和他对质。"

今天是九月二十六日，星期四——小志约我们在半个月后参加他的生日会。半个月后就是十月十一日，星期五。

一晃四天就过去了。

郑宏颖下令四灵教庆祝三天，我们忙了三天。

忙完后的第四天，

翌日，何莫和小志也捕鱼回来了。

足足过了两天。

4+3+4+1+2=14 天。

小志提醒何莫今天是周三的时候，其实是周四。

有了这一日的偏差，何莫就把小志十月十一日的生日，记成了十月十二日。

这一天的差距就导致了何莫的死亡，他以为潮水将在四十五分钟后才到，于是优哉游哉地待在水里，当潮水到来，他已经来不及避难了。

何莫的死对应着水元素的符号。

"那么这事和小志有关，同我又有什么关系？我想也只有你们的朋友才能拿到你们的手机吧。"郑宏颖道，"我也认识小志。他是我的信徒，这没错。但我也背不起这份罪。上一个敢于背负信徒，乃至于全人类罪孽的人叫作耶稣。他能复活，可我不行。所以这还是莫须有。"

"你有什么资格把自己和岳爷相提并论？！"我见他一直在推脱责任，一时气急，举起拳头，冲到郑宏颖面前，冲着他的眼睛就是狠狠一拳。

"不要这样，"唐玄鸣对我说道，"不然不能服众。"

"对不起，是我没忍住，是我太冲动了。"

这句话，我是对唐玄鸣说的，之前我们已经约定不会做出过激行为，但真的面对郑宏颖时，我还是太容易激动了。

"我承认这两个案子不能指向你。"我说道，"不过你还犯了其他案子。我说点更直接的吧。蒙和平死在仪式之中。凶手利用建筑上的避难层，让众人弄错了实际的楼层，悄悄打了暗道。每次仪式的地点都是你一个人决定的吧。"

郑宏颖保持了沉默。

"你不说话我就当你是默认了。"我对郑宏颖说道，"楼板上的洞只可能是事先打好的。如果有人临时砸穿楼板，那声音太大，一定会被人发现。"

趁着郑宏颖找不到借口反驳的当口，我又抛出了另一个事实："同样许大禹也死在了你的奸计之下。我曾经误会过许大禹，因为他在一个不合时宜的节点上告诉了我王子诺和我女友的关系，但我后来意识到他只是情商有些低，或者他也喜欢庄晓蝶，想要趁机解决掉一个情敌。他那个时候想和我道歉，就是因为这件事。"

庄晓蝶有些脸红："你给我说正事！"

"和蒙和平的仪式地点一样，许大禹的地点也是你定的，而且它也有特殊之处。举办许大禹仪式的房间和董婆婆的房间其实是一个套间。这绝对不是巧合！顺着这点，我继续深入就得到了真相。"

"所以是什么样的真相呢？"郑宏颖好像已经平复了心情，淡淡地问道。

"为了解决许大禹的案子，首先我们要解决董婆婆的案子。"

"她不是自杀吗？"郑宏颖反驳道。

我又重复了之前唐玄鸣和我的发现，墙壁上的痕迹和专门用来拆包裹剪胶带的黑剪刀。

"从验尸的结果来看,董婆婆确实是死于一氧化碳中毒,一氧化碳的来源是密闭空间内的炭火。而将谋杀案伪装成自杀案,只需要将董婆婆弄晕,放置在房内,然后用胶带从里面封上缝隙即可。"

"可用胶带封住缝隙后不留痕迹地再出去,是不可能的,现场可是完全的密室。"

"不对,世界上存在从外贴紧胶带的手法。"我说道,"关于胶带密室,最著名的莫过于劳森和卡尔的那次打赌,卡尔写出了《爬虫类馆杀人事件》,里面的手法就很有启发性。在门后贴好胶带,关上门,用吸尘器在门外透过门缝用力吸。尽管根据实验,单纯用吸尘器,胶带根本就贴不上。但我们可以强化这个方案。这就需要用到初中物理了。取两张白纸平行而放,往中间吹气,纸不会被吹开,反而会贴近。因为流速越大气压越小,朝中间吹风,增加了空气的流速,导致中间压力小两侧压力大,两张纸自然就贴近了。我们可以通过这个原理制造一个负压场。董婆婆的屋子,门内贴了胶带没有贴紧,就在外面再用胶带封上,使得门缝成为相对独立的空间,这样一来,你再往缝隙内吸气,就会造成内部气压低外部气压高的情况,大气压会帮凶手贴实了胶带。然后,凶手再撤走外面的胶带。所以外面才会留下缺个小口的痕迹。"[1]

"这个诡计最大的败笔就在于你在外面贴了胶带,结果没清理掉胶带的痕迹。"我继续说道,"这也是许大禹案子的突破点。是什么让你忽视败笔还要将董婆婆的房间布置成胶带密室?你是

---

[1]参见第一百七十八页图九。

为了掩盖上一场命案的痕迹。因为在许大禹的案子中，凶手也使用了胶带，揭去胶带后，在墙面留下了痕迹。这种痕迹很难完全清理干净。"

从董婆婆门外的痕迹上看，我们甚至可以断定郑宏颖没有快速消去胶带残留的手段。

我记得有个窍门，用电吹风吹热不干胶后用橡皮慢慢擦就能把痕迹擦掉，或者用白醋擦拭，也能除掉痕迹。

生活中一些小窍门有时将改变一个人的人生。

"那么上场命案为什么要用到胶带呢？"我接着说道，"解决了这个问题，整个案子也就解决了。对胶带密室，蒙和平曾提到过毒气。他的这个猜测启发了我。不过毒气不是注入董婆婆的房间，而是注入其他房间。董婆婆用胶带封住自己门窗的缝隙，只是怕剧毒的毒气会泄漏到外面，引起别人的注意。部分胶带痕迹上已经沾了灰尘，这上面的灰尘就是因为之前贴过胶带而留有黏性物质，时间一长灰尘就落到上面了，如果是新鲜的痕迹，一般来说，是不会有灰尘的。"

"关于胶带痕迹的部分，你说得有些道理。"郑宏颖再度反驳道，"但许大禹的房间和董婆婆的房间隔了一堵墙，毒气是怎么输送的？难道你发现墙上有洞吗？"

"确实有洞。"我斩钉截铁地回应道，"首先这两个房间是一个套间，可能墙是后期才加的，上面确实没有洞。但由于它们是一个套间，所以它们的固定电话共用一个号码，用术语来说，这两台电话就是同线电话。"

"什么是同线电话？"

"共用一对传输线的多部电话就是同线电话。"

幸好，我是工程师，不然我也想不到这一点。

"两个房间有一条管路是相通的。室内布线一般用的是JDG20管,也就是钢管,用来输送毒气再好不过了。火是剧烈的化学变化,所以你拿火来影射这个案子的手法了。"

"可我哪来的剧毒气体?"

"是粮仓。"我回答说,"粮仓的熏蒸剂。为了防鼠防虫,一般粮仓会使用磷化铝或者磷化锌作为熏蒸剂来灭害,这两种化学物质在吸收空气中的水分后,会发生化学反应释放出有毒气体磷化氢,人体吸收后,会导致休克、昏迷甚至死亡。在现实生活中也有类似的案例,一户人家住在私营粮仓隔壁,熏蒸剂顺着墙壁的破损进入屋内,造成了意外。"

唐玄鸣也补充道:"我们也去调查了粮仓的收获,结果发现熏蒸剂少了,有一部分已经被换成无毒的盐了。"

我说道:"你利用你对董婆婆的影响力,让她犯下了这个案子,然后你再杀她灭口,甚至还编造出神秘火球这样的谎言。你用了相对复杂的手法,结果就留下了这么多破绽。"

郑宏颖苦笑一声。"连丧尸横行的世界都会有,那为什么会没有杀人的大火球呢。"

我向前逼近了几步,郑宏颖感受到了我身上的杀气,往后退了几步。

"还有王子诺的案子呢。"庄晓蝶恶狠狠地瞪着郑宏颖说道。

"王子诺的案子?人都走散了,那就是个无头悬案。现在再提又有什么意义?"

"只有凶手才不愿提起一个发生在不久前的杀人案。"庄晓蝶说道。

我接过庄晓蝶的话头,再度阐述了相关推理,从郑宏颖拿到抗凝血剂到弄伤自己,然后用鲜血使得王子诺的尸体自己回到房间内，形成密室。

郑宏颖的脸色变了几变，虽然很细微，但我还是察觉到了。

我知道我所推理出的结果大抵上就是真相了。

但是郑宏颖听后陷入了沉默。

看着郑宏颖这一副不合作的样子，庄晓蝶有些生气。我也一样，看着这个杀害了我多位好友的恶魔，我再次感到自己的无力，面对这种情况，除了诉诸武力，仿佛没有别的办法了。

唐玄鸣开口了："本来我们不想走到这一步。说实话，想让你开口其实很容易，用盆水就可以了。拉出去枪毙五分钟或者火烤十分钟是不实际的，因为这两者都会造成无法逆转的伤害，而且很容易杀死你。但让人体验十分钟的溺死则不难。你想象一下，你被按在水里，不断挣扎，但无论如何都挣脱不了。我会短暂地放你换气，有限的氧气只能维持你的生命，你会脱力，大小便失禁，失去最后的体面。肺里就像有烧红的铁在里面搅动一样，很痛苦，但这份痛苦只会加剧不会得到缓解，你真的可以体验十分钟或者更久的死亡。"

这时，郑宏颖才变了神色："我们应该保持文雅，你们抨击我是个邪教徒，但现在看来，你们比我更像。"

唐玄鸣摇头道："没有谁希望自己变得像敌人一样下作。在我看来，没有什么行为比杀戮更可恶。你看我们没有直接杀了你，而是给了你说出真相的机会，这不是更文雅吗？"

"看起来你们已经下定决心了。"郑宏颖突然笑了起来。

这个老人是被吓傻了吗？为什么发笑？

"我只能承认你们提到的那些人，他们的死确实与我有关。"郑宏颖坦白道。

"那么我还有一些问题想要问你。"我说道。

"就算你不问我,我也有些事要告诉你们,毕竟你们也算达到了觉醒。"郑宏颖回答道。

"你为什么一定要杀人,虽然我在自己的推理中给你找了动机,但……"

"和杀人这样的重罪相比,那些动机没有说服力吧。"郑宏颖说道,"我杀了王子诺,原来那个安全的组织消失了,我没得到任何好处。"

"你还杀了这么多信徒,有必要用这样极端的方式来稳固自己的地位吗?"我说道,"我曾经以为你是个疯子,但在沟通中,我发现你疯得并不厉害。还有你为什么每次都用不同手法,为了加大我们破解的难度吗?"

"我可以先回答后一个问题。"郑宏颖说道,"如果每次都用一样的手法,那未免太无聊了。无论如何,我觉得每个生命的离场都需要一点点心思,顺便为我找点乐子。"

"你个变态。"

庄晓蝶忍不住啐了郑宏颖一口。

"这不是你的一场游戏。"唐玄鸣说道。

"很遗憾,对我们每个人来说,这都是一场游戏。"郑宏颖说道,"我很高兴你们能自己提出游戏这个概念。我正是为了帮助你们逃离这场游戏,才犯下那些罪行。世界为囹圄,所有人都该奋力奔跑。我是为了让他们逃离这里,也是为了你们。"

风起之处当保持沉默

我一听说"逃亡"这个词
血液就加快奔流,
一个突然的期望,
一个想飞的冲动。

我从未听说敞开的监狱
被战士们攻陷,
但我幼稚的用力拖我的围栏——
只不过再失败。

——艾米莉·狄金森《逃亡》

"你在说什么鬼话?"唐玄鸣皱眉道。

"真相总是让人难以接受。"郑宏颖说道,"我是在说这个世界都是一场游戏,而你们都是玩家,这不是比喻,而是事实。你们被陷在这里,我做的一切都是为了让你们能从游戏中逃离,众所周知,从梦中醒来最便捷的方法就是死亡。"

"你疯了。"庄晓蝶说道,"我们不会因为你装疯卖傻就放过你的。"

"我就像是个老母亲,费尽心力地为你们好,你们非但不领情,反而以为我是疯子。"

我也不禁反问道:"难道你不是个疯子吗?"

"我之前确实表现得像个疯子。"郑宏颖说道,"我的真实身份其实是游戏公司的一位危机处理专员。长话短说,各位都是这款末日求生类游戏的玩家,游戏采用的是脑端3.0技术呈现浸入式体验。进入游戏后,你们本身具有的知识都遭到了一定程度的压制——简单来说,就是你们的'灵魂'直接进入了这个游戏世界,但游戏在运行过程中出现了意外,所有人无法登出,记忆也不能恢复。如果公司直接关闭游戏,可能会导致数据丢失,还在游戏中的人可能会失忆或者烧坏大脑,所以必须让玩家从玩家端退出。"

我顺着郑宏颖的疯话说道:"所以你是在帮我们回到现实世界吗?"

"是的。我知道你们根本不相信我。"郑宏颖苦笑了几声,"要是我在街上走着,突然过来一个人对我说,这个世界是假的,只有去死才能回到现实世界,我也不会相信他。我的同事想了个办法,自古以来只有狂热的信仰才能让人去死。于是我找到了郑宏颖,原本郑宏颖在游戏中就是个小 boss,我附身在郑宏颖身上,根据剧情建立四灵教。这个办法果然起效了,我送走了很多玩家。"

论演技,郑宏颖都可以得个影帝了。

不,也不能这样说,干他们这行的演技本来就该好,至少要比大部分演员好。

演员要是失败了,只要再演一遍就好,郑宏颖要是失败了,轻则一顿毒打,重则暴尸野外,毕竟他还做黑帮的工作。总而言之,世界欠他一个影帝,这样一想,陪跑多年的莱昂纳多·迪卡普里奥又算什么。

"我知道你们还没相信我。"郑宏颖说道。

何止我们不相信。郑宏颖的信徒们都一副看疯子的样子,如果我们解开他们身上的绳子,他们第一反应应该不是逃跑,而是捉住郑宏颖问清"游戏"的真假。

"如果真如你所说,你在游戏中应该拥有什么特权吧,最好给我们展示一下。"唐玄鸣说道。

郑宏颖面露难色。"这恐怕不行……"

"作为 GM[①] 的话,你应该拥有特殊的能力吧?"我也说道。

"强大的号召力算不算一种?"

"你觉得我们会相信吗?"庄晓蝶摇头道。

郑宏颖再次摇头:"很可惜,我作为 GM 并无特殊之处。这个游戏为了营造真实感,杜绝外挂,对人类的能力做了限制。所

[①] GAME MANAGER 的缩写,指游戏管理员。

以超人类并不存在。"

唐玄鸣无奈地说："那你要我们怎么相信你？"

庄晓蝶说道："我知道一种叫作楚门综合征的疾病。"

好莱坞电影《楚门的世界》中，主人公楚门·伯班克一直过着快乐而平静的生活。有一天，他突然发现朋友和家人都是职业演员，他所生活的海边小镇实际上是一座巨大的摄影棚，他的全部生活都在电视上播出。

"患病者觉得自己的生活就是一场真人秀或者游戏，认为自己生活在一个经过布景的世界，周围所有东西，包括新闻、精神病医生以及医生开的药方都是假的。这是精神分裂症的一种。"

如果他真疯了，那郑宏颖的病状倒是符合楚门综合征。

郑宏颖说道："这样吧，我可以列举一些这个世界的特殊之处，从侧面证明这个世界并不真实，而是游戏，比如你。"

郑宏颖指着我的鼻尖说道："你就是特殊之处。在这么多人当中只有你能做出豆芽菜，难道你就不觉得奇怪吗？就算其他人重复你的每个步骤，也一定会失败。那是因为他们没有相关的技能。而你在游戏一开始就用有限的天赋点点了两个技能，烹饪和种植。而豆芽菜正是需要这两个技能才能培育的东西。"

"按你的说法，其他人永远都学不会泡发豆芽菜了吗？"我问道。

"不，游戏中有设定，通过锻炼，可以获得技能，视技能难度而定，多试几次或者多练一段时间就可以了。不过因为测试服开服没多久就出现了事故，所以现在能培植豆芽菜的人还是只有你一个。"

"如果这个工作中途被人接手呢？"

"如果需要五天，你完成了其中三天的工作量，那最后的成功率就是百分之六十。"

我面上没有反应,但心中一紧,这确实和现实相符。不过我又想到郑宏颖身为四灵教的教主,我在厨房里的那些事必定瞒不住他。在知道结果的前提下,编造一个合乎逻辑的解释并不难。

"关于天赋点,我可什么印象都没有。"我又质疑道,"如果一个人的天赋是可以选择的,那我应该有选择天赋的记忆。"

"玩家在登录选择角色时选择天赋点,等进入游戏,原先的记忆就会被游戏中设置的记忆覆盖,原先的记忆可能会以梦境的方式在脑海中浮现,但一般时候并不会出现。"

"你的意思是说我们的记忆都是伪造的?"

这个说法也太可笑了吧。

"不能说是伪造的,但半真半假。"郑宏颖说道,"每段记忆都有上千个模块可选择。尽管每个人都有,但你不得不承认每个人的履历其实是相似的,出生后被外公外婆或者父母照顾,上幼儿园、小学、中学……再往里面填充一些专属于个人的记忆,那整个记忆就能以假乱真。当然,这些记忆都是你们亲手创作的,所以才能欺骗你们自己。"

"我们为什么要骗自己?"郑宏颖的秘书问道。

"为了乐子吧,也可能是为了逃避。"郑宏颖说道,"就算在现实世界中,人也要不断骗自己。你们会觉得自己在这里受到了非人的待遇,但出去后可能会为此感到有趣。"

我问了另一个问题:"科技怎么可能发达到这种地步?"

"如果科技真的那么发达,为什么我们不会对现在的生活产生疑问?你也说了一些记忆还是属于我们的,科技应该体现在生活的方方面面,我们应该能察觉到一些异常吧?"庄晓蝶说道。

"这是两个问题了。科技的进步远比你们想象得快。无论是使用核能,还是登上月球,在以前都是无法想象的,在'未来'伪造记忆又有什么难的呢?另外,科技改变人生活的过程也远比你们想象得慢。这个时代是特殊的,无论理论还是投入使用都处于一个暴发式增长的时间段,人类回过头来看这段时间也只能感叹其不可思议。其实对过去的生活,就算你们没有经历过,通过过去的影像资料,你们也会有所了解。你们不知道唐宋人的生活,但看过那么多历史剧,也有个大概的印象。而且,随着科技的发展,人的生活方式达到一定程度后就不会再发生大的改变,不过是早晚通勤上下班,地铁、共享单车、私家车这些交通工具升级换代而已,订餐订票,到后来也不过是配置了个人 AI,把一些操作便捷化,所以不会感到不合理。"

唐玄鸣道:"再多说一些现实世界中的事吧,说不定能唤醒一些我们的记忆。"

"我刚才已经说过了人类的生活并无太多变化,不过是交通更加便捷,医疗更加完善。平均寿命也达到了一百二十左右。活得太久没有意义。一般人无论多么养尊处优,一到五十,也渐渐气力不济了,七八十岁就是真正的老人了。"

"听起来很痛苦。"唐玄鸣道。

"是的,老龄化是所有地区都会进入的陷阱。我觉得有个神话故事中划分人的寿命很准确。人一生七十年。在头三十年里,他过的是本来就属于自己的时光。然后是驴的十八年,狗的十二年,最后是猴的十年。一百二十多年就更惨了。"

"那房价呢,还这么贵吗?"唐玄鸣又问道。

"土地是不可再生资源,加上国人的观念。房价怎么可能掉下去。三四线小城市倒还好,涨无可涨。杭州这种城市房价只会越来越高,人太多了。"

"那拆迁呢?"

"和游戏中设置的并无太大区别。大部分人辛苦一生都比不上一次拆迁。城市需要更新换代,它不可能把自己的区域无限放大,因此只能不断整改旧区。"

"人登陆火星了吗?"我问道。

"登陆了,甚至还建了科研站。"郑宏颖回答道。

唐玄鸣露出苦笑。"人类都踏上火星了,结果都没解决住房问题。"

"获利的永远都是那些手握生产资料的人。原来没有房子就不要期望将来能轻轻松松得到房子。这只怪兽非要吸干你三代的自由。"

"三代?"

"你的贷款还不完的话,可以让儿子继续还。"郑宏颖道,"也是够魔幻了,这样想来,我还不如待在这个世界呢,至少这个世界没有房贷。"

我发现郑宏颖整个精神状态都不同了。

"不用这样看着我。"郑宏颖注意到了我的目光,"我也不过是个普通的中年人,发点牢骚很正常。"

"那你之前装神棍装得可真像,演技实在是太好了。"庄晓蝶讽刺道。

"这和演技无关。有不同的性格模式,我只要切换模式就好了。"

"好了,闲话就先说到这里。你还有什么证据?"庄晓蝶道。

"我可以分享一个彩蛋。《丧尸观察报告》中藏了一个密码,除了后面的附录,它的排版古怪是为了隐藏传达信息,三个部分的分段是一致的。加上作者在最后提到超过五十为长,所以我们能把文字转化为一串符号。这些短长符号就是摩斯密码。摩斯密码不是多么复杂的东西，二十六个字母对应着不同的电码符号。"

表五 电码符号与字母对应表

字母	电码符号	字母	电码符号	字母	电码符号	字母	电码符号
A	·—	B	—···	C	—·—·	D	—··
E	·	F	··—·	G	——·	H	····
I	··	J	·———	K	—·—	L	·—··
M	——	N	—·	O	———	P	·——·
Q	——·—	R	·—·	S	···	T	—
U	··—	V	···—	W	·——	X	—··—
Y	—·——	Z	——··				

郑宏颖继续说道："作者只在藏信息时花了点心思，而没有对信息加密，所以直接就可以得到答案。"

"·—————·—··—···—·—···—···—··—··"

由于没有分隔符号，这段码可以有多种解读，但有意义的只有一种。

"·——/———/·—/··/—·/··/···/····/··—/··"

翻译过来的话就是"woainihui"。

这是拼音，我爱你hui，由于中文中同音字比较多，最后一个字，我一直没确定。

但毫无疑问这是告白，这个hui对作者来说是很重要的人。

"我也发现了。有心人不难发现这个密码，毕竟它的难度不高。所以不能作为证据。"我问道，"这是一句爱的告白。我想知道它背后有什么故事吗？"

"有两个。你觉得《丧尸观察报告》的作者是什么人？在游戏设定中他不过是个报社记者，与科研根本没有关系。在病毒暴发时，他深爱的妻子病逝。为了纪念妻子，他想到了一个极端的方法，那就是写出一篇可靠的末日求生指南，然后把自己的告白藏在指南里，传播到世界各地。"郑宏颖说道，"游戏也可能通过这种方式给玩家灌输基础的设定。"

"另一个呢？"我问道。

"你不知道我们为了这个项目付出了多少心血，我们制作的是一个世界而不是单纯的一个游戏。在测试阶段，我们甚至演算了整个世界的发展，一个小小的bug还差点儿毁掉它。要是没有运行时的事故，我们就成功了。"郑宏颖惋惜地说道，"在我们为这个项目奋斗的时候，忽略了自己的家人。《丧尸观察报告》是一位内容制作师做的，他为了挽回自己的爱情，特意编了这个故事，其实那句告白也是他对妻子的告白。不过，我可以告诉你他的结局，最后他失去了自己的妻子。"

"为什么？"我问。

"因为一千万句甜言蜜语也敌不过片刻的陪伴。"郑宏颖说道，"他的浪漫价值有限。不过谁又能把浪漫当饭吃呢？再说爱的保质期也不过三个月而已。"

"你为什么这么虚无？"庄晓蝶道。

"你要是看着这么多人在虚拟世界中醉生梦死，你也会像我一样虚无。其实游戏就是让人去感悟真实。人的美好品质就像夜空中的星星一样，可星星美丽是因为夜空是黑底的，正如人性一样。"

"够了，你还有其他什么证据吗？"唐玄鸣说道。

"我还有一点。"郑宏颖露出了坏笑，"病毒暴发后，大家的欲望是不是减弱了不少，这和病毒的作用无关……"

"多少家庭妻离子散，幸存下来的人几乎没有闲心谈恋爱，没有性生活又能说明什么？"唐玄鸣皱着眉头说道。

郑宏颖摇头道："不光是这一点。游戏是非限制级的，所以不含有色情元素。一方面游戏会压制你那方面的欲望，另一方面哪怕你箭在弦上，游戏也会想尽办法坏你好事，比如调附近的丧尸去敲你卧室的窗，或者突然断电刮风下大雨，甚至是地震。不然杭州怎么会发生地震呢，肯定有两只小虫子动了情。"

我看到庄晓蝶的脸染上了一丝红晕，我的脸颊也有些发热。

"说了这么多还是没有确凿的证据。"我说道。

"等等。"庄晓蝶像是想到了什么，"按你的说法，那岂不是男女一亲热，杭州就会地震？只要我们找足够多的男女亲热就能引发多次地震，证明你说的话？"

"我刚才也说了，游戏是抑制情欲的，但现在游戏出了问题，所以会有特殊情况发生。"郑宏颖摇了摇头，"而地震是不得已的情况下才会发生的。我也尝试过用这种方式向其他人证明这个世界是假的，但失败了。"

"为什么？"我问道。

"限制系统也失效了，时好时坏。"郑宏颖说道。

"那……你说这些又有什么用？"我质问道，"你难道一点有力的证据都拿不出来吗？"

郑宏颖又后退了几步，到了两堆杂物中间，他靠着天台的围墙说道："有个决定性的证据，但求证比较难。你们可以去找飍风。"

"什么是飍风？"庄晓蝶问。

"飍风就是很大的风，有些事情是说不清的，你们遇到了就会明白什么是飍风。我只能告诉你们，当它刮起来的时候，云不会变换形状，树枝不会摇曳，连尘埃也不会飞起，但你会感受到可怕的威力。"

飊风，就是飓风的意思。西游记曾有菩提老祖与孙悟空的对话讲到过三灾利害。修行是逆天而行，天道容不得修行者，每五百年便有天灾，分别是雷灾、火灾、风灾。风灾不是东南西北风，不是和熏金朔风，不是花柳松竹风，而是飊风。自囟门中吹入六腑，过丹田，穿九窍，骨肉消疏，其身自解。

郑宏颖提高声音说道："服务器的运算能力有限，游戏场地只有杭州，所以当你距离边界越来越近，你就会发现周围的一切不再那么精致，风会越来越大。而当你跨过那条界线，一切都会还原成最简单的色块，而飊风也会吹散你的肉体，让你回归现实。"

"出城？"唐玄鸣冷笑一声，"说得简单，我们在半路上就会被丧尸围困，成为它们的晚餐。"

"你们可以组一个车队。"郑宏颖说道，"只要人数足够，你们还是有机会逃离杭州的。你可以把我的这些话录下来放给其他人听，我不介意再重复一遍。我想你们准备审判我，是因为我的身份，我有那么多信徒，你们害怕他们报复你们，而且你们也需要人手。不过我仍然不敢保证会有多少人相信你们。因为你们不会想到人会多么抗拒真相，他们会以为你们逼我说了这段话，然后杀了我。他们失去了先知和领导者，依然可能撕碎你们为我报仇。"

唐玄鸣说道："你放心，从你上天台开始，你的每个动作每句话都被录下来了。"

郑宏颖耸了耸肩。"那就好。趁我身死，四灵教乱作一团，靠我的这些话，你们能多拉几个人离开杭州，还是会有人无法容忍世界的狭小，毕竟它只有四十二台 $800\times800\times2200$ 的标准机柜大。"

"你说了这么多话，都是为了蛊惑我们离开。"庄晓蝶说道，"除了路上会遇到的危险，还有什么隐患？"

郑宏颖瞥了庄晓蝶一眼。"听起来你已经相信我了。"

"没有。但我们要知道全部事情，这样才能更好地评估你讲的故事。"

"好吧，好吧。首先有一部分人无法脱离游戏。"郑宏颖说道，"既然是游戏，就不可能人人是玩家，这些NPC在游戏中死了就是真的死了。"

"我们怎么区分NPC？"唐玄鸣问道。

"这比较困难，AI技术发展到现在，很难区分。不过目的比较单纯、行为简单的人是NPC的可能性比较大。"郑宏颖说道，"倘若我是个AI，与其受操控过完一生，我宁愿死在冲向自由的路上。另一个隐患是玩家离开游戏可能会导致失忆。之前我也说过了游戏的登出有问题，登出时信息可能会丢失。玩家本身的记忆不会有问题。但游戏内的会出问题。"

我问道："概率是多少？"

"丧失记忆的概率大概是14%。"

这个概率已经不算低了。我和她相互记得对方的概率只有73.96%，不到八成。

郑宏颖又说道："我也说得够多了，现在再给你们展示最后一个奇迹。我将离开这里，消去整个人的存在。"

他站到墙上。天台下面是狭窄的街道，人似蝼蚁般卑微，世界跪在脚下，仿佛轻轻一踩就能粉碎，让人不禁想要感受一生只能有一次的飞行。

"小心!"唐玄鸣紧张地盯着郑宏颖,"你先下来,我们可以再仔细谈谈。"

"不需要了。"郑宏颖说道,"别怀疑有什么诡计,我可是突然就被你们抓到这里来的,没机会也没有时间布置机关。我就是想让你们明白,人是不会因为一个荒唐的谎言而付出生命的。如果一个'谎言'有了生命的重量,那它就是真相。"

他散乱的白发在风中飞舞,张牙舞爪像个怪物。

郑宏颖在我们面前张开了双手,身体向后倾倒。

我们手忙脚乱地冲过去想要拦住郑宏颖。

"哈哈哈,去吧,见见这个世界的真实。"他叫喊着跃下。

我们还是晚了一步,我们趴在墙边,想看看郑宏颖会落到什么地方,这时,一只大乌鸦张着黑斗篷似的巨翅从我们眼前掠过,乘着风飞上天空,不知所踪。

"人呢?"庄晓蝶惊讶地喊道,"郑宏颖的尸体消失了。"

郑宏颖应该被摔得粉身碎骨,但地面上空空荡荡根本没有尸体。

"难道是障眼法,郑宏颖根本没有跳下去,他藏身在杂物中?"郑宏颖的秘书说道。

我们立刻仔细检查了杂物——只有种植组的农具和肥料,里面没有藏人。

"从姿势来看,郑宏颖是真的跳下去了。"唐玄鸣说道。

"那这是怎么回事?"我无法遏制自己的情绪,"难道他说的都是真的,我们遭遇的一切都是假的?"

庄晓蝶抱住了我。"冷静下来。"

我从她声音里也听到了哭腔。

"那么尸体究竟去哪儿了,我不能接受他那些鬼话。"我的眼泪夺眶而出。

需要多大的风才能吹走一具尸体，而且周边的街道上也没有尸体的踪迹？

玻璃幕墙平整得就像无风的湖面，根本没有藏人之处，中间也没有开着的窗户。

郑宏颖如他自己所说的，在这个世界上消失了。

我望向其他人，他们眼中也失去了之前的光彩。天台上只剩下了一群可怜虫在沉默中压抑着自己的不安。

到头来，我们也没有找到郑宏颖的尸体。

我们对外宣称郑宏颖畏罪自杀。

郑宏颖死了，让我们所有的怨恨都失去了对象，而他留下的话，足够我们几个彻夜失眠了。

情绪稳定下来后，我反复观看了郑宏颖临死前的影像。庄晓蝶一直陪在我身边。

"你相信缸中之脑吗？"

郑宏颖所说的情况和缸中之脑类似。

一九八一年，希拉里·普特南在他的《理性，真理和历史》一书中，提出了关于"缸中之脑"的假想。一个人（可以假设是自己）被邪恶科学家施行了手术，他的脑被从身体上切了下来，放进一个盛有维持脑存活营养液的缸中。脑的神经末梢连接在计算机上，这台计算机按照程序向脑传送信息，以使他保持一切完全正常的幻觉。对于他来说，似乎人、物体、天空还都存在，自身的运动、身体感觉都可以输入。这个脑还可以被输入或截取记忆（截取掉大脑手术的记忆，然后输入他可能经历的各种环境、日常生活）。他甚至可以被输入代码，"感觉"到他自己正在这里阅读一段有趣而荒唐的文字：一个人被邪恶科学家施行了手术，他的脑被从身体上切了下来，放进一个盛有维持脑存活营养液的缸中。脑的神经末梢被连接在计算机上，这台计算机按照程序向脑传送信息，以使他保持一切完全正常的幻觉……

"比起缸中之脑这种邪恶的说法，我更加喜欢庄周梦蝶。敢于探究真实身份和最终目的的人是蝴蝶，而不是一个悬浮在黏稠、恶心液体中的灰白大脑。"

"蝴蝶也好，大脑也好，处在迷局中的我们根本无法分辨。"

"我们该怎么办啊。"我不由得叹气，"我想要离开杭州去找飚风。"

"那就去吧。"庄晓蝶温柔地和我说。

"但路上太危险了。"我说道，"留在这里至少是安全的。"

"那你想待在这里吗？"

我沉默了。

庄晓蝶继续说道："你要明白自己内心深处的想法，不要顾虑太多。与其浑浑噩噩地度过一生，不如踏上寻访真相的远程。我可以陪你一起去。"

"我想要离开杭州。"

"那我们就走吧。"庄晓蝶轻轻抱住了我。

第二天，我和唐玄鸣他们公开了全部视频。然后，我们遭到了袭击，四灵教众多教徒中只有五分之一站到了我们这边，有五分之二选择了中立，剩下的人以为是我们杀了郑宏颖，叫嚣着要为他报仇。可见人的理智就像风中残烛，根本不能期待。这个地方要毁了，它建立在虚假之上，真相暴露之后，毁灭也是理所应当的。但看着这个庇护了我们数月的家园土崩瓦解，我们心里还是有些难受。

经过几次械斗，我们组建了车队，足足有二十三辆。

这是一场远大的旅程，如果郑宏颖说的是真的，那这就是从虚妄到现实，从脑内到脑外的盛大出征。

"怎么了，你还不走吗？"我问唐玄鸣。

"我不打算走，我想明白了。"唐玄鸣说道。

"你想明白什么了？快上车。"我催促道。

"我想明白自己要什么了。我的生活太无聊了。"唐玄鸣摇头道，"在丧尸暴发之前，我的生活就很乏味。因为祖辈在城里置了业，拆迁之后我就成了有钱人，生活就像一摊死水。如果真的有现实世界，那我的身份也差不多，也是个拆二代。"

"这不挺好的吗？有多少996的上班族羡慕拆迁呢。"我故作轻松地说道。

"可能是我矫情了，但生活没有那么轻松。拆迁款是全家的，你一个人根本无法动用，只能存进银行，或者买国债，不可能拿去给你创业。除了自己住的房子，其他地方都租出去，每月收一次租金。实在无聊，就去找个无足轻重的工作，赚点零花，家里根本不需要你的工资，每一天都没有充实感。"唐玄鸣继续说道，"你之前不是问过我为什么会知道那么多乱七八糟的事情吗，因为拆迁，我确实接触过那些事啊。大概骗子觉得拆迁得来的钱容易所以会比较好骗吧，从确定拆迁开始就有人盯上拆迁款了，比如有人会特意租下快要拆迁的房子，面临拆迁，也赖着不走，讹诈走一笔钱。也有人会冒充拆迁公司的工作人员许诺可以动用关系让你得到更多的利益，不过你要先给一笔打点费。钱到账后，又有不知道从哪冒出来的穷亲戚，传销的诈骗人员，各种推销保健品和保险的推销员……甚至还有不三不四的小混混带坏你家里的小辈，让他们染上毒瘾、赌瘾，好榨干你口袋里的钱。我宁可面对丧尸，也不想回到那样的日常当中去。"

空中飘起了细雨。

唐玄鸣将我推上车,自己却留在了原地。"所以我不会走了。我要留在这儿。"

"老唐,你有什么打算?"我问唐玄鸣。

"还有一些不满四灵教的人,我会和他们一起离开这里,去建设新的家园,不用担心我。"他用力地挥手向我们告别,"一路平安。"

"我只能告诉你这是冷酷的时代,是会刮风的。这股风很冷,很多人会凋谢。风暴过去后,你会发现站在你身边的人更加纯洁、更加美好。"

有人在阴影中说话。

"现在怎么样了?"郑宏颖从阴影中走出来。他胳膊上缠着绷带,但还有呼吸,毫无疑问,郑宏颖是个活人,而不是什么变异的丧尸。

"去找飚风的车队三天前就出发了。"说话的竟然是曾出卖过郑宏颖的秘书,"唐玄鸣还在,不过他应该也会在近期离开。"

"那就好。剔除了这些不安定因素,剩下的才是我要的四灵教。"

"代价会不会太大了?"

"舍不得孩子套不住狼,你不下点饵怎么骗得住他们?而且现在物资不是最宝贵的,人心才是。"

秘书为了打入对手内部,供出了大量情报,其中包括四灵教搜集的物资存放点。由此,秘书才能得到信任。不过既然秘书是双面间谍,这也就说明当时天台是布置有机关的。

郑宏颖的消失，不过是个漫长的坠落诡计罢了。

玻璃最容易骗人。天台下的玻璃幕墙并不是平的。有一块也不是幕墙，而是镜子。镜子和幕墙有一个角度，导致镜子正对着绿色脊椎凸出来的一个部分。脊椎在下面放了类似玻璃幕墙的材料，镜子中反射的是这儿的影像。所以他们一眼望去玻璃幕墙仿佛还是平的。郑宏颖就躲在镜子下面。

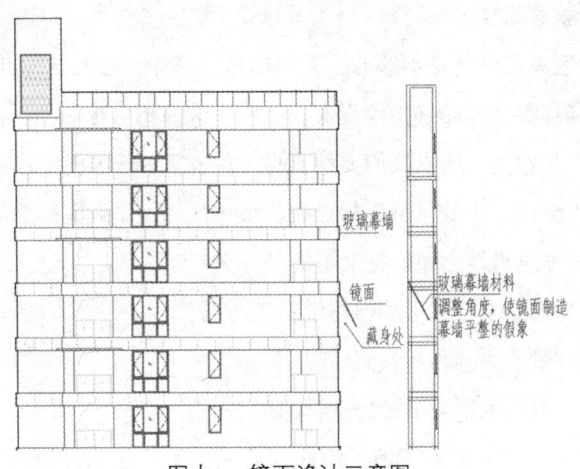

图十一　镜面诡计示意图

当然光这一点还不够，郑宏颖还准备了辅助的手段。他事先在天台边上绑了一只乌鸦，他在跳楼的那一刻，松开乌鸦，让它飞出，吸引了目击者的注意。这是魔术师惯用的伎俩。而郑宏颖通过早就准备好的绳子荡到镜子下面，然后再快速收回绳子。他特意挪到两堆杂物中间跳楼，一是为了遮挡其他人的视线，二是为了控制目击者查看幕墙的角度。因为郑宏颖是从杂物堆之间跳下去的，其他人第一时间也会跑到那里去，从那往下望更难发现郑宏颖安排的机关。

"我从你脸上读出了困惑。"郑宏颖问道,"你有什么疑问吗?"

"我不能理解。他们为什么会相信这个世界是游戏?"秘书不解道,"无论怎么想,那都是一个拙劣的谎言。"

郑宏颖捋了捋胡子。"谎言都是人编造的,但真相不是,真相肆无忌惮,比谎言要野蛮得多。在那个时候,拙劣的谎言更容易被人当成真相。"

"就算这样……"

"就算这样还是不够的。人总要相信点什么才能继续走下去。他们和信徒一样始终拒绝现实。一些人选择相信神的存在,但一些人无法接受,所以我们要给出另一种方案,比如游戏。就像有些人不相信庙里的灵符,却会相信量子纠缠、牛顿流体能治好病一样。你觉得他会懂灵符上画的是什么吗?"

"一般人不会太了解神秘学的东西吧。"

"那量子纠缠和牛顿流体呢?"

"一般人也不会了解物理学的术语。"

"既然两者都不了解,为什么有人会那么相信后者?"郑宏颖说道,"因为这也是一种信仰。就算再荒唐,但对于想抓到救命稻草的可怜虫来说,他们可舍不得这种希望。所以说,希望是剧毒之物。他们的心从一开始就是乱的。一剂猛药下去,就会致死。"

"我可以这样理解吗?"秘书说道,"其实你对他们说的东西和宣讲的四灵教教义没有什么不同,都暗示了另一个世界才是真正的归宿。"

"这倒是。"郑宏颖爽朗地笑了几声,"而且他们会相信一句鬼话,'排除了所有不可能之后,剩下的再不可能,也是真相',

这句话说得没错，但排除的过程不一定都是对的，可惜他们没发现这一点。"

"他们会怎么样？"

"按照我的剧本，死在离开杭州的路上吧，有那么多丧尸，他们根本走不到终点。"郑宏颖说道，"找一口棺材吧，然后再来一只白兔。"

"白兔？"

"复活是需要仪式感的。需要有只白兔先从棺材里跑出去。如果没有兔子，白鸽也可以，争取是一种白色的动物吧。"

"活物太难找了，还要特定的颜色，要花不少时间。"

"你不是抓到过乌鸦吗？"

"也就那一次，花了我们不少工夫呢。"

"罢了，罢了，有什么就用什么吧，不需要白的了。"郑宏颖做了退让，"随便一只动物从棺材里出来吧，然后我会从棺材里走出来，正式复活，带领四灵教，发展更多的教徒，会有更多的物资，更多的祭品……"

杭州的人太多了。

表六　杭州各区人口密度表

地区	面积 （平方千米）	人口 （万人）	人口密度 （人/平方千米）
上城区	18	35.27	19594
下城区	31	53.43	17235
江干区	210	102.18	4866
拱墅区	88	56.7	6432

地区	面积 （平方千米）	人口 （万人）	人口密度 （人／平方千米）
西湖区	263	83.7	3183
滨江区	73	32.91	4508
萧山区	1163	154.2	1326
余杭区	1222	121.17	992
富阳区	1808	72.82	403
桐庐县	1780	41.18	231
淳安县	4452	34.26	77
建德市	2364	43.83	185
临安市	3124	57.65	185

（注：数据并不准确，仅能体现各区人数多寡）

我们选择了向密度最低的方向前进。

这一路上我们遇到了多少困难，经历了多少离别，不再赘述。

寻找飙风的车队，最后只剩下我和庄晓蝶的车了。

三天前，我们才埋葬了最后一名队友，但终点还远。

终点就像是地平线一样，我们能看到却无法触碰到。

天上的云毫无预兆地集合，渐渐转黑转厚，四周灰暗，雨点乘着西风落下。

吧嗒、吧嗒、吧嗒……

车窗很快就模糊了。透过车窗，我和庄晓蝶只能看到外面是黑乎乎的一片——都是丧尸。

这是旅途的最后一段了，我和庄晓蝶再度遭遇丧尸，并被它们包围。

没人会来救我们。

我想到了一个问题，郑宏颖用四元素设计了谋杀。

其余元素都有了，还差风，被他的说辞所骗，走上追逐飚风的死路，那么我们算不算是死于风呢？

算了，不想了。

就让这个故事从雨中开始，又在雨中结束吧。

我从口袋里掏出了戒指。"我本想找到飚风后再拿出来，但没有这个机会了。"

庄晓蝶安静地注视着我，等待着我早该说出口的话。

"我想问你，你愿意嫁给我吗？"

庄晓蝶微笑道："我愿意啊，当时你偷偷选了这枚戒指，我就在等你把它拿出来。"

"可惜只能求婚，不能订婚、结婚了。"

庄晓蝶忽略了外面数不清的丧尸，玩闹似的拍了一下我的脑袋。"订婚就算了，结婚还来得及。"

她真是个天才。

没有主婚人，这注定是一场简陋的婚礼。驾驶座上的我是新郎，副驾驶上是我的新娘，我们自己来念结婚誓词。

这里将目睹祝福一对幸福的男女走进婚姻的殿堂，按自由的意愿，从此互爱、互助、互教、互信，永不背弃。

在婚约即将缔成时，若有任何阻碍我们结合的事实，请马上提出，或永远保持缄默。

外面传来丧尸的号叫声。它们的意见可以忽略。那么没有人反对我和庄晓蝶的结合。

我问庄晓蝶："你是否愿意你眼前的这个男人成为你的丈夫，

与他缔结婚约？无论疾病还是健康，或任何其他理由，都爱他，照顾他，接纳他，永远对他忠贞不渝直至生命尽头？"

"我愿意。"庄晓蝶又问我，"那么你是否愿意这个女人成为你的妻子，与她缔结婚约？无论疾病还是健康，或任何其他理由，都爱她，照顾她，接纳她，永远对她忠贞不渝直至生命尽头？"

"我愿意。"我为她戴上了戒指。

时间快不够了，我们的车在群尸中摇摇欲坠。

"还有什么？从今日起不论祸福、贵贱、疾病还是健康，只有死亡，连死亡也不能把我们分开。"她说道。

"是的，连死亡也不能将我们分开。"我去吻她的嘴唇，湿润而柔软。

我们的车玻璃终于被丧尸敲碎了。

雨水从缝隙里溅射进来，落入我口中，宛如香槟般清冽。

我紧紧握着她的手，但丧尸的力气大得惊人，我们被它们从车里拖出来，就像水果罐头里的两块黄桃。

庄晓蝶说道："我多希望郑宏颖没有骗我们，再见。"

"再见。"

如果我真能去那个世界，无论杭州有多大，我在千万人当中，在无限的伪解答中，一定要找到她。

我能感受丧尸在撕裂、啃噬我的躯体，在剧痛之中，我只记得庄晓蝶在对我大喊："找到我。"

而我也在一次次做出承诺："我一定会找到你。"

我什么也看不到了，连疼痛都离我越来越远。也许是垂死前的幻觉，各种奇怪的色块在我眼底爆裂开来，后来颜色开始熄灭，从橙色开始，到黑色为止。

我终于落入了一片虚无里。

这是鸟儿们回来的日子——
零零落落——一只或两只——
仿佛是依依不舍。

这是天空重新明亮的日子——
似乎六月的魔术未曾离去——
荡漾着蓝色和金色。

你的诡诈不可能瞒过蜜蜂——
但你这逼真的障眼法
几乎让我深信不疑。

甚至那些种子都在为你作证——
趁着暖意,温柔地送出
一片怯生生的叶子。

啊,繁华夏日的美丽庆典,
啊,秋日雾霭里的最后圣餐——
请牵住一个孩子的手。

让她分享你神圣的符号——
让她领受你神圣的面包
和你永生的葡萄酒!
　　　　——艾米莉·狄金森《这是鸟儿们回来的日子》

我身处一片混沌之中，凭借本能往前飘去，就像一条无知无畏的鱼游过地球上最深的马里亚纳海沟，又像一朵花顶着寒冬一点点盛放。

——好累。

比跑了马拉松还累，我乘着幻想中的破灭之风，越过了虚拟和现实的界限。

闭着眼睛，我清楚地感觉到自己躺在床上，没错，我应该在床上躺了很久了，但还是累，这种疲惫从我灵魂深处慢慢渗透出来，蔓延到四肢的末端。

我右手无名指有些刺痛，我试着动了动，但没有什么反应。

光亮透过眼帘，微微刺痛我的眼球，醒来吧，我全身上下亿兆细胞都在叫嚣：醒来吧，去找她。

真好，我还记得我是谁，我还记得她。

病床上，我慢慢睁开了眼睛，宛如初生的蝴蝶扇动稚嫩的翅膀，我的眼帘终于打开了，我看到了光，它正在进入我的世界。

我要去找她。

这时，我用眼角的余光看到了一个扎着双马尾的小姑娘。

"妈妈，外公醒了！"小姑娘指着我兴奋地喊道。

附・今天的碎片

一

界楠从巷子出来,身边走过一个怪模怪样的青年,他穿着满是破洞的牛仔裤和挂满铁锁头的皮夹克,头上顶着染得极其槽糕的金黄色头发,像暴风雨后的麦田。

界楠有些敬畏地让开了路。

他在巷子里逛了七八分钟后,终于找到了一家有"公共电话"标志的小卖铺。

有个女孩站在小卖铺外百无聊赖地吃着一根绿豆冰棍,她外套里面好像是界楠学校的校服。

界楠口袋里没有一分钱了,如果借钱的话,那个女孩应该是最好的选择。

当界楠站在路那头犹豫着该不该上前搭讪时,那个女孩抬起了头,阳光斜照进巷子,正巧打在女孩的脸上,她举起手挡在眼前,遮挡阳光,目光也向下移。

在界楠眼中,这个女孩的面庞在发光。然后,他不自觉地与女孩四目相对。

界楠知道自己已经被发现了,于是硬着头皮,走了上去。

女孩很大方地借给了界楠一块钱,然后继续在门口吃冰棍。

小卖铺里只有个老婆婆耷拉着眼皮在看店。界楠深呼了一口气,拨通了家里的电话。

界楠说了来龙去脉,他挤上公交车,还有空位,便松懈了下来,等醒来早就过了终点站,钱包也不知道什么时候没了。下了车，看着明晃晃、斜挂在天边的太阳，他感到一阵惶恐，他本该在中间一站下车，现在就算立即能坐上车，也赶不上返校的时间了——迟到是注定的，只能向人借钱通过公共电话联系家人。

妈妈先是再三询问，界楠有没有受伤，得知界楠没事后，她才开始怪罪他太不小心了，又开始烦恼自己没时间赶过去。后来，她才想出了一个主意。

"我打电话给你堂舅吧，你就在小卖铺边上等吧。"妈妈说道，"接听应该是不要钱的。"

界楠又在小卖铺等了十分钟，门外的女孩已经吃完了冰棍，不知从哪又拿出了一包手指饼干。

界楠偷偷看她，当两人目光将要相触时，界楠又急忙别过头。

妈妈的电话打回来了。

界楠的父母都赶不回来，所以他们安排堂舅晚上七点半下班回来接他，送他去学校，这段时间内，他可以先去区图书馆坐一会儿。堂舅也会去区图书馆找他。学校那里，妈妈已经请过假了，就说家里临时有事，得晚点到学校了。

界楠对这个堂舅有些印象，平时来往不多，但过年走亲戚总落不下他们家。

堂舅是个和蔼可亲的长辈，哪怕界楠已经上了高中，他还是喜欢往界楠手里塞红包。

界楠从小卖铺出来，他不想去图书馆，因为图书馆下午五点半就闭馆了，他还要去其他地方度过剩余的时间，还不如直接就找个地方待到七点，然后再慢慢走到图书馆去。

可这样也有一个问题，除了图书馆，他还有什么地方可以去？一般的茶餐厅、奶茶店，总要买点什么东西才能在里面久坐吧，不然界楠还真的有些不好意思。

女孩像是察觉到了界楠的窘迫。

"你要不和我一起走，我知道一个能消磨时间的去处。"她提议道，"对了，让我看看你的学生证。哦，你叫界楠，那我就叫你晓楠好了。"她也拿出了自己的学生证，不过用手指遮住了自己的学号和班级。

她叫作庄梦。

庄梦和界楠并不是校友，在这个地区几所高中之中，庄梦的高中长久以来都坐着头把椅，界楠的高中只能屈居第二，由于是兄弟学校，两所高中的校服极为相似。

"你直接喊我名字就可以了。"

交换完姓名，庄梦就往外面走了。

界楠这个年纪的少年带着特有的纯真，会对面容姣好、成绩不错的异性充满信任。他跟着庄梦到了外面。

"我们去哪儿？"

"跟着我就好了，放心，不用你付钱。"

庄梦带着界楠到了一家外面像是咖啡厅的店。

界楠想，如果能在咖啡厅里消磨一个下午倒也不错，只是又要多欠一份钱和人情了。

进去之后，他才发现这不是咖啡厅，而是一家网咖，他忘了自己已经有身份证了，在法律上已经算成人了。更重要的是，他这个年纪的学生对网吧有一种特殊的情感，长辈对这个地方深恶痛绝，仿佛孩子去过一次就会堕落成坏孩子，但同龄人总是想着法地结伴去网吧。

严格来说，这是界楠第一次来网吧，他家里的家教太严，他也不想让父母担心，因此从不和朋友一起去网吧，这或多或少让他显得有些不合群。

庄梦要了一个包间，有两台机子。

"你会玩什么游戏？"

界楠茫然地摇了摇头，他家虽然有电脑，但除非要查资料，他根本不上网，至于电子游戏……他有一个堂哥痴迷游戏，早早放弃了升学。有这么件事，他更加不可能接触到电子游戏了。

"啊，游戏啊，你自己玩好了，我找部电影看看。"

"我让你过来是陪我玩的，不是请你玩。"庄梦说道，"要不我们就先试试这款游戏？"

从图标上看，这是一款枪战类的动作游戏。两人各选一个角色组队，有些类似双人魂斗罗，但视角是第一视角，场景是3D。

这让第一次接触游戏的界楠有些别扭，大概是为了照顾界楠，庄梦选了较为简单的模式，两人的生命也是无限。但这毕竟是界楠第一次玩游戏，这烦人的3D让他有些头晕目眩，终于在他第七十一次死亡后，他离开了位置。

他已经晕了。

庄梦看到界楠起身蹲在墙角，面色发白。

"没想到你晕3D啊。"庄梦说道，"你不行啊，才这么一会儿。"

她嘴上虽这么说，但仿佛是为了补偿界楠，她到外面去买了一瓶水。

喝下冰水，界楠的脑袋舒服了一些。

第一次接触电子游戏的失利，将影响界楠一生，他再未将电子游戏当作一种休闲方式，有玩游戏的时间都用去观影或者阅读了。

"我要休息一下，我还有半张卷子要做。"

庄梦诧异地盯着界楠。"小伙子，你一定是乖孩子吧。我还是第一次见到准备在网吧做作业的学生。"

"你这不是看到了吗？如果这里不行，那我还是去图书馆吧。"界楠说道，"要是迟到，再加上作业没完成，我可能就要被罚了。"

周日下午赶到学校，在自习课上完成回家作业，这是大部分学生的习惯。界楠也一样，他必须抽时间补完自己的作业。

"我只点了两个小时，之后，你再陪我逛逛吧。"庄梦说道，"现在你要做作业就做吧，不过我劝你最好不要把这事告诉别人。"

"为什么？"

"因为你这样绝对会被人当作笑柄的。"

庄梦丢开界楠只管自己玩游戏去了，包间里只剩下庄梦点击鼠标的声音和界楠笔尖的沙沙声。

但庄梦没玩多久又跑到了界楠边上。

"你们的进度比我们慢啊，怎么才到这里。"

界楠正在埋头苦算，没有搭理庄梦。

"你这样埋头苦算也得不出正确答案，几何题还是要先考虑加辅助线。"庄梦从界楠手里抢过笔，添了几条线之后，又刷刷写下几个算式。

界楠恍然大悟，解决了一道大题。

反正已经接受过一次帮助了，界楠又向庄梦请教了几个问题。

学生在学习时最容易忘记时间的流逝，庄梦没来得及玩多久游戏，时间就到了。

她有些不情愿地离开网咖。"走吧，我们去下个地方。"

"下个地方又是哪里？"界楠问道。

他有些想找个安静的地方坐会儿，但已经陪了庄梦这么久，半途离开有些太失礼了,于是只能继续跟着庄梦。

界楠跟着庄梦兜兜转转又到了一家酒吧附近,不过好在庄梦没进酒吧,而是拐入了边上一家桌球场。

"你玩过这个吗?"

界楠摇了摇头。

"你还真是个好孩子啊。"庄梦只能从基础开始,简单教了下界楠。

界楠侧过头,看了看庄梦,她的演示动作有些僵硬。界楠想,她大概也不太会玩,既然她不太会玩那为什么还要特意过来呢?界楠想不到原因。

午后的桌球场并没有什么客人,店员过来看了一眼,看到他们真的是准备打桌球,就没再来打扰他们。

庄梦的教学刚告一段落,两人甚至没来得及开一局,桌球场就来了不速之客。

四五个年龄和界楠他们差不多的青年晃进了这里。

新来的见这里只有一男一女在笨手笨脚地打球,女生又算得上是漂亮,就起了搭讪的心思,为了将女生拉到他们这边来,青少年们又口无遮拦地贬低了界楠一顿。

这算是什么年代的三俗戏码?在这里我们不能多做任何描述,因为谈论多一个字,就会多一份尴尬。从结果来看,庄梦和界楠都很生气,两人组队要和对方比上一局,赢了,可以让他们道歉离开,输了,界楠就只能认怂学狗叫。

但和这些常客比起来,界楠和庄梦的这个组合看起来就不堪一击。庄梦甚至已经偷偷对界楠说过如果势头不好赶紧借着上厕所溜了。

势头从一开始就不好,开球后,庄梦先上场,一个球未进就下场了。

她的脸色有些发白。"对不起，早知道就不带你来这里了。"她压低了声音对界楠说道，"待会你先走，我来缠住他们就好了。"

"我怎么可能先走。"无论如何，界楠都不可能抛下庄梦。

终于，轮到界楠出场了。他拿球杆都没拿满一个小时。

界楠弓在球桌上，视线和球杆、球水平，手一动，球杆如一条毒蛇般出击。球稳稳落袋。

界楠深呼吸一口气，调整了一下状态。

"我觉得我能赢。"他简单地说了一句，又接连进了四个球，拉平了比分。

"你真的是第一次玩？"

"对啊，但我觉得这游戏挺简单的，在脑海里多画几条辅助线就好了。"界楠说道。

"没想到你还是个天才。"庄梦夸赞道。

他的脸不自觉红了，然后下一球他就失手了。

"你这个人怎么这么不经夸。"

"还没完全抓住手感，用劲儿大了点。"界楠说道，"没事，看他们的水平，我们应该还有机会。"

正如界楠所说，对方的水平一般，他们虽然是初学者，但他凭借天赋还是将比分咬得很紧。

比赛已经白热化了，只要他再打进这最后一球，界楠就赢了。他的身体已经蓄满了力量，额头上沁出一滴汗来。全场的视线都聚集在他身上，庄梦也不自觉地盯着他看。

就在这关键时刻，门外传来一声叫喊。

界楠受了惊吓，这一球不幸打偏了。不过这已经不要紧了，因为外面又来了一帮人,看起来两帮人像是有矛盾,立马就对峙起来。

庄梦拉着界楠的衣角,赶忙溜了出来。

至于他们是吵起来还是打起来,庄梦和界楠都没有兴趣。

到了安全地点,庄梦和界楠依在墙边,大口喘息。

"太可怕了。"庄梦说道,"我还是第一次遇到这种事情。"

"我以为你应该很有经验。"

"谁会有这样的经验。"

两人沉默了。界楠低头看了看手表,时间已经不早了。他得往约定地点走了。

庄梦注意到界楠看手表的动作。"你要走了吗?"

"嗯。"界楠说道,"你把你联系方式给我吧,到时候我还你钱。"

"不用了吧,反正一共也没多少。"

"不行,一定要还的。"界楠斩钉截铁地说道。

庄梦想了想,说:"这样吧,我们玩个游戏,我准备两张纸条,一张空白的,一张有我QQ号。你拿到有QQ号的就要还我钱,要是空白的,就当是我请你了。"

庄梦很快就准备好了两张纸条。

"猜吧,你选左手,还是右手?"

这只是单纯的概率问题,界楠选了左手,拿到了空白的纸条,他隐隐有些失望。

庄梦却很开心。"恭喜你,你让一个可爱的女孩子请客,请你玩了一个下午呢。"

"我可以问你个事吗?"界楠把空白纸条揣进口袋,问道。

"问吧。"庄梦道。

"为什么要带着我跑了一下午？"界楠问道。

庄梦不自觉皱了皱眉。"以后不要问女孩子这么直接的问题。如果我说我失恋了，不想上学，你会怎么看？"

早恋……界楠花了点力气才接受这个。

"不会怎么看，我很开心能陪你散心。"

可庄梦话锋又一转："开玩笑的，我只是单纯不想去学校，于是拉了个人畜无害的男生壮胆，陪我去以前我没去过的地方。"她没再多说什么。

"时间不早了吧，我也该走了。"庄梦同界楠告别，转身离开，留下界楠望着她的背影。

界楠觉得自己有点像闯奇境的爱丽丝，庄梦则像只兔子。他该感谢庄梦，让他循规蹈矩的生活中多了些与众不同的东西。

"好孩子"是存在模板的，在模板中生活有些枯燥乏味，"坏孩子"的生活丰富多彩，但必须承担人生偏离预定轨道的风险。大部分人都只是"好孩子"。如果再没有些不同的、只属于自己的记忆，那青春就显得太可怜了。童年和少年时期积攒起的这些东西应该会成为人一生的养分，值得反复咀嚼，遇到挫折、失去斗志的时候，借此能获得再度起航的勇气和力量。

后来，界楠顺利和堂舅碰头，回到了学校。下个长假，界楠在妈妈的命令下提了一篮子鸡蛋，去堂舅家登门致谢。

但那天的另一个人却已经消失在人海了，界楠觉得自己真够傻的，他还是忘了要庄梦的联系方式。

圣诞节前夕，他还特地去礼品店买了一份礼物，又把那张空白的纸条和礼物包在了一起，放进了储物柜里。

二

"你最近跟的项目,可行性报告才刚交上去吧。"

"怎么了?"界楠问道。

"所以你今天晚上有空吧。"

"对,我有空……"

"那替我去联谊吧,我有个施工图明天要出蓝图了,甲方昨天才提了新的需求,根本来不及改。"同事说道,"反正也只是看个电影,吃个饭而已,你就替我去吧,免得浪费了。"

建筑设计公司内男女失衡,工会变着法儿与附近的公司联谊。

那天界楠没有其他安排,又挨不住同事的劝说,就同意了。

可真到了联谊时,界楠又感觉尴尬,同行的男士都比他大上好几岁,没有什么共同话题。

但到女方入场,界楠就感觉不到这种尴尬了。因为他发现了一个熟悉的身影——庄梦。

界楠特意地坐到了她边上。

"还记得我吗?"

"这么巧,你也在这里啊。"庄梦说,"是你,界楠。"

"你居然还记得我。"界楠在心里窃喜。

"你的姓很罕见。"

周围的同事见他们早就认识,聊得也不错,就没来打扰。

界楠和庄梦挑了个靠窗的安静的角落面对面坐下来,吃饭、叙旧。

自助餐厅的位置不错,从玻璃窗望下去,能看到一截京杭大运河,河面反射着霓虹灯光,河道两旁的柳树低垂到水面,不时打碎水里的霓虹倒影。

她好像很喜欢吃蔬菜,支起了一个小汤锅,烫了不少娃娃菜、金针菇。

"你很喜欢吃蔬菜?"

"自助餐嘛,肉新不新鲜很容易尝出来,蔬菜关系就不大。"庄梦说道,"她们告诉我,相亲的时候可以选自助餐厅,从吃饭上看男人会比较准。"

"所以用餐地点是你们定的啊?"

"应该是吧。"

在接下来的闲谈中,界楠得知庄梦和他一样都是来凑数的,松了一口气,按照之前的计划,界楠也随着大部队和她去看了电影。

说实话,电影并不好看。果然,散场时,没有人对这部片子有什么好感,但为了避免冷场,还是有一搭没一搭地进行着讨论。

时间不早了,一些聊得火热的男女准备找地方续场。

庄梦借口有事想早点回家,界楠负责送她。

外面下起了小雨。

由于经常要出差,界楠包里倒是常备一把雨伞。他把她送到了车站,就在她上车后,界楠突然觉得自己像个傻子。

——他其实应该撑着伞送她回家,不过还不晚。

就在公交车车门关闭前,界楠跳上了车。

"你怎么上来了?"庄梦有些惊讶。

"想到你下车回家还要用伞,我就上来了。"界楠说道。

"车站距离我家很近,再说雨也不大……"

界楠打断了庄梦的话。"其实,我还想问你,多年前,那个午后究竟是怎么回事?"

"你还真好奇。我原来就说过原因的,没有更多了,你知道那个时候我们都想特立独行,最后却泯然众人。我真的只是小小叛逆了下。"

"纸条呢?"

"对不起啦。"庄梦诚恳地道歉,"两张都是空白的。"

庄梦失态了整整一个下午,又把一个无辜的男生卷入其中。所以她其实不想让那天产生的涟漪波及她的生活。

"我甚至以为你不存在,还特意在五校联考成绩单公布的时候找过你的名字。"

"哪一次?"庄梦问道。

"就我们见面那一年。"

"那次我考得不好。"庄梦捂着脸说道。

"还行吧,比我还高了二十多名。"

"对了,我要是不存在的话,那么那天你觉得自己见到了什么?"

界楠想,那八成是个夏天的妖精。

三

界楠从图书馆回来,自从电子阅读普及之后,图书馆的人就越来越少了,只有周末还挤满了自习的学生。科技再怎么发展,某些东西还是不会改变。你不可能叫一朵落下的花再度回到枝头,也不能让一个逝去的生命再回来。

界楠慢慢走着,他从城北走到城南,想要捕捉过往生活的点滴。

界楠和庄梦在这座城市生活了几十年,无数地方都留有他们的身影，在城市变迁中，一些地点已经彻底消失，但大部分还是保留了下来。界楠想用这种方式来缅怀庄梦，或者说，他只是给自己找点事情做，哪怕是去追逐庄梦的影子。

当你和一个人生活久了，就算她离开，你依然会感受到她的存在。就像花虽然落了，但花香还会存在一阵子，嗜花的人会嗅着花香，一遍又一遍地找花在什么地方。可花香并不会永存，当花香开始流逝，你就不得不再去找点什么来填补消失的东西。尽管这一切到头来总归是徒劳。

虽然有些自私，但这么多年来，界楠总以为自己会比庄梦先离开这个世界。当庄梦确诊后，界楠手忙脚乱了好一阵，他们尽了最大的努力却还是未能挽回庄梦的生命。

女儿一直想让界楠去她家住，方便照顾他。

但界楠一直没同意，一来他怕和女儿一家同住会不自在，二来这里至少还有妻子的气息。可这正是界楠女儿担心的，她怕父亲睹物思人，憋出病来。

自从妻子死后，界楠确实很久都没笑过了。他仿佛已经不想再待在没有妻子的世界了。

公交车到站，界楠上车，坐到了爱心专座上。

边上有三四个年轻人在讨论什么游戏，用了虚拟现实技术，完全浸入式的体验，游戏机的信号直接接入大脑神经，使人直接进入游戏世界。

界楠基本没玩过游戏，不知道现在的技术已经到达这个程度了。

年轻人的对话还在继续，他们讨论的游戏是一款动作游戏，丧尸题材，玩家可以选择不同的时代背景和不同的城市，游戏以真实性为一大卖点。

按照他们的说法，杭州这座城市会还原得和他记忆中一模一样，甚至还有些老人进到游戏里重温了老杭州。

"你这个人好恶心啊。"有个年轻人说道。

"什么恶心？"

"居然捏了一个女角色和旋子姐一模一样，你说你想干什么？"

"我只是玩了下捏脸系统而已，再说这也不是我的角色，只是一个游戏助手而已。"

"你喜欢她就去告白嘛，这样偷偷捏她又算什么？"

"不过我还真的有个意见给你。"另一人加入对话，"现在AI技术发展得也不错，不光可以捏外形，性格也能设定。你还原一个旋子姐，然后在各个场景下向她告白试试，多试几次，成功后，再到现实里试试。"

"还有这个操作吗？"

"很多恋爱软件都有这种功能啊，这就要看你对旋子姐的了解程度了，要是性格设定得不像，你在虚拟现实里试多少次都没有用，到了现实里面，你还是会被拒绝。"

玩游戏的男生若有所思地点了点头。

又有一人说道："这个游戏，旋子姐好像也想玩，说不定她还会和你一个区。我劝你先把这个人物删了吧。"

"说实话，对被捏的人来说，这确实挺恶心的。"有人附和道。

他们的话题又向外延伸出去了。据说要加强相关立法，在虚拟现实内设定真实世界中存在的人物——就算是公众人物，只要没有授权，擅自设定类似的虚拟人物就涉及侵权。

界楠没有继续往下听，他回家之后，便下单了最新型号的游戏机。

隔日，工作人员就上门安装了。对工作人员来说，老年人买游戏机是件很平常的事情，因为这几代人都是玩电子游戏长大的，有些老人退休后，空闲时间多，经济压力小，在游戏上的投入比年轻人还狂热。

　　游戏机安装完成后，对着游戏指引，界楠进入了游戏，先是创建自己的角色，界楠就照着自己二十多岁的模样完成了创建。接下来是庄梦……这一切操作都比界楠想象得简单。创建人物的灵活度很大，界楠又肯花时间和精力，外貌、声音、动作、性格这几个方面，他精益求精，一连花了四天，当然，最后的成果也没让界楠失望。界楠看到庄梦再次出现在了他面前。

　　我终于再次找到你了，哪怕这只是个梦，界楠想。

　　界楠已经在游戏中设置好了两人重逢的情节，很大程度都照搬了他们的真实经历。

　　提示音响了起来：请浸入游戏，完成新手任务和背景融入，您的原记忆将暂时被封印，请选择封印时间。

　　界楠按下了"全程"。

　　无数的光亮了起来，同时，他脑海中有无数个节点暗了下去。

　　现在，他又可以见到庄梦了，哪怕要和满杭州城的丧尸为敌。

后记·丧尸杭州

丧尸题材一直很热。

作为一个B级片爱好者，我也看了很多丧尸片，活死人从坟墓爬出来，蹒跚的脚步、半腐的身躯、毫无意义的嘶吼……这对一撮人来说，是一种浪漫。

现在《行尸走肉》也成了老美剧了吧。我忘不了看第一季的时候，我正在度过人生中最长的一个暑假。

我在杭州生活了十八年，即将启程前往另一座城市，去山城重庆。

有一段时间，我心里盛满了对山城的憧憬和对丧尸的恐惧。平心而论，山城是一座好城市，我走了很多路，看了很多山，也和很多人一起吃过火锅。

待在重庆，我回想起离家时的不安，觉得自己当年真是想多了，这是个好地方，有一段时间，我甚至想定居在重庆。

四年的时光转瞬即逝，如果我是个骑术精湛的骑手，也许就可以驯服时间这匹烈马。可惜我不是，我只能与绝大多数人一样随波逐流。

出于对自己发展的考虑，大学毕业后，我又回到了杭州。

我是杭州人，但这里的一切对我来说都是陌生的。我在萧山农村长大，除了走亲戚和住院没去过杭州城内。

我看过很多次钱塘大潮，却没游过西湖，现在我只能收拾好行装，跨过钱塘江，去江的另一边讨生活。

最开始，我过得就像一个异乡人一样，有诸多不习惯，随着时间的流逝，我才意识到一方水土对生活在其中的人有多大的影响力，我渐渐成了众多杭州人当中的一分子，甚至在出差、工地驻场时想念这个地方，想念它湿润的空气、柔软的方言、街边的家常小吃……甚至动了以杭州为背景写一篇小说的念头，当然，这和我之前几部小说选取的背景太偏太怪也有关系，一些朋友也建议我将故事背景放得离现实近一点。

于是就有了《杭州搁浅》的杭州背景，但这仅仅是地理意义上的，而不是世界线意义上的。

我不太喜欢中规中矩的作品，现实已经如此沉闷，想象就该肆意一点，于是有关丧尸的记忆在我心里复苏了，让我在杭州城内投入了丧尸。

丧尸这个题材，我已经写过三遍了，之前两次都是短篇，其中一篇就是本书的番外篇《童话市的烟火》。

《童话市的烟火》内已经有我对丧尸题材的大致构思了，要有辗转求生、生死离别、血腥斗争。

短篇和长篇体量不同，构思的难度也不在一个数量级上，好在是杭州背景，我还可以写写杭州，甚至用一些只有在杭州才能实现的诡计。

背景之外，再除开丧尸题材本身含有的元素，我还需要一些材料，构思过程中，我想到了史蒂芬·金老师的《迷雾》，《迷雾》中的邪教元素让我印象深刻，于是我根据小时候接触到的封建迷信活动，勾勒出了一个似是而非的邪教——"四灵教"作为反派。另外，推理和丧尸经常围绕着死亡，如果以死亡为底色，那么加入生的要素，则是必要的，生死相呼应，更能凸显两者的价值，这也是我在每部长篇中都喜欢加入爱情元素的原因，在《山椒鱼》《奇术师》之后，我尝试着将爱情作为主要元素，而不是简单的点缀。更何况杭州本就是一座浪漫的城市，如果你不谈恋爱，真的会辜负这座城市。

至此，我定下了本书所需的所有元素，就像一个赌徒已经捧起了自己所有的牌。

丧尸元素加强了本书的可读性，一是塑造一个新奇的背景，二是描写末日的倾城之恋，三是满足自己，《丧尸观察报告》中一个又一个实验，尽管只落在纸上，也能让我科学怪人的心得到一些满足。

主角们在满是丧尸的末世相遇，被卷入邪教之中，他们斗争，他们失败……

那么现在，我还缺一个结局。

在最后的最后，我也确认了科幻结局，这不是心血来潮，而是一直修改，一直摸索着得到的。

关于结局的细节，我一直有所犹豫，最开始是犹豫郑宏颖说辞的真伪，郑宏颖的虚拟世界说可以是假的，在某一版结局中，郑宏颖说完后跳楼自杀，其实是不可能犯罪中的"漫长的坠落"诡计，郑宏颖利用光学诡计假死，所有反对郑宏颖的人一起去远方调查世界的真假，结果被丧尸全灭，但这个结局太虚无了一点，前面诸多伏笔也成了空，我不太想这样写。然后是男女主角的结局，他们能不能再见面，最初的想法是女主是NPC，有个设定，为了让玩家更好地浸入游戏，每个玩家都会设置一些原动力，比如一些女性会给自己设一个孩子，她们求生的动力来自保护孩子。而男主的原动力是爱情，现实中，庄晓蝶并不存在。在某一版结局中，男主甚至是个老人，他一觉醒来，记忆没有消失，但听到的第一句话是"妈妈快来，外公醒了"，以此作为结局。当然也有男主和女主失去了记忆的结局，两人在医院的走廊上擦肩而过。

考虑种种，因为有前言的《推理小说创作守则之三》，因为哪怕在设定系当中，我还是不太能接受丧尸真的存在，想用虚拟世界这个大罩子罩住，所以最后我选择了较为平和、但也能将所有构思糅合在一起的构思。

满是丧尸……这种不科学的世界当然是假的，但郑宏颖的能力有限，他也只能用符合常识的方式来展现自己。

界晓楠当然可以是老人，但他没有失去自己的爱情。是的，真结尾在最后，读者可以看到他还是和爱人在一起了，只是时间线有些不同。

总的来说，我在《杭州搁浅》玩了很多，尝试了很多，回过头来再看整本书，有些不成熟的地方，但在我心里还是能打八十五分左右的（百分制）。

《杭州搁浅》这部小说最初的版本叫作《飚风记》，后在朋友的建议下改成了更为通俗的《杭州搁浅》。正如《山椒鱼》原定有副标题"如怒涛般回旋"，《奇术师》有副标题，叫作"如雷火般闪耀"，《杭州搁浅》的副标题是"如飚风般不羁"。相信已经有读者发现每一作的副标题都与元素有关，在《杭州搁浅》中，我也借四灵教讲出希腊文化中宇宙万物是由四种基础物质构成的，同样，我也希望使用这四种不同特质的元素来构建我的小说世界。

我希望用四本题材和侧重点各不相同的小说，象征着我的四次尝试。

希望能得到新老读者的喜爱。

2019 年 8 月 19 日，于杭州完稿

番外·《童话市的烟火》

暮　秋

我置身于摩天大楼的天台，风像群狼般向我奔袭而来。

我在等童话市一年一度的盛大烟火。

"祝颜，你知道吗？今年的烟火会是近几年来最大的一次。我记得你最喜欢礼花烟火了，一簇接着一簇地开在夜空，像怒放的鲜花。"

"莉莉，你呢，去年是和爸爸一起看的吗？没事，今年就和哥哥姐姐一起看吧。"我转过头说道，"莉莉一定喜欢巨龙烟火吧，旋转着升空，然后迸发出耀眼的红光。"

"什么，我最喜欢什么烟火？我喜欢的是气势十足的火雨烟火。它飞得最高，在最高点猛然炸开，漫天都是火星，看得人心里暖暖的。"

寂寞的天台只有三个小小的身影，而下面是一片废墟，童话市的繁华终究是一去不复返了。

夏　初

"站住。"卫兵拦住了我和祝颜，"现在是非常时刻，请两位先去领号排队，不要擅闯。"

我指着一个直接越过人群的胖子说道："为什么他不用排队？"

卫兵瞥了我一眼。"各行业的人才和政要有特别通行证，普通市民就只能排队，快退回去。"

卫兵穿着厚厚的防护服，狰狞的头罩遮住了他大半张脸，我看不到他的表情。现在是非常时期，卫兵有权将不守秩序的人"处理"了。

我拉着祝颜的手回到等候的人群里。无数人戴着口罩，眼神焦急。

男人、女人、老人、孩子，此刻他们只是在尘世辗转求生的可怜虫，队伍长得看不到尽头。

我只能带着祝颜回家，我们两人的号码都是六位数，近期是不可能轮到我们了。回家路上，祝颜靠着我的肩膀低声抽泣。

一场瘟疫袭击了这座内陆城市，把这里变成死神的狩猎场。埃辛拉病毒致病性强，致死率高，目前还没有治愈的例子，人类对此束手无策。唯一值得庆幸的是，这场瘟疫只在几座城市暴发，只是这座童话市就在其中。

童话市是一个美得让人流泪的地方，开拓者们从富饶的沿海来到内陆，在这里建起了一个童话。高洁的塔楼，巨大的摩天轮，路上随处可见由白马拉着的华丽马车，还有无处不在的童话人物壁画和雕像。每年枫叶染得鲜红之际，烟花大会就会召开，美丽的烟火将城市映照得宛如白昼。

这里建成了世界上最巨大的主题公园，而后又在城市附近发现了储量丰富的矿产，于是这座城市成了无数人心中的桃花源。但瘟疫爆发后再没人慕名而来了，连这座城市的居民都迫不及待地想要离开。

整座城已经被封锁，想把瘟疫扼杀在城里，就不能放一个感染者离开。离城的手续变得极其复杂，每日只有少量人能够进入隔离区。在隔离区内进行细致的检查后，如果半月的潜伏期内都没有发病的话,才可以到外面的世界去。

我搂住祝颜。"别怕,我们会没事的。"我安慰道,但我心中也没底。只是困境中必须用谎言给人一点希望。

远处的摩天轮霓虹绚烂,投射下如梦似幻的光,给人一阵阵幸福的错觉。我们回到了人鱼街的小公寓里,我和祝颜的号码实在太靠后了,也许我们出不去了。物价一直在飞涨,治安一天比一天糟糕——瘟疫应对部门的调控没起多少作用。

据说对面睡美人街有人打算冲出封锁线,他们死在了冲锋的道路上,从楼顶往下望去,还能看到蚊子血般的一抹殷红。

雪上加霜的是,祝颜感冒了。她躺在床上不时发出痛苦的呻吟,额头烫得像火炉。我不知如何是好,这场瘟疫弄得人心惶惶,医院几乎被暴徒洗劫一空,无法开业。有人咳嗽一声,周遭的人就会怀疑他患了埃辛拉,如驱赶瘟神般驱逐他。

我想尽方法治疗祝颜,但她没有丝毫好转。我捧着她的手跪在床边,看着她开裂的嘴唇,干枯的发梢。我明白,她正在离我而去,如果我再不做些什么,那我就要失去她了。

我锁上门毅然离家而去。

我去了最近的医院,像无头苍蝇在医院乱转。"有人吗?"我的声音在空旷的医院里回响。

这已经是第六间医院了,巨大的失落感如大山般压在我脊梁上。

"有人吗?"我带着哭腔再次发问。

长廊的尽头走出一个顶着鸡窝头的医生。"你有什么事?"他满脸胡碴儿,眼球枯黄,比起医生,他更像一个病人,"这里什么也没剩下,你来迟了,没有药品了。"

"我不是来抢劫的。"我忙解释道,"我朋友病了,她需要医生。"我又添了一句,"当然,她患的不是埃辛拉,只是普通的感冒。"我冲上去拉住他的手,生怕他逃了。

他满腹狐疑地打量了一阵。"来得不容易吧,现在到处都是暴乱。你的朋友具体什么症状,你同我讲讲。"

我见他可能会出诊,便把祝颜的情况统统告诉了他。

他听了我的话,沉思片刻。"好吧,我去看看。"他转身掏出一串钥匙往楼上走去,"我要去拿些东西,不要告诉别人你在这里看到的。"医生打开一扇扇紧锁的大门,"外面的人都疯了,只要是药,他们都抢,哪怕是对瘟疫丝毫没用的药。被他们知道,这里就毁了。"

我看到七八张病床挤在病房里,床上躺着的都是病重的患者,病房里死气沉沉,他们看医生的眼神就像仰望着天使。

"所有人都想走,可有些不能走。这些病人出了医院就是死路一条,总得有人照顾他们。"

"为了他们,你没走?"

"职责所在,当然我也有苦衷。"说着,医生打开最后一扇门。一个同他一样憔悴的护士起身迎接他。

"这是我妻子,而那边是我的孩子。"

看到角落的孩子,我顿时明白了医生不能离开的原因。医生的孩子和外面的病人一样,都是无力独自活下去的人。

医生转过头对妻子说道:"我要出诊,替我把医药箱准备好。"

"现在?"

"就是现在,救人要紧,我是个医生。"他一挎上箱子就随我走了。

一路上,我们并没有遇到什么麻烦,平安回到了人鱼街。祝颜的病没有丝毫好转，昏睡中的她一直呢喃着我的名字。

"没事了。"我紧贴着她的耳朵轻声宽慰道。

检查一番后，医生摘下听筒。"放心，不是什么大病。"他从医药箱里拿出两盒药递给我。"希望你们都能活下去，在风向变之前从这里出去。"医生替祝颜打了退烧针，又给她挂上了吊针。

滴答、滴答……我第一次觉得点滴的声音是如此悦耳。"谢谢。"我由衷地道谢。

治疗结束后，我亲自送医生回去，毕竟世道太乱，两人结伴总比一人独行要好。要是医生因出诊而出事，我会无法原谅自己。

街口的拐角，快乐王子和燕子的雕像静静矗立，王尔德的童话美到窒息，快乐王子为了帮助别人付出了一切，而燕子也失去了飞往埃及过冬的时机死在了王子脚下。

"救我！"不远处传来呼救和错乱的脚步声，一个满脸是血的男人跌跌撞撞地朝我们跑来，后面跟着三个混混儿打扮的年轻人，满身酒气，穿着颓废的服装，手拿钢管、长刀。

"救我。"被追赶的男人见了我们像看见了救命稻草。

我随手捡起地上的一根木棍。"你们是谁，追他干什么？"

他们轻蔑地扫了我一眼，二话没说就朝我劈头盖脸地打来。尽管我有所准备，还是被他们打退了几步。

"跑！"既然打不过，那就只有逃了。

没跑出多远，他们就追了上来，脚步声简直就像死神的催命符，怎么也甩不掉。就在其中一人将要触到我的衣角时，我停了下来，转身挥动木棍。对方没有想到我会转身迎击，一时之间有些手忙脚乱。

我趁机打中了他的手，他手中的钢管应声而落。可我也没有想到他会不要命地直接贴过来,他用力抓住了我的手腕往后一拧。我完全使不出力气,木棍也被夺了去。而我挥起另一只手对准他的面门连连挥拳。

所谓打架,就是拿自己最坚硬的部分去攻击对方最柔软的地方。当被围殴时,应当瞅准一人打,打到他失去战斗意志,威吓其他人。一对一的时候,就应该瞄准对方的弱点一个劲儿地猛攻。

突然间,我背后一痛,一根钢管狠狠击中我后背,痛得身体一颤跌在地上。我睁开眼睛发现医生他们也都倒在了地上,世界在我眼中不停旋转。我想爬起来,但一个冷冰冰的东西抵住了我的后脑。

"知道用木棍砸碎西瓜是什么样子吗?"背后的人冷冷地说。

没想到,我居然会死在这种情况下。

枪响了。

"住手!"是巡视的卫兵来了。

他们在这座日益崩坏的城市里巡视,处理暴动和发狂的病人,维持秩序。他们身穿严密的防护服,同时持枪,拥有开枪的权力。往往有他们的地方就有死亡,居民们私下叫他们白乌鸦。

白乌鸦道:"没事吧?"

地上躺着两具混混儿的尸体,我和医生站了起来,被救下的那人躺在地上示意自己没事。

"就因为那些人这里才会越来越乱。"他转过头来叮嘱我们几个,"你们不要到处乱跑了。现在我们人手不足,光忙着对付冲击防线的民众,就已经焦头烂额了。躲起来吧,现在能救一个是一个,等排到你们,再去检疫站。再过一段时间,这里会更乱,不要轻易出门。"他说完就走了。

躺在地上的男人道:"谢谢你们了。"他拿开捂住肚子的手,那里被刀刺出了一个大洞,鲜血不断涌出,透过这个洞甚至可以看到里面蠕动的肠子。"我这里有两张号,我想对你们应该有用,全当是谢礼了。"

两张揉成团的纸条简直就像诺亚方舟的船票,所以他才会被那些混混追杀。拿着号,无论是谁都可以进入隔离区。

医生一蹙眉。"拿给我看看,别是假的。"

我毫无防备地把东西递了过去,但回应我的却是迎面而来的木棍。

不知过了多久,我才醒来。头痛得像要裂开,一只八爪鱼紧紧箍住我的脑子使劲儿啃噬。两个混混和男人的尸体还倒在我身边,医生却不见了。

我被他背叛了,他拿走了两个号。我失魂落魄地回到了家。

祝颜已经起床了,她熬了粥正在等我。"饿了吧,快喝了。"她麻利地摆好碗筷。

热乎乎的一碗粥下肚,我才觉得自己又活了过来。

"这座城市能恢复吗,我们还能看到那美丽的烟火吗?"

"能,当然能。等事情一结束,我们一定能看到烟火。"我的泪水悄无声息地滑落入粥里。

祝颜问:"你怎么了?"

"配菜太辣,我不太能吃辣。"

喝完粥,我突然释怀了。我想那两个号被医生拿去并不可惜,他能送自己的妻子和孩子离开这座死亡之城,就当是他不惧危险出诊的酬金吧。

我听了白乌鸦的建议,和祝颜一直藏在家里。透过窗户,我们见到了很多末日的景象,四处逃窜的人群像蝗虫,吞噬抢夺一切,一个摔倒的孕妇被踩成肉酱,打砸抢烧的恶徒燃起一场场大火。接连几夜,封锁线传来震耳欲聋的枪声。街道空空荡荡,只有几个塑料袋在风中旋转,人消失后,原本整洁的城市立刻化作了废墟。

我们一直注意着广播里的报号,只是要轮到我们实在遥遥无期。终于,我们耗尽了家里的储备。

夏　末

我同祝颜不得不再次出门,幸运的是,各种斗争已经把这里消耗得差不多了,路上没有多少危险。所有的商店都空了——通过常规手段,我们无法找到食物和饮用水。

只能闯民居了,一些厨房或者储藏室内还有些东西。当然,我们并不抢,只是闯入那些主人早就撤离的民居寻找。

在接连几次搜查无果之后,我们到了一户人家面前,门上贴着一张纸。

请勿入内,内有看守。

我笑了笑,把纸撕掉,有些人明知道再也不能回来了,却还把带不走的财物锁好,闯入这样的人家一般会有不错的收获。

刚一开门,一阵腥气扑面而来,我下意识地举起棍子护住要害,同时叫祝颜退后。角落里好像窝着什么东西,他已经盯上了我——那是一种被猛兽凝视的感觉。

是埃辛拉的患者,患上埃辛拉后,生命的最后一段时间就会变得疯狂,像得了狂犬病一样,他们极具攻击性,会去攻击并感染其他人。

我贴着墙准备绕过去,他却不依不饶,我举着木棍乱舞一阵才勉强打退他。看来是绕不过去了,从他的样子看,已经到了晚期,我只能解决他。

不知是谁用铁链拴住了他,他的行动范围只有那一小块。"来啊,来啊!"我怒吼道,就像猫挑逗被拴住的狗一样,他伸长了手想挠我,可是我处在安全距离,用棍子不断砸他的脑袋,一下,又一下。

"闭上眼睛,别看!"我对祝颜说道。我怕她看见这么血腥的我,我怕我会失去她。

终于,他化作了一具不会再动的尸体,我带着祝颜绕过触目惊心的血迹走到里面。

前面的墙上还有一张纸。

欢迎你,勇者,你能来到这里就证明你已经杀死了镇守城堡的恶魔,可以获得城内的宝藏了。只是我希望你能在掠夺之前看完下面的这个蹩脚童话。

从前有一座不算太好也不算太坏的城市,里面住着还算幸福的一家人,可是有一天灾难发生了,三人如同风雨中的浮萍,除了紧紧相拥再也不能做些什么了。

绝望、无助、恐慌……它们把人变得不像人,这家的妈妈改变了,她偷偷跟一个有特别通行证的男人跑了,丢下爸爸和宝宝。但是爸爸和宝宝并不恨妈妈,因为那也是无可奈何的事。

爸爸和宝宝相依为命,可有一天爸爸感觉到了自己的变化,他知道自己已经时日无多了,可怕的病毒会彻底打倒他。在失去生命之前,爸爸尽自己所能收集到了足够的食物,并把宝宝关在了安全的地方,宝宝能借由那些物资再生活一段时间。最后爸爸又把自己绑在了楼下充当守门的恶犬。

宝宝就是爸爸唯一的宝物,谁也不能伤害她。

亲爱的朋友,如果你来时她已经逝去,请尽可能轻一点,别打扰她的长眠。如果她还在,那么我希望你能带上她,她是个听话的孩子,绝不会给你带来多大的负担。倘若你实在不愿意,那么请温柔点,不要让她太痛苦。

署名的日期是半个星期前,那个孩子应该还活着。

祝颜拉住了我,她的眼里有泪水。"季廖,如果那孩子没事,我们就照顾她吧。如果她病了,我们别杀她直接走,好吗?"

我拭去她的泪水,点了点头。我小心地推开门,想必被楼下的动静吓到了,那个孩子战战兢兢地躲在床后面。

祝颜说:"是你爸爸让我们来找你的,和姐姐一起走吧,莉莉。"我们从挂在墙上的奖状猜出了她的名字。

莉莉像警惕的幼兽望着祝颜,大概几分钟后,她走了出来,碰了下祝颜的手,整个过程中,祝颜一动不动,用慈爱的眼神看着她。最后,莉莉扑入了祝颜的怀里。这比获得补给更让祝颜高兴。

我们带着莉莉去天台野餐,不知远处发生了什么,摩天轮居然启动了,闪着五颜六色的光,悠扬的音乐顺着风传到天台上。祝颜兴致大好,说要为我们跳舞。祝颜本就是出色的芭蕾舞者,可一场事故让她再也无法登台,这还是她第一次主动提出要跳舞。

祝颜姿态优雅，高举单臂如白天鹅般，一会儿，生命之火燃起，快速的旋转令人目不暇接，纤细的罗衣飘舞，缭绕的长袖挥动。

莉莉不住地鼓掌，我也跟着她一起鼓掌，直至手拍得生疼，天台上的东南风将掌声吹碎。快乐的时光总是短暂。

立 秋

时光如白驹过隙，两个月转眼即逝，这段时间内又发生很多事情。但我只记得祝颜要我带她出来。在天台上，她又陪我看了一次星星。她说，天上的群星一闪一闪像我朝她眨巴眼。她说如果自己死后会到天上，那儿有我的目光，那么死亡也就不这么可怕了。

我从箱子里挖出一件防护服。这是我从一个死去的白乌鸦身上剥下来的，经过缝补之后就和新的一样。穿上它后，我和白乌鸦几乎一模一样。我要活下去，到外面去讲述这里发生过的故事。

我穿上防护服朝封锁线走去。零星的白乌鸦在封锁线边游荡，我学着他们的样子打几个招呼，越过了线，看来我能安全地混过去。

"等会儿，你们几个别走。"突然有人叫住了我。

难道这么快我就被识破了？我犹豫着要不要撒腿就跑。

"填埋场那边人手不足，你们去帮忙。"

我学着其他人的样子答应一声，然后拖着步子和他们一起去帮忙。

我们用手推车将一堆堆的东西丢入一个大坑中，我不太清楚手推车里灰白色的粉末是什么,只是一个劲儿地埋头苦干。脚下一滑,我连人带手推车一起翻到在地上,灰色的粉末撒了一地。粉末中躺着一块奇怪的东西,我拾起来放在掌中仔细察看,这是一块人的下颚骨!我发了狂似的在里面翻找,又找出几块尚未燃尽的骨骸,还有烧焦的手表、戒指。我甚至在里面翻出了听诊器,医生的听诊器——那是特制的,我不会忘。

那个满是骨灰的大坑到底埋葬了多少人?抬眼望去,隔离区一栋栋铁房子像在讥笑我,空的燃料桶到处都是,写着消毒室或浴室的铁屋子矗立着。

我突然明白了什么,一切都是谎言,是死亡的陷阱。那些人心怀希冀踏入这里却难逃一死。

"你怎么了?"我的反常行为引起了怀疑,有人扯下我的头罩。"不许动!"他发现我不是他们的人。

"要把他处理了吗?"

一个长官模样的人审视了我一番。"算了,放开他吧,反正大家都没多少时间了。"

他把我带到一边。"抽烟吗?"他摘下头罩,递给我一根烟,那是一张坚毅的脸。"怕我下毒?"他把那根烟叼在嘴上点上火,另拿出一根给我。

我接过烟才想起他的声音,我曾听到过。"是你,当初从混混儿手下救我的那个人?"烟如同一根根钢针扎入我心里,"你们为什么要这么做?"我问道。

他仰天吐出一个烟圈,说:"没办法,这也不是我们要的结果。"

他将事情的始末慢慢道来。

这种病毒比我们想象的更可怕,感染者在潜伏期根本无法查出，病发后通过现有手段无法治愈，且病毒具有强大的传染性。第一批从童话市离开的市民并没有到外面，而是被转到童话市的一座卫星城继续观察，体检健康的人群中也爆发了瘟疫，埃辛拉的潜伏期并不固定，绝大多数是半个月，但也可能是一个月或者半年。

军队不得不分出部分人手处理，没有增援，他们也无法撤离，因为他们也可能已经被感染了，在这样的情况下，他们还要应对各类情况，身为传染源的市民成了最大的问题。

"为了防止瘟疫传播开来，我们只能将市民引入毒气室，然后焚烧填埋。一旦民众知道真相，他们一定会集合起来冲垮封锁线。"他续上一支烟，"本来我是不该知道这些事的，我在城里巡逻只是希望能多救下一人。可由于瘟疫和暴乱，军队损失了太多人，最后我这样的当地驻军也知道了真相。但就算知道了真相、亲手做了那些事，我的初心也不曾改变。当初我是为了救城里的人，现在我是为了城外的人，我不后悔。"

现在想来，最初的领号出城就是一个阴谋，他们给出一条生路，让我们在城里竞争消耗我们。瘟疫和斗争让城内的人数迅速下降，再有人冲击封锁线也难对他们产生威胁。而进入隔离区的市民则被他们骗入毒气室，化作灰烬。

"再过不久就结束了，我们就要解脱了，风向要变了。"

医生也提到过风向。"风向到底是什么？"我问道。

"风变之日会有巨大的烟火。"他只留下这句晦涩的话，"在那之前，我们不会放任何人离开。"

暮 秋

得知真相后，我只能怅然若失地离开那里。天气越来越冷，对我来说很不妙，但这天气对莉莉和祝颜来说却是好事。我守着她们，等待着那场烟火。夜色温柔地笼罩着童话市，终于，我听到了呼啸声，由远及近，像福音降临。

几条火龙呼啸着从天边飞来。火龙在半空中炸裂开，火雨落了下来，整个世界都燃烧一般。在火光下，我看见封锁线附近的白乌鸦们都停下了手中的工作，他们挺起腰举起右手行礼，留下最后的剪影。

我转过身看了看祝颜和莉莉，她们躺在塑料布上，尸体早已半腐，是病毒夺走了她们的生命。没错，这么久以来，我一直在和两具尸体说话。最先病发的是莉莉，我们在她疯狂之前扼死了她。但是没几日，祝颜也出现了症状。她为了不连累我便自杀了，就在那个看完星星的晚上，她吞下了一大瓶安眠药。

我痛苦过、绝望过。最后，我强打起精神，费尽千辛万苦得到了防化服想要混出去，不让我们的故事湮灭，可是迎接我的是更为残酷的真相。我只能回来同祝颜和莉莉静待着烟花。

啊，烟花盛放了！

病毒无法独自生存，它没有细胞结构，完全依赖宿主细胞的能量和代谢系统，离开宿主细胞，它只是一个大化学分子，在一些环境下并不能生存太久。

同时，冬夏季节盛行季风风向相反，夏季风从海边吹往内陆，带着埃辛拉病毒的风会被拦在荒凉的世界屋脊，不可能传播开来。而冬季风从内陆吹往海上，途经大量繁华的城市，同时候鸟迁徙，这很可能会带去病毒，所以风变之日，一些人必须下决定。

"如果十个人的生存威胁到一百个人，那么该怎么办？牺牲小众保全大众才是理智的选择，我们就是弃子，会被牺牲掉。"

那天，那个白乌鸦如此说道。

他做了个半空中烟花盛放的手势。"八颗高爆燃烧弹从八个方向来，超高温的火焰让你无所遁形，钢铁会被烧化，石头被烧成玻璃，而所有活物会在一瞬间燃烧殆尽。燃烧时会耗尽方圆数十里的氧气，造成十几分钟的无氧，这块地方会彻底沦为死地。"

"那我们现在的一切还有什么意义，大火之后什么也不会留下。"

他的眼睛突然亮了起来。

"会有东西留下的。"他瞥见我的订婚戒指，"你的爱人呢？"

"死了。"

"那你还爱她吗？"

"当然。"我不假思索地回答。

"她已经死了，你却还爱着她，爱不是留了下来？人之所以为人，就是因为能创造一些死亡带不走的东西。我相信我们虽在这儿，但死前那一刻的剪影会留下来。"

与其黯然逝去，不如绚烂燃烧。

"这次灾难会那样落幕。"

"痛苦吗？"

"不会，你的神经在反应过来之前就会化作灰烬。"

火星，无穷无尽的火星落到我身上，他说得没错，确实没有痛苦。我挪动着身体躺到祝颜和莉莉中间。

哪怕化作灰烬，我也会陪伴着她们，这是我唯一的愿望了。愿有风在的地方，我们三人能相伴着流浪。

今年的烟花也很绚丽，某种程度上，我也完成了对祝颜的许诺……

图书在版编目（CIP）数据

杭州搁浅 / 拟南芥著. -— 北京：新星出版社，2021.8
ISBN 978-7-5133-4584-2

Ⅰ.①杭… Ⅱ.①拟… Ⅲ.①长篇小说-中国-当代 Ⅳ.① I247.5

中国版本图书馆 CIP 数据核字（2021）第 142625 号

午夜文库
谢刚 主持

杭州搁浅

拟南芥 著

责任编辑：王 萌	**特约编辑**：刘 琦
责任校对：刘 义	**责任印制**：李珊珊
装帧设计：人马艺术设计·储平	

出版发行：新星出版社
出 版 人：马汝军
社　　址：北京市西城区车公庄大街丙3号楼　　100044
网　　址：www.newstarpress.com
电　　话：010-88310888
传　　真：010-65270449

读者服务：010-88310811　　service@newstarpress.com
邮购地址：北京市西城区车公庄大街丙3号楼　　100044

印　　刷：北京美图印务有限公司
开　　本：910mm×1230mm　　1/32
印　　张：10.75
字　　数：156千字
版　　次：2021年8月第一版　　2021年8月第一次印刷
书　　号：ISBN 978-7-5133-4584-2
定　　价：45.00元

版权专有，侵权必究；如有质量问题，请与印刷厂联系调换。